拾遺和歌集論攷

中周子 著

和泉書院

緒　言

『拾遺集』が成立した一条朝は、王朝文化の最も華やかな時代であった。文芸の土壌ともなった皇后定子、中宮彰子、大斎院選子を中心とする後宮が鼎立し、後宮女房たちの創作活動は目覚ましかった。一条朝はまた、文人歌人の輩出した時代で、数多くの私家集や工夫に満ちた数々の私撰集が編まれた。大江匡衡に「長保寛弘之政。擬二延喜天暦一。」（『江吏部集』）と賞賛された時代であった。しかし、一条天皇が勅撰集を下命することはなかった。先帝の花山院が、『拾遺集』を親撰したのである。

後世、『拾遺集』は、藤原定家によって『古今集』『後撰集』とともに三代集と称されて、長らく和歌文学の規範となってゆく。しかし、前代二集の下命者である醍醐・村上天皇が聖帝として並べ称されたのに対して、花山院は、藤原兼家の権勢欲に翻弄され、わずか二年足らずで退位を余儀なくされた天皇であった。もちろん、退位後に院政を執る権力を持ち得るはずもない。王権を背景に持たない『拾遺集』を勅撰集と認めない歌学書も平安後期には存在した。現代でも、『拾遺集』は花山院の私撰集的な性格が強いとの見方が行われている。

『拾遺集』は下命の年月も、撰者も、撰集の経緯も不明である。『古今集』が仮名序と真名序によって、『後撰集』が撰者の家集や禁制文によって、成立の経緯を知る事ができるのに比べると、『拾遺集』の撰集については、全くと言ってよいほど手がかりがない。ただ、『権記』長保元年（九九九）一二月一四日に「詣東院、返奉先日所借給拾遺抄」とある記事、行成が借りていた『拾遺抄』を東院（藤原伊尹九女。花山院が住む）に返却したという記事によって、長保年間には『拾遺集』の前身ともいえる『拾遺抄』が成立・流布していたことがわかるのみである。花山院の生涯を、関連資料を博捜して詳細に論じられた今井源衛氏の大著『花山院の生涯』においても、『拾遺集』との関係については触れられていない。その事績を跡づける記録がないことによるのであろう。花山院が『拾遺集』撰集を敢行した意味は、歌集内部に徴証を探るしかない。

花山院は何故、聖帝の証であり治世の具でもあった勅撰集の編纂を敢行したのだろうか。公任撰の『拾遺抄』を嘉とせず、『拾遺集』を親撰した所以は奈辺にあったのか。『拾遺集』は、次の勅撰集に影響力を持ち得たのだろうか。定家は『拾遺集』の何を評価したのであろうか。本書の各章の考察は、これらの問題意識に基づいている。

序章では、花山院にとっての『拾遺集』撰集の意味を考察した。花山院に関する言説を辿ってゆくと、『拾遺集』の顕著な特色であり、『拾遺抄』からの大きな改変である人麿歌の多数入集にこそ、花山院が『拾遺集』を親撰した理由があるという見通しを得た。花山院は『古今集』を書写していたといわれているが、『古今集』の仮名序には、和歌により君臣和楽する理想の治世に生き、和歌の力によって天皇の治世を支える理想の臣下として人麿が描かれている。この記述に心を動かされた故の人麿熱であったと考えたのである。現実の世に聖帝であろうとして、あり得なかったからこそ、花山院は勅撰集を熱望した。花山院にとって見果てぬ夢であった寛和の治を、文学の世界に現出させた、その〈世〉が、『拾遺集』の世界ではなかったか、という結論に至った。

第一章と第二章は、『拾遺集』の世界を花山院はどのように創出したのかという問題を考察した。第一章では、花山院が、『拾遺抄』を如何に増補改変したかという観点から、『拾遺集』の性格を解明しようと試みた。第一節では、『拾遺抄』が『拾遺集』の基盤であることを、歌合歌の撰集方針の比較を通して考察した。その結果、花山院は公任の和歌と和歌に対する見識を高く評価していることが確認できた。『拾遺集』所収の歌合歌は、『拾遺抄』の歌を尊重して、その総ての和歌を取り込んだ『拾遺集』の編纂方針を端的に示しているのである。第二節では『拾遺抄』を大幅に増補して成った『拾遺集』恋部を取り上げた。『拾遺抄』との相違を探ると、単に歌を増補し再配置しただけではなく、贈答歌と詞書を用いて恋の諸相を展開するという『拾遺集』独自の編纂方法が見出せた。第三節では、『拾遺抄』に最多入集している貫之の歌を、『拾遺集』も同様に最多入集させている点に注目した。一見すれば『拾遺抄』の編纂方針を継承する事象のようであるが、『拾遺抄』が秀歌を撰ぶ事に重心があるのに対して、『拾遺集』は歌仙貫之に対する興味によって増補するという傾向が存した。『拾遺抄』既出の貫之歌と『拾遺集』が増補した貫之歌を比較することで見えてくる改変の側面を論じた。第四節では、『拾遺抄』の人麿歌が恋部に集中するのに対し、公任の秀歌撰では人麿の自然詠を評価していることを指摘した。さらに、『拾遺抄』既出の人麿歌が『拾遺集』に如何に再配置されたかの分析を通して、『拾遺抄』編纂に対しても花山院が関与した可能性を指摘した。第五節では、大幅に激増された人麿歌が、どのように増補配列されたかを考察した。『拾遺集』において人麿歌は、貫之歌との歌仙歌合を意図して増補編纂されていることを論じた。

第二章では、『拾遺集』の表現・歌風を論じた。『拾遺集』を『古今集』と読み比べると、そこに古今的発想・歌語・表現を見出すことはたやすい。しかし、撰歌と配列構成の面に注目して、『拾遺集』がどのような歌風を目指していたのかを分析するならば、『古今集』から展開しようとする『拾遺集』の表現の特色、歌風を見出すことができる。第一節では、『拾遺集』が歌合歌を重視することに着眼し、歌合歌の表現および判詞の評価が『拾遺集』の表現および撰歌基準と深く関わる事を、「天徳四年内裏歌合」の和歌を取り上げて具体的に論証した。第二節では『古今集』『拾遺集』ともに最多入集する紀貫之の歌風の分析を通して、『古今集』以後の歌風の変化を指摘し、『拾遺集』が晩年の貫之歌風を継承することと『古今集』からの変化展開の側面を明らかにした。第三節では初出歌人に注目し、前代歌人から初出歌人の詠風へと展開する詠風の分析を通して『拾遺集』の歌風を探った。第四節では、『拾遺集』の物名巻を取り上げた。『後撰集』が物名巻を設けず、『拾遺集』が再び物名巻を設けたことは、従来、『古今集』への回帰と見なされてきた。しかし、単純にそのように考えてよいであろうか。両集の物名巻の構成および表現を比較分析することによって両者の相違を明らかにし、展開の様相を探った。輔相の和歌を主軸に展開される物名巻は、生命の誕生から中有の四九日までという「此の世」の枠組みの中に、さまざまな人の世の生活の諸相を描くという意図により構成配列されていると考えられる。また物名歌においても、前節で考察した『拾遺集』歌風の特色を見出せた。

さらに、『拾遺抄』において公任がめざした「ひとすぢにすくよかによめる」歌を理想とする歌風が、増補された『拾遺集』ではどのような変容を遂げるのかという問題の検討が必要であるが、後世和歌への展開の問題として次章で取り上げることにした。

第三章では『拾遺集』の影響と享受について、『後拾遺集』および藤原定家の秀歌撰と実作を中心に論じた。『後拾遺集』は、序文および古写本の題名に『後拾遺和歌抄』とあるのが本来で、『拾遺抄』を庶幾しての題名であるという定家以来の説がある。そこで第一節では、『後拾遺集』の序文の分析を通して『拾遺集』との関わりを考察した。なかでも『後拾遺集』の撰歌範囲が『拾遺集』以降であることに注目すると、『後拾遺集』における『拾遺集』既出歌人の比重が大きいこと、とくに彼らの四季歌を多く採歌しているという傾向が見られた。そこで、第二節では、『後拾遺集』の四季歌を取り上げて考察した。中世和歌へと展開する清新な自然詠と評される『後拾遺集』の四季歌に対する『拾遺集』増補歌の影響を考察し、『後拾遺集』が序文において前代の勅撰集として認めている『拾遺集』と継承関係にあることを論証した。第三節では『拾遺集』と『後拾遺集』両集に共通する歌人詠とその表現を比較考察し、『拾遺抄』から『拾遺集』への増補が和歌史の展開に重なり合うことを明らかにした。第四節では、藤原定家以前の歌学書の『拾遺集』軽視の具体相を辿り、さらに定家の秀歌撰と実作の両面における『拾遺集』享受の有り様を探った。定家は『三代集之間事』『二四代集』によって従来の『拾遺集』評価を覆し、『拾遺集』を三代集の一として位置付けたのみならず、自作に『拾遺集』の和歌を巧みに取り入れているのである。

『拾遺集』は『古今集』以来の表現を洗練させつつ継承する『拾遺抄』を基盤とする一方で、万葉歌人の和歌の再評価を行い、『後拾遺集』への展開を準備し、さらには定家の和歌に影響を与えている。ひいては『新古今集』歌風の形成にも『拾遺集』が少なからず寄与していると考えられるのである。

終章では、戦後の研究史をたどりながら、『拾遺集』をめぐる諸問題を整理しつつ今後の課題を述べた。成立直後から昭和初期に至るまで長らく『拾遺抄』に比して杜撰・雑多であると軽視されてきた『拾遺集』であるが、詳細に読めば、花山院による数々の画期的な試みが浮かび上がってくる。若き日の定家をして「披見此集忽抽感慨愚意独慕之」といわしめた『拾遺集』を和歌史上に位置づけることが本書の目的である。

＊本論中に引用する和歌本文は特に断らない限り『新編国歌大観』（角川書店）所収の本文を用い、表記を適宜改めた。『拾遺集』と『拾遺抄』の本文異同は、それぞれ片桐洋一著『拾遺和歌集の研究　校本篇・伝本研究篇』（大学堂書店、昭和四五年）、片桐洋一著『拾遺抄―校本と研究―』（大学堂書店、昭和五二年）所収の諸本本文によった。

目次

序章　花山院と『拾遺集』

一　はじめに

古来、天皇と和歌の関わりは深い。和歌は、文学作品のみならず正史にも度々記し留められている。『類聚国史』には、行幸に随った臣下が和歌を詠進し、帝が歓悦して位を授ける記事が少なからず見出せる。古代の天皇が廷臣の歌を召し「さかし愚かなりとしろしめ」判別したという『古今集』仮名序の文言が思い合わされる。延暦一七年の秋に北野に遊猟した桓武天皇が和歌一首を詠じて「令㆘㆓群臣㆒和㆖之」[1]という記録もある。折にふさわしい和歌によって、加階がおこなわれ、君と臣とが心を通わせ、心を一にする、和歌はそのように王権を背景に持つ言葉でもあった。

宇多朝以来の和歌盛行の時運の中で、醍醐天皇の下命により最初の勅撰集『古今集』が編まれ、続いて村上天皇の下命により『後撰集』が編まれた。周知のように、両天皇の治世は「延喜の治」「天暦の治」と並べ賞賛された。勅撰集の撰集は、天皇の権威を示す事業であり、聖帝の証でもあった。

ところが、三番目の勅撰集『拾遺集』には、そのような見方は当てはまらない。下命者とされるのは、わずか二年足らずで皇位を退いた花山院である。即位当日の淫行をはじめとする奔放な色好みや常軌を逸する言動が伝えられ「花山院の狂ひは術なきもの」[2]と噂されもした。説話の中には事実無根のものもあるが、蔵人頭であった実資の『小右記』にも天皇の奇妙な言動が度々記録されている。およそ聖帝のイメージからは程遠い天皇であった。『後拾遺集』序文の前代勅撰集に関する記述をみても、勅撰集の権威を称揚するために記された件であるにもかかわらず、花山院のみには賛辞が付されていない。

延喜の聖の帝は万葉集の他の歌二十巻を撰びて世に伝へ給へり、いはゆる今の古今和歌集これなり、村上のかしこき御代には、また古今和歌集に入らざる歌二十巻を撰びいでて後撰集と名づく、又花山法皇はさきの二つの集に入らざる歌をとりひろひて拾遺集と名づけ給へり。

そして当然のことながら、『後拾遺集』を下命した白河天皇については、「わが君天の下しろしめしてよりこのかた、四つの海波の声聞こえず、九つの国みつぎもの絶ゆることなし」と、その治世を賞賛している。

本章では、聖帝の誉れ高かった延喜、天暦の帝に続いて、両帝には遠く及ばなかった花山院が、何故『拾遺集』を下命したのかを、その顕著な特徴である人麿歌の多数入集の問題を探ることを通して考察したい。[3]

二　花山朝の治世

第六五代・花山天皇は、安和元年（九六八）一〇月二六日に誕生した。冷泉天皇の第一皇子で母は藤原伊尹の娘懐子である。安和二年八月一三日には生後一〇ヶ月足らずで皇太子となる。摂政太政大臣に昇った伊尹の栄華は約束されたかに見えた。ところが花山天皇の即位をまたず、伊尹は天禄三年（九七二）に没してしまう。天延二年（九七四）には叔父の挙賢、義孝が急逝し、その翌年、母懐子までも逝ってしまう。永観二年（九八四）一〇月一〇日、花山天皇は一七歳で、強力な後ろ盾を持たないまま即位した。右大臣兼家が、孫の懐仁親王を皇太子にすべく、円融天皇の譲位を迫った結果であった。花山天皇の即位は、懐仁親王（後の一条天皇）を天皇に据えるために、兼家が一つ駒を進めたことでしかなかったのである。

花山天皇は、即位時から、兼家をはじめとする権臣たちから孤立した、退位を望まれる天皇であった。しかし、花山天皇の治世に対する賛辞も見出せる。『大鏡』に「花山院の御時の政は、ただこの殿（義懐）と惟成の弁として行ひ給ひければ、いといみじかりしぞかし。その帝をば『内劣りの外めでた』とぞ、世の人、申し」と記されており、『江談抄』にも「円融院の末、朝政はなはだ乱る。寛和二年の間、天下の政忽ち淳素に反る。多くはこれ惟成の力なり(4)」と評価されている。

実際、花山院は、叔父の義懐と東宮時代からの近臣惟成に支えられ、新政府の発足当初から次々と詔勅を発している。どのような施政だったのか、『日本紀略』(5)と『小右記』(6)によって辿っておこう。

①「仰云、献五節人々守式不可過差之由」（『小右記』永観二年一〇月一四日）
②「巳時可参入之由被仰公卿」（『小右記』同年同月二九日）
③「受領兼官悉被停止」（『小右記』同年同月三〇日）
④「禁制二諸所饗禄一」（『日本紀略』同年一一月一一日）
⑤「被レ定下嫌二破銭一並停止中格後荘園上」（『日本紀略』同年同月二八日）
⑥「詔令下公卿大夫及京官外国五位以上、……各上中封事上」（『日本紀略』『小右記』同年一二月二八日）
⑦「詔減二服御常膳一」（『日本紀略』同年一二月某日）
⑧「豊楽院両楼作事可停之由諸卿定申、是為省諸国費」（『小右記』寛和元年二月一五日）
⑨「被レ定二沽買法一」（『日本紀略』同二年三月二九日）
①④⑦五節舞姫の過差や諸所の饗禄を禁じて財政の引き締めを図り、⑤破銭法および後格の荘園を停める整理令

を発令し、⑨沽買法を定めている。また、⑧諸国の出費を省くために豊楽院東西の二楼の造作を停止する等、経済政策を中心として政治の立て直しを図ろうとしている。③受領の兼官を停止し、②参内が遅い臣下の怠慢を叱責し、⑥打ち続く凶作に対処する策を、公卿以下五位以上の官人から意見を広く求める等、政治の刷新を目指していることがわかる。

花山朝に対する歴史的な評価は二分している。これらの政策を綱紀粛正、破銭法、沽価法、荘園整理の四項目に分けて、前代の政策と比較・検証し、諸政策の多くは円融院以来続いていた天災による凶作に対処する策であり、花山朝の革新性とは言えず、荘園停止例も「延喜の治世の二番煎じ」にすぎないとする見方[7]がある。その一方で、永観二年の荘園整理令に注目し、延喜以来の発令であり、忠平・実頼父子が政権を握ってきた約八〇年間の長きに亙って許してきた荘園解放に歯止めをかける意味を持つ、受領の要望に応える政策であるとして、花山朝の革新性を評価する見方[8]も行われている。

いずれにせよ、どれほどの成果が上がったのかは疑問視されているが、花山朝において政治の刷新が試みられたことは認めてよいであろう。

しかし、『小右記』には、慣習を無視し時宜をわきまえない主上の言動に「未聞是事」「如何々々」とあきれる様子が記されている。永観二年一〇月一〇日の条には、即位式の儀式に臨んで「被仰云、玉冠甚重、已可気上、仍可脱御冠」と記されている。どう対処したのか、続けて「次々次第云々如式」とあるので、おそらく実資は聞き流したのであろうが、不審な思いで日記に書き届めたと思われる。また、花山院の馬に対する異常な興味はとどめようも無く、馬見物に関して「未聞之事、是臨時仰歟」（永観二年一〇月二一日）、「是臨時事歟、如何々々」（寛和元年二月二日）と前例のない仰せが度々出され、「神今食日覧御馬如何」（永観二年一二月一二日）と、「神今食」よりも馬の見物を優先させてもいる。また、輿にのると突然に多彩な催しを行う様子が「御弘徽殿、有小弓事……、舞龍王……、事了還御本殿……忽被作雪山、有作文事……、糸竹合音、間奏朗詠、寅時許献詩……、今日事頗有奇思」（寛和元年一月一〇日）と記されてもいる。また、「応早速取進在部下紀伊都郡天笠寺舞面形等事者……頗所奇思、然而事依勅語」（寛和元年二月八日）とあるような無謀な勅命を出している。天皇の奇行の数々を腹立たしげに記す『小右記』の記述からも、父帝の冷泉天皇の血を引き、孤立した青年天皇をとりまく重臣たちの視線の冷たさが窺える。

当時の公卿たちの怠慢ぶりの甚だしさが『本朝世紀』の記録から窺える。今井源衛氏の調査によれば、寛和二年（花山天皇退位の年）の三月から六月にかけて太政大臣頼忠は一日も出勤していない。左大臣源雅信、右大臣兼家も、平均して月に一、二度しか出勤していない[9]。

ひたすら花山天皇の退位の機会を待っていた兼家の野望が実現したのは、即位からわずかに一年と一〇ヶ月後の寛和二年（九八六）六月二二日である。同日夜半、天皇が花山寺にて出家退位されたことについて、『日本紀略』には「今暁丑刻許。天皇密々出禁中。向東山花山寺落飾。于時蔵人左少辨藤原道兼奉従之。先于天皇、密奉剣璽於東宮、出宮内云々」と記されている。天皇が真夜中に禁中を抜け出して出家退位するという異常さもさることながら、道兼が天皇に付き従っていたこと、神璽と宝剣が密かに東宮の許に運ばれていたこと等々から、天皇の退位が公的な儀式なしに可能であったという事態に驚かされる。道兼が兼通のさしがねにより暗躍したことがよみとれる。『大鏡』には、さらに退位の顛末が生々しく描かれており、天皇を退位に追い込む道兼の巧言と花山院が漏らした痛恨の一言「朕をば謀るなりけり」は後世の人々に強烈な印象を残した。

花山天皇の治世は、二年足らずであっけなく幕を閉じた。退位後は太上天皇の尊号を辞し、一時は真剣に仏道修行に励んだ記録[10]もあるが、帰京後のさらなる奇行の数々が伝わっている[11]。寛弘五年（一〇〇八）二月八日、四一歳で崩じた。

花山院の生涯をつぶさに調べ上げて詳細に論じられた今井氏は、あえて『拾遺集』との関連について言及を避けられた。確かに、いったい何時、どのような経緯で『拾遺集』が撰集されたのかは、不明という他は無い。とまれ花山院が、王権の象徴とも言える勅撰集の下命者として捉え難いのは、かくのごとくである。

三　花山院の和歌活動

ところが、花山院と和歌に関する言説に目を向ければ、異なった様相が見えてくるのである。花山院の和歌については、『大鏡』も「人の口にのらぬなく、優にこそ」と絶賛している。花山院の和歌は、勅撰集に七〇首入集しており、醍醐天皇の四三首、村上天皇の五七首よりも多い。

花山院周辺の人々の私家集を見ると、東宮時代から花山院が和歌に熱心であったかことがわかる。

・花山院まだ春宮と申しける時、水に花の色浮ぶといふことを人々によませ給ふに　（公任集・一一詞書）

・花山みかど春宮ときこえし時に、九月庚申に　（実方集・四一詞書）

・花山院、春宮ときこえし時の御歌合に、さくら　（実方集・一四七詞書）(12)

・花山院春宮におはしましける時、七月七日、殿上の人々七夕に秋をしむといふ心よませ給ふに　（長能集・一八七詞書）

・花山院、歌合せさせ給ひしに題あまたたまはせたりし、七夕庚申にあたりたりしに　（道命阿闍梨集・三四詞書）

『後拾遺集』にも「花山院春宮と申しける時……、秋月を玩び給ひけるによみ侍りける」（秋上・二五〇詞書）とある。花山院は、一七歳で即位する以前、十代半ばの頃から、折々にふさわしい歌題を考案し歌合を開催していたことがわかる。近臣は後に中古三十六歌仙に撰ばれた者が多い。彼らの私家集には、才気あふれる早熟な青年皇太子の姿が彷彿とする。

中でも、花山天皇に身近に接する儒者文人が、花山朝の到来を喜び、期待に満ちた歌を詠んでいることは興味深い。『輔尹集』には、次のような歌が載る。

花山院、位につかせ給ひし年、そはかばかしう人にも知られぬ大学のすけにて侍りしを、あはれなるものなり、いかでとく出だし立てん、と仰せごと侍りし比、秋の月いとをかしきに、その心を人々よみ侍りしに

人知れぬ宿世も今は頼まれぬ月のさやけき世にしあへれば

紫式部の父為時も花山院により式部丞・蔵人に抜擢された喜びを、

遅れても咲くべき花は咲きにけり身を限りとも思ひけるかな　（後拾遺集・春下・一四七）

と詠んでいる。多分に主情的なものであったにせよ、これらの和歌は、年若き花山天皇が近臣に期待を寄せられる天皇であったことを物語っている。

また、『能宣集』の序には、花山院の在位中に家集を献上したことが「円融太上法皇の在位の末に、勅ありて家集を召す、今上花山聖代、また勅ありて同じき集をめす」と記されている。歌人に家集の献呈を命ずる勅は、醍醐天皇が貫之らに自らの家集を召したことを思い起こさせる。東宮時代から近臣に歌題をあたえて歌を召し、折々に歌合を開催していた花山天皇が、即位と同時に勅撰集の下命を意図したとしても不自然ではない。

この一文によれば、円融院も父村上帝に倣い勅撰集を企画したと思われる。『中務集』の詞書にも「円融院の仰事にて、ふるうたたてまつりしに(13)」とある。おそらく、このような要請は他の歌人達にも出されていたと思われる。

円融院は、右大臣兼家に屈して、二六歳で不本意な退位をやむなく決意した時、勅撰集の撰集をも断念したのであろう。

しかし、花山院は退位後にもかかわらず撰集を諦める事はなかったのである。

能宣は、今上を「聖代」と記している。前述した花山朝の治世からすれば過大すぎる賛辞といえる。しかし、まったく心にもない誇大な賛辞であったろうか。「月のさやけき世」と詠じた輔尹と同様に、能宣もまた花山朝に大いに期するものがあったのではなかろうか。

花山院は、短い在位期間中に二度も歌合を開催しているが、二度目の内裏歌合に、能宣は殿上に招かれている。この時、曾禰好忠も地下ながら殿上に招かれている。前例のないことであった。古くからの慣習をものともしない文芸至上主義の若き帝の御代を、新しい世の到来だと、歌人たちが身を以て実感したとしても不思議ではない。

二度の歌合は、いずれも歌合史上画期的なものと高く評価されている。一度目は寛和元年八月一〇日の開催、秋の季題六題六番と小規模なもので、「殿上ににはかに出させおはして侍ふ人々を取り分かせ給ひて歌合せさせ給ひける」即興の歌合である。にもかかわらず、一二首の歌合歌から七首までが勅撰集に撰ばれており、「頗る文芸的価値の高い」[14]内容と評価されている。東宮時代から気心の知れた臣下たちの歌才のほどが窺われる。花山院も方人となり歌を詠じた。『八雲御抄』も「御製番人事上古不見　寛和始之」として、この歌合に注目している。[15]

寛和二年六月一〇日に行われた二度目の内裏歌合は、行事的興味に重きをおかない文芸至上の画期的な歌合であった。特徴は構成にある。東宮時代から様々の歌題を考案してきた花山院の発案であろう。春と秋は五題、夏と冬は四題の、四季一八題に、恋と祝を加えた二〇題という整然とした歌題構成は、歌合史上の初例で、約百年後の院政期の様式を先取りしたものである。[16]歌人としては、大中臣能宣や曾禰好忠を招き、他は、藤原氏で、実方、惟成、敦信、明理、高遠、長能、公任、斉信、道綱、道長である。

奇行説話や『小右記』から窺えた前例や慣習をものともしない花山院が、歌合史上に中世の歌合を先取りした画期的な歌合を実現させたことは興味深い。

謀られた退位事件も、出家後の仏道修行も、花山院の和歌に対する熱意を失わせることはなかった。帰京後の不本意な日常の中でも、花山院は一〇度を超える歌合・歌会を行っている。(17) 身分の貴賤をも取り替えて歌合を楽しみ、新奇な歌題を捻り、また、自作の絵に歌を付けさせてもいる。和歌への興味と熱心は生涯を通じて衰える事はなかった。花山院の尋常ならざる一途な性向があったからこそ、退位後に『拾遺集』の撰集を完遂し得たのであろう。

四　花山院の人麿傾倒

『拾遺集』は公任撰の十巻本『拾遺抄』を二十巻に倍増して成立したこと、詞書の記述から両集ともに勅撰であったことが通説となっているが、長らく『拾遺集』については花山院の撰か、あるいは花山院の下命を受けた歌人が編纂に携わったのかは不明とされてきた。(18)

近年、今野厚子氏が『拾遺集』が増補した和歌の分析考察によって花山院撰者説を論証された。すなわち、歌語「なでしこ」「飛驒たくみ」の採用は、花山院の季節意識、好み、美意識、住環境等を色濃く反映していることを考察された。賀部に増補された和歌の詳細な検討によって、そこには花山院が自らの皇統の正当性を主張する意図を見出せる事を指摘された。また、哀傷部の構成が、天台宗の「止観」と密接な関係があり、さらに、入集する僧侶歌人の大半が比叡山系であることも、花山院の宗教活動と密接に結びつく事を論証された。(19) これらの研究によって、『拾遺集』が花山院撰であるとの説はほぼ動かし難いものとなった。

今野氏が指摘されているように、『拾遺抄』と『拾遺集』との間には、さまざまな編集方針の相違があり、両集の相違には、『拾遺抄』にあきたらず、再編集を行った花山院の志向を看取することができる。

ここで問題にしたいのは、『拾遺集』が人麿歌を一〇四首と数多く所収する点である。『拾遺抄』から『拾遺集』にかけて、人麿歌が激増するという顕著な改変にこそ、花山院が勅撰集撰集に賭けた意味を解明する鍵があるのではないかと考えられる。従来からも『拾遺集』の人麿歌に関しては、出典の問題をはじめ平安時代における人麿評価の変遷、平安時代の人麿歌が、『万葉集』の人麻呂とはかけ離れたものであること等々が問題にされてきた。[20]

貫之が『古今集』の仮名序において、人麿を「歌の聖」と賞揚したことは、あまりにも有名であるが、しかし、人麿の生存した時代も官職も不審な記述が多い。片桐洋一氏は、仮名序の筆致を分析し、貫之の主張というよりも伝承を書くという態度があらわであると指摘されている。そのため、伝承の域を出ない人麿の歌はあくまで「よみ人しらず」として掲載されたという。さらに、『古今集』の伝人麿歌の表現を分析され、それらの伝人麿歌は、平安時代に入ってから詠まれた、『古今集』的な歌であることが明らかなものばかりであると結論されている。[21]

『拾遺集』の人麿歌もまた、万葉歌とはかけ離れた表現の歌が多い。ところが『古今集』との大きな違いは、作者名として人麿と明記していることである。一〇四首中の二五首には、詠作事情を記した詞書が付されている。詞書を付した人麿歌のうち二一首は『万葉集』の歌である。すなわち、『万葉集』では、人麻呂作とあるものが一〇首、人麻呂歌集の歌とされるもの七首、作者未詳あるいは他人の歌であるものが四首である。『万葉集』にないものは四首にすぎない。このことには、どのような意味があるだろうか。詞書に見る人麿像を探ってみたい。

まず、『万葉集』の人麻呂歌が、『拾遺集』ではどのような詞書を付されているか。それらの詞書と『万葉集』の題詞とを比較した一覧が〈表1〉である。なお、表中には『拾遺集』の作者名「人麿」および『万葉集』の「柿本朝臣人麻呂作歌」は略した。『万葉集』の歌番号は旧歌番号による。

〈表1〉

	『拾遺集』詞書（部立・歌番号）	『万葉集』題詞（巻・歌番号）
①	ながうた　吉野の宮にたてまつる歌（雑下・五六九）	幸㆓于吉野宮㆒之時（巻一・三六）
②	反歌（雑下・五七〇）	反歌（巻一・三七）
③	伊勢の行幸にまかりとまりて（雑上・四九三）	幸㆓于伊勢国㆒時留㆑京（巻一・四〇）
④	あすかの女王ををさむる時よめる（雑上・四九六）	明日香皇女木瓲殯宮之時（巻二・一九六）
⑤	吉備津の采女亡くなりて後、よみ侍りける（哀傷・一三一五）	吉備津采女死時（巻二・二一七）
⑥	讃岐の狭岑の島にして、岩屋の中にて亡くなりたる人を見て（哀傷・一三一六）	讃岐狭岑嶋視石中死人（巻二・二二〇）
⑦	石見に侍りける女のまうできたりけるに（雑恋・一二三九）	従㆓石見国㆒別㆑妻上来時歌（巻二・一三一）
⑧	妻にまかりおくれて又の年の秋、月を見侍りて（哀傷・一二八七）	妻死之後泣血哀慟作歌（巻二・二一一）
⑨	妻の死に侍りてのち、悲しびてよめる（哀傷・一三一九）	或本歌（巻二・二一六）
⑩	石見に侍りて亡くなり侍りぬべき時に臨みて（哀傷・一三二一）	在㆓石見国㆒臨㆑死時自傷作歌（巻二・二二三）

〈表1〉のように比較して見ると、⑦のみは「上来」の意味を取り違えているが、他は、ほぼ『万葉集』の題詞の内容を伝え得ている。①②は吉野離宮の讃歌、③は御幸に随行せず都に留まった折の歌、④は皇女の殯の挽歌、⑤は宮廷官女の挽歌、⑥は行路に死者を祀る歌、⑦は石見の妻との贈答、⑧⑨は妻の死を嘆く挽歌、⑩は自らの死に臨む歌等々、詞書を見れば、『拾遺集』には宮廷歌人としての、また私人としての人麻呂の歌が採られているのである。

周知の如く、梨壺の五人によって『後撰集』撰集と同時に、『万葉集』の訓読が開始された。そのメンバーのひとりであった能宣は、花山院の在位中に家集を献上し内裏歌合に召されてもいる。花山院が『万葉集』解読の成果を窺い知る可能性はあったのではなかろうか。少なくとも、貫之の人麿理解からは確実に進んでいた。そのため『拾遺集』にはためらうことなく作者名に人麿と記されたのであろう。

人麻呂の歌に関していうならば、『万葉集』においてもすでに伝承化は始まっていた。しかし、その中核をなす人麻呂の姿をほぼ伝える歌と詞書を『拾遺集』の中に見出せることは注目してもよい。

また、〈表2〉は『万葉集』で人麻呂歌集の歌とする歌に付された詞書である。

〈表2〉

	『拾遺集』詞書（部立・歌番号）	『万葉集』題詞（巻・歌番号）
⑪	詠天（雑上・四八八）	詠天（巻七・一〇六八）
⑫	山を詠める（雑上・四九〇）	詠山（巻七・一〇九二）
⑬	詠葉（雑上・四九一）	詠葉（巻七・一一一八）
⑭	旋頭歌（雑下・五六七）	旋頭歌（巻七・一二九一）
⑮	旅にて詠み侍りける（神楽・六一九）	羇旅作（巻七・一二四七）
⑯	道をまかりて詠み侍りける（恋四・九一〇）	行路（巻七・一二七一）
⑰	妻の死に侍りて後悲しびて詠める（哀傷・一三二〇）	就所発思（巻七・一二六九）

これらの詞書も、⑪⑬⑭は題詞通り、⑫⑮⑯も題詞の内容と同じで、⑰のように歌の内容を分かりやすく記した例もある。いずれも、ほぼ題詞通りである。それらには、様々な題や旅の歌を詠じ、妻の死を悲嘆する歌人としての人麿の姿が浮かび上がる。

〈表3〉に挙げた四例は、『万葉集』では人麿以外の詠である歌を『拾遺集』では人麿歌とする例である。

〈表3〉

	『拾遺集』詞書（部立・歌番号）	『万葉集』題詞（巻・歌番号・作者）
⑱	たごのうらの藤の花を見侍りて（夏・八八）	一二日遊覧布勢水海……望見藤花各述懐作歌（巻一九・四二〇〇・次官内蔵忌寸縄麻呂）
⑲	藻をよめる（雑上・四八九）	泉河辺間人宿禰作歌（巻九・一六八五・間人宿禰）
⑳	唐にて（別・三五三）	引津亭船泊之作歌（巻一五・三六七六・作者未詳）
㉑	唐へ遣はしける時詠める（雑上・四七八）	海辺望月作歌（巻一五・三六六六・作者未詳）

これらの例が、何を根拠に人麿作とされたのかは不明である。⑱は『万葉集』では四首中の一首で、次官内蔵忌寸縄麿の歌で、『古今六帖』では作者名は無く、『和漢朗詠集』上・春・藤では縄丸となっている。『拾遺集』は何らかの伝承を信じたのであろう。各地を旅した人麿のイメージの延長にあるものか。また⑲は、異本系では、「詠藻」とあり、前出の⑪「詠天」や⑬「詠山」と同じく人麻呂歌集に多い題詞でもある。

⑳と㉑は、天平八年遣新羅使の一行が旅程途中、⑳は引津の亭で、㉑は海辺で、詠んだ歌である。もちろん人麻呂が唐土に渡った記録はない。ところが、遣唐使にとって人麻呂歌は特別な歌であり、危険な航路の最中、「言霊の加護を基盤に旅の安全をうたった人麻呂歌集歌が大きな支え[22]」であったという。この遣新羅使の一行も、船中で人麻呂の古歌を朗詠しており、その中には〈表1〉の③も含まれている。あるいは、その一行に人麿も居たと誤解されたものか。とまれ、対外使節が旅の安全を祈るために朗誦する歌として人麻呂歌があったところから、何らかの伝承が生まれたのであろう。

後世の例になるが、人麿渡唐のことが南北朝時代の『古今和歌集灌頂口伝』「五種の人麿の事[23]」に記されているとの指摘が片桐氏によってなされている。すなわち「初は石見権守に任ず。やがて、右京大夫正四位下行になされ、次の年春宮大夫木工頭三正位として、天平勝宝元年四月遣唐使を勤め、同九月に帰朝して、平城大同二年八月二三日薨卒」と言うのである。ここにいう人麿の時代や位等は『古今集』仮名序に記された説と一致するので、平安時代からあった伝承であろう。

最後に、『万葉集』にはみられない歌を人麿の作として、詞書を付したものは次の四例である。

ア　大津の宮のあれて侍りけるを見て（雑上・四八三詞書）

イ　ならの帝、竜田河に紅葉御覧じに行幸ありける時、御ともにつかうまつりて（冬・二一九詞書）

ウ　猿沢の池に采女の身なげたるを見て（哀傷・一二八九詞書）

エ　月あかき夜、人を待ち侍りて（恋三・七九六詞書）

アの近江の荒都を詠じた四八三番歌は「さざなみや近江の宮は名のみして霞たなびき宮木もりなし」であり、『万葉集』巻一所収の人麻呂の近江荒都歌とはまったく違う伝承歌である。とはいえ、拾遺歌が描く近江の荒都は、万葉歌が「春草之　茂生有　霞立　春日之霧流」（巻一・二九）と歌う廃都の情景に、通底するものがあるといえよう。この詞書は、春草が茂り霞の立つ近江宮の荒廃を嘆く歌を人麻呂が詠じたという事実は、伝えているといえよう。

イは、帝の御幸に随行して和歌を詠じる廷臣であることを窺わせる詞書であり、ウは、宮廷の官女の悲劇を詠じた挽歌である。

また、イは『古今集』所収の題知らず、読み人知らずの歌（秋・二八三）を帝に随行した人麿の歌として再録したのである。『古今集』の中には左注に人麿の歌とある伝本もある。前代勅撰集の和歌は避けるのが原則であるが、この場合は新たな解釈を付して意図的に重出させた例である。[24]『古今集』仮名序に記された帝と歌聖人麿との君臣一体の実例を示すために必須の一首だったと考えられるのである。[25]

これらの詞書は、いずれも前述の人麻呂真作の詞書とどこかで連なっている、すなわち、アは①②の吉野宮賛歌と、イは③御幸和歌と、ウは⑤宮廷挽歌と、エは⑦や⑧の妻とのやりとりと、詠作事情は類似している。いわば、同類項ともいうべき詞書ばかりである。

現在の研究からすれば、『拾遺集』の人麿歌は『万葉集』を資料源にしているとは考えがたく、明らかに人麿でない万葉歌も少なくない。とはいえ、『拾遺集』には伝承の人麿歌のみならず、人麻呂の真作が含まれていることは注目すべきであろう。そのため『拾遺集』に増補された人麿歌とその詞書から窺える人麿像は、『万葉集』の人麻呂の姿に重なるものがあることは認めてもよいのではなかろうか。花山院の心の中には、古代律令国家の宮廷歌人として、万葉随一の歌才と情熱をもって帝に仕えた人麻呂の姿が生き生きとした像を結んでいたことであろう。

五　おわりに

『新拾遺集』には、花山院の長歌が入集している。「ちはやぶる　神の御代より　ゆふだすき　万代かけて　いひいだす　千々のことのは……」（雑下・一八八二）とうたい始められる、和歌と人の世と、人の心との関わりを詠じた長歌である。花山院にとって和歌は神代より続く治世の言葉であり、君臣相和すための言葉であった。『拾遺集』の人麿歌は、この時代の例に漏れず、さまざまな人麿伝承のベールを厚くまとっている。しかし、花山院にとって、人麿は実態不明の歌聖ではなかった。数多の伝承歌の中に、花山院は古の帝に和歌の才をもって仕えた宮廷歌人人麿の心を見ていたのではあるまいか。人麿は、帝の心を、人の死と熱烈な恋情を、自らの傷心を歌い上げる歌聖であると同時に、時空を超えた理想の臣下として、花山院の心の中に確かに形象されていたのであろう。その意味で、人麿は『拾遺集』の世界には、なくてはならない歌聖であった。

天皇にとって和歌は治世と同じ意味を持っていた。『拾遺集』は、花山院の見果てぬ夢が生んだひとつの小宇宙

「世」であったのではなかったか。その世界の中では、四季の自然が巡り、人々は四季の美を愛で、世を祝い、恋を謳歌し、別離を悲しみ、死に対峙し、救いを求める。そのような『拾遺集』の和歌世界を司る花山院は、現実の世で果たし得なかった「寛和の治」を果たし得たのであるといえよう。

注

（1）『新訂増補国史大系　類聚国史　第二』（吉川弘文館）、「天皇遊猟」延暦一七年八月一三日の記事。

（2）『新編日本古典文学全集　大鏡』（小学館）による。以下、『大鏡』の引用は同書による。

（3）『万葉集』の人麻呂と区別するため、『拾遺抄』『拾遺集』の作者としては「人麿」と表記した。

（4）『新日本古典文学大系　江談抄』（岩波書店）による。

（5）『日本紀略』は『新訂増補国史大系　日本紀略』（吉川弘文館）による。以下の引用もすべて同書による。

（6）『小右記』は『大日本古記録　小右記』（岩波書店）による。以下の引用もすべて同書による。

（7）阿部猛「花山朝の評価」（『平安前期政治史の研究』大原新生社、昭和四九年）による。

（8）森田悌「摂関期における荘園整理」（『平安時代政治史研究』吉川弘文館、昭和五三年）による。

（9）今井源衛著「花山院の生涯」（『今井源衛著作集　第九巻　花山院と清少納言』笠間書院、平成一九年）所収。以後、今井氏の説は同著による。

（10）「花山法皇、著二藁履一登二台山一……諸人掩レ涙嗚咽」（『日本紀略』寛和二年六月）。修行の旅は『大鏡』の伊尹伝にも載る。

（11）『栄花物語』「見果てぬ夢」には中務母娘との関係が、『大鏡』伊尹伝にも「太上天皇の御名はくたさせ給ひてき」と評された不名誉な挿話が載る。

（12）『新編国歌大観　第七巻』所収の書陵部本実方集（五〇一・一八三）による。

（13）『新編国歌大観　第七巻』所収、書陵部本中務集（五一〇・一二）による。『能宣集』および『中務集』の記述は増田繁夫著『能宣集注釈』（日本古典文学会貴重本刊行会、平成七年一〇月）にも指摘されている。
(14) 萩谷朴著『平安朝歌合大成　増補新訂　第一巻』（同朋社出版、平成七年）に指摘されている。
(15) 片桐洋一編『八雲御抄の研究　正義部・作法部』（和泉書院、平成一三年）による。
(16) 注（14）と同書参照。
(17) 注（9）および注（14）の第二巻による。
(18) 増田繁夫著『拾遺和歌集』解題（明治書院、平成一五年）、片桐洋一著『古今和歌集以後』（笠間書院、平成一二年）などに指摘されている。
(19) 今野厚子著『天皇と和歌—三代集の時代の研究—』（新典社、平成一六年）第三部「天皇と勅撰集『拾遺集』論」に詳しい。以下、今野厚子氏の論は同書による。
(20) 渡辺泰「平安朝に於ける人麿歌と公任」（『福岡学芸大学紀要』第一号、昭和二七年三月）。辻憲男「拾遺和歌集の萬葉歌」（『親和女子大学研究論叢』第二四号、平成三年二月号）。阿蘇瑞枝「拾遺和歌集の人麻呂歌」（『共立女子短期大学紀要』第一七号、昭和四八年一〇月）。小町谷照彦「拾遺集の人麿歌」（樋口芳麻呂編『王朝和歌と史的展開』笠間書院、平成九年一二月）。阪口和子著『貫之から公任へ—三代集の表現—』（和泉書院、平成一三年）第三章Ⅲ。山崎節子「人麿家集の成立と拾遺集」（『中古文学』第二四号、昭和五四年一〇月）。
(21) 片桐洋一著『古今和歌集全評釈』（講談社、平成一〇年）において指摘されている。
(22) 菊地義裕「遣唐使献歌と人麻呂歌集歌」（『柿本人麻呂の時代と表現』おうふう、平成一八年）。
(23) 片桐洋一著『中世古今集注釈書解題　第五巻』（赤尾照文堂、昭和六一年一月）所収による。片桐洋一著『柿本人麿異聞』（和泉書院、平成一五年）に指摘されている。
(24) 前掲注（18）書に指摘されている。
(25) 『大和物語』にも、『拾遺集』イの詞書と殆ど同じ事情が書かれ、ならの帝と人麿との贈答歌が載る。注（9）に『大和物語』の制作に花山院が関わった事が指摘されている。

第一章　『拾遺抄』から『拾遺集』へ

『拾遺集』二十巻の成立については、未だ不分明な点が多い。とりわけ、古来、論議が絶えないのは、十巻本の『拾遺抄』との関わりである。江戸時代に塙保己一が、作者名の官職表記によって、『拾遺抄』を増補して『拾遺集』が成立したことを論証するまでは、『拾遺集』の秀歌を抄出したのが『拾遺抄』だと考えられていた。現在では、塙保己一の成立論がさらに、詞書中に記載された事件、和歌作者の官名表記および両集の構造の相違等の比較検討によって補強された結果、『拾遺抄』は長徳四年（九九八）頃の、『拾遺集』は寛弘元年～四年（一〇〇四～一〇〇七）頃の成立とするのが通説[1]となっている。また、敬語の使用法の分析により、『拾遺抄』もまた勅撰集の書き方であることが指摘されている[2]。

『拾遺抄』が『拾遺集』を抄出したとの見方が生じたのは、『拾遺集』が『拾遺抄』の和歌を総て含んでいることにもよるであろう。後の『金葉集』が白河院に三度、奏上を繰り返したことは極端な例であるが、撰集過程で歌の削除と増補が行われることは通常の事である。ところが『拾遺抄』の和歌を一首も削除していないという事実（現存伝本に依れば）は、『拾遺集』の基本的な性格を考える上に重要であり看過できない事実である。しかし、同時に、『拾遺抄』をすべて包括しながら成立しているために『拾遺集』の独自性は見出し難くなっている。

本章では、十巻の『拾遺抄』を二十巻に増補するという大幅な改変が、何故、どのよう方針の下に行われたのかという『拾遺集』の成立の具体相を分析考察する。

注

（1）堀部正二著『中古日本文学の研究』（教育図書、昭和一八年）、三好英二著『校本拾遺抄とその研究』（三省堂、昭和一九年）、片桐洋一編著『拾遺抄　校本と研究』（大学堂書店、昭和五二年）、竹鼻績著『拾遺抄注釈』（笠間書院、平成二六年）等による。

（2）注（1）および、玉上琢也「敬語と身分―八代集の詞書を材料に―」（『国語国文』第九巻第五号、昭和一四年五月）。

第一節　基盤としての『拾遺抄』
――歌合歌を中心に――

一　はじめに

本節では、歌合歌を重視するという『拾遺集』の特色に注目して『拾遺抄』との関わりを考察することにする。『拾遺集』には、『類聚歌合』等の歌合伝本や私家集によって確認できる二七度の歌合の歌八八首が収載されている[1]が、これらの歌合歌の存在は、屛風歌の多数入集とともに『拾遺集』の性格を特徴づける一大要因として、重視されてきたからである。『古今集』が専門歌人の晴儀の和歌を集めることで、和歌を公的な文学たらしめるべく編まれたのに対し、『後撰集』は『古今集』が顧みることの少なかった権門貴紳の日常的贈答歌、いわゆる「褻」の歌を中心に据え、両集に続く『拾遺集』は『古今集』への復帰を目指し再び専門歌人らの晴儀の和歌を重視した。その晴儀の和歌として必ずあげられるのが屛風歌であり、歌合歌である。『拾遺集』と歌合の関係については、歌合の側からの研究であるが、萩谷朴氏の『平安朝歌合大成』に詳述されている。さらに、その成果をふまえた「三代集と初期歌合[2]」の中で、萩谷氏は三代集と歌合歌について次のように述べている。

まず『古今集』については、「延喜十三年三月以前において、二十度しか存在の知られていない歌合の中、『古今集』に和歌の入撰している歌合が、十一度、延べ総歌数百二十二首に及んでいるということは、（中略）歌合と勅撰集との史的相関性の緊密さを示すことにほかならない。ともあれ、筆者が平安朝期歌合の第一隆昌期と指定した元慶八年二月光孝践祚以後延長八年九月醍醐譲位以前（八八四〜九三〇）の前三分の二の時期における歌合興隆の風潮が、そのまま『古今集』の編纂態度に反映したものであるといえよう」と指摘されている。さらに『後撰集』に入撰した歌合歌については、「計八度、延べ三十八首にしか過ぎない。歌数にして、『古今』入撰の歌合延べ百二十二首の三分の一強というのであるから、『後撰集』編纂者の歌合に対する関心度の低さははなはだしいものがある」といわれる。そして『拾遺集』については、「すこぶる歌合歌を尊重した」集といわれ、「通計して歌合二十八度、歌合歌は延べ八十五首に及んでいる。『古今集』以後の歌合で二十一度、『後撰集』以後の歌合で二十度と、その撰歌範囲はすこぶる広く歌合に及んだといわねばならない。『拾遺集』成立以前の知られた歌合百十度の中でも、四分の一を越す広汎さである」と指摘されている。

このように、『拾遺集』において歌合歌は、質的にも量的にも重要である、というのが大方の一致した見解である。そこで、本節では、両集における歌合歌の編纂方法を比較することによって、『拾遺集』における『拾遺抄』継承の具体相を解明したいと思う。

二　『拾遺集』の採歌源となった歌合

前述のごとく、歌合歌は、『拾遺抄』に四七首、『拾遺集』に八八首収められている。その比率は両集の全歌数比を少し下回るものの、ほぼ倍増している点では軌を一にしているといえよう。しかも、両集が採歌した歌合の種類を比べて見てみると、ほとんど変化がないのである。『拾遺集』が注目した歌合で、詞書に明らかに歌合名が記されているもの一三種を表化して『拾遺抄』と比べると次の通りである。

	歌合名（詞書）	開催年	『拾遺抄』・『拾遺集』入集歌数（歌番号）
①	平定文家歌合	延喜五年	四首・九首（一、八、四三、九三、一一六、二二九、六二六、八四六、九八八）
②	亭子院歌合	延喜一三年	五首・一二首（五六、六四、七一、七三、九八、一二三、二八八、六六七、七二五、七三八、九六〇、一〇三六）
③	源光家前栽合	延長年間	一首・一首（二九六）　※但し負態の歌
④	女四内親王歌合	延長年間	一首・一首（一〇三）
⑤	藤壺女御歌合	延長八年以前	一首・三首（六一、三五七、一〇三〇）
⑥	天暦内裏歌合	天暦一〇年	四首・四首（一〇、三八、七一六、七三四）
⑦	延喜御時歌合	延長八年以前	〇首・一首（一〇八）
⑧	天徳内裏歌合	天徳四年	八首・一二首（六、六六、六八、七九、一〇〇、一〇一、一〇四、六二一、六二二、六七八、六七九、七三五）
⑨	麗景殿女御歌合	天暦一〇年	一首・一首（四二）
⑩	河原院紅葉合	不明	一首・一首（一四〇）
⑪	或所草合	不明	一首・一首（五二五）
⑫	廉義公家前栽合	貞元二年	二首・五首（一七八、二九五、四四一、四四二、一〇九七）
⑬	寛和内裏歌合	寛和二年	三首・四首（一〇二、二一六、二一七、二五六）

この一三種について見ると、一二種まで『拾遺抄』が既に採歌した歌合で、さらにその半数の六種類については『拾遺抄』と歌数も全く同じである。『拾遺集』が新たに注目した歌合は、「⑦延喜御時歌合」一種類にすぎない。

次に、何らかの事情で詞書中には歌合歌であることが明示されていないが他文献により歌合歌とわかるものや後に歌合歌とされた『拾遺集』の一四種についても同様に表化してみると次の様になる。

	歌合名	開催年	『拾遺抄』・『拾遺集』入集歌数（歌番号）
ⓐ	寛平后宮歌合	寛平五年	四首・六首（四〇、七五、二〇八、二三九、二四一、九九九）
ⓑ	后宮胤子歌合	寛平八年	二首・七首（一一六、一三六、二〇二、二二九、二三九、六二六、一一一二）
ⓒ	亭子院女郎花合	昌泰元年	一首・一首（一一〇二）
ⓓ	宇多院物名合	延喜年間	一首・一首（三五八）
ⓔ	京極御息所歌合	延喜二一年	一首・五首（六二〇、一〇四四～一〇四六、一〇五六）
ⓕ	陽成院親王歌合	天慶六年以前	一首・一首（九二二）
ⓖ	或所歌合	不明	〇首・三首（二二一、二四七、一一三八）
ⓗ	或所歌合	不明	〇首・二首（三二一、三三二）
ⓘ	或所歌合	不明	一首・一首（二四二）
ⓙ	円融院扇合	天禄四年	一首・二首（一〇八八、一〇八九）　※但し勝態・負態の歌
ⓚ	一条大納言家歌合	天延三年	一首・一首（一〇五九）
ⓛ	小野宮家謎合	天元四年	一首・一首（五二六）
ⓜ	亭子院殿上歌合	延喜一六年	一首・一首（一五三）
ⓝ	紅葉合	不明	〇首・一首（一八九）

この一四種類について見ても、一一種類までが『拾遺抄』と同じで、その内四種類は一～四首を増加されており、『拾遺集』が新しく加えた歌合はⓖⓗⓝの三度にすぎない。しかも、その三度はいずれも『能宣集』『恵慶集』に片鱗を残すのみの歌合であり、おそらく私的で小規模なものであったと思われる。

現存する文献上に見える『拾遺集』成立以前に開催された歌合は約一二〇度、その中で『拾遺集』は『拾遺抄』既載の歌合歌が出詠された一三度の歌合以外には、わずか四度の歌合にしか着目していない。この事実は、『拾遺集』における歌合歌の撰集は、『拾遺抄』の撰集方針に則り、歌合歌を量的に増補させるだけの方法で行われたことを示している。

三　『拾遺抄』の歌合歌撰歌方針

『拾遺集』は何故それほどまでに『拾遺抄』の撰集方針を継承したのか、という問題を考えるために、『拾遺抄』収載の二三度の歌合は他の歌合に対してどのような特徴を持つのかをみていくことにする。『拾遺抄』既出の二三度の歌合を分類・検討することを通して、『拾遺抄』の撰集方針を考察しておきたい。

『拾遺抄』に既出する歌合二三度を主催者に注目して分類すると、次のようになる。

天皇主催の歌合　⑧　⑬
仙洞歌合　②　ⓒ　ⓓ
后宮歌合　ⓐ　ⓑ
女御更衣による歌合　⑤　⑥　⑨　ⓔ
親王・内親王家歌合　④　ⓕ　ⓙ
摂関・大臣家歌合　③　⑫
納言家歌合　ⓚ
参議・雲客歌合　ⓛ　ⓜ
士大夫歌合　①
その他或所歌合　⑩　⑪　ⓖ　ⓗ　ⓘ　ⓝ

各層が主催した歌合に満遍なく目配りしている事がわかる。また『拾遺抄』以前の歌合の中で最も重視され多くの歌が入集しているのは「天徳四年内裏歌合」[3]であるが、これは典型的晴儀の歌合である。そこで他の歌合についても公的か私的か、又は晴儀か密儀かという性格によって分類してみる。

公的晴儀の性格が強いもの　②⑧⑫⑬ⓐⓑⓒ
私的晴儀の性格のもの　⑥ⓔⓙ
公的密儀の性格のもの　③ⓓ
私的密儀の性格のもの　①④⑪ⓕⓚⓜ

さらに、各歌合歌の詠者に注目して、『拾遺抄』入集歌数を比較すると次の通りである。（　）内は、前述の歌合番号である。

紀貫之　五首　（②③⑫ⓐⓒ）
凡河内躬恒　二首　（①②）
坂上是則　二首　（②④）
壬生忠岑　三首　（①ⓑ）
壬生忠見　二首　（⑧）
平兼盛　三首　（⑧⑫）
恵慶　三首　（⑩⑪ⓘ）

各一首の歌人は、次にまとめて挙げた。

大中臣能宣（⑧）　源順（⑧）　清原元輔（⑨）　道綱母（⑬）　伊勢（ⓓ）　中務（ⓙ）
藤原朝忠（⑧）　藤原忠房（ⓔ）　曾禰好忠（ⓛ）　菅原文時（⑫）　菅原輔昭（ⓚ）　小弐命婦（⑧）

以上は『拾遺抄』詞書による作者名であるが、私家集や歌合伝本によると、さらに⑥の読人不知詠一首は忠見の詠、同じく⑬の一首は能宣、ⓐの二首は興風、是則である可能性がある。

これらの作者名を概観すると、伊勢、躬恒、貫之、是則、忠房、忠岑は『古今集』に入集している歌人であり、兼盛、中務、朝忠、忠見は『後撰集』以来の歌人というように、前代勅撰集入撰歌人達である。また、恵慶、能宣、元輔、好忠、順、道綱母は『拾遺集』に初出歌人で、以降も多数の入集を果たしている歌人である。輔昭は中古三十六歌仙の一人に数えられる。『新古今集』にも入集、⑫にも出詠している。ただし、文時と小弐命婦は他の歌人に比べると、その和歌活動はあまり目立たないが、しかし、小弐命婦は『後撰集』にも一首入集、『栄花物語』等にも登場する承平年間より宮中に仕えられた才たけた女房である。文時は、道真の孫として歌人よりも文人としての活躍に見るべきものが多い。

このように見てくると、『拾遺抄』が採歌した四七首の歌合歌は、そのほとんどが『拾遺集』前後の勅撰集に多くの入集を果たしている有名な歌人達の詠であることがわかる。

周知のごとく、九世紀末に、歌合は和歌再興をめざす宇多天皇の文化政策の一環として、すなわち、国家的な歌集編纂事業のための撰歌機関として始められ、延喜・天暦年間には史上空前の盛況を呈するのであるが、歌合行事は、単に文芸性のみを重んじる場ではなく、むしろ文学的遊戯として君臣女房達が歌合を媒介として和楽する場を形成することに目的があった。そのような性格が、歌合歌の多くが作者名も伝わらないこと、歌人としては無名の人々の一首限りの即興性の強い歌が多いこと、あるいは歌合が完全に記録されることが少ないこと等の原因となっている。

このような平安時代の歌合の有り様を考え合わすならば、『拾遺抄』が各層各種の歌合の中から専門歌人の歌合歌を選りすぐっているという事実は、如何に確固たる方針に基づいて歌合歌が編集されたかを物語るものである。

その方針は、『拾遺抄』が採歌源とした歌合を、採歌しなかった歌合と比較してみると、より明らかに看取できる。

『拾遺抄』成立以前に開催された歌合の中から天皇、仙洞、后宮主催の二九度について検討したい。二九度に絞ったのは、それらが比較的文献上に多くの記録を残しているという理由による。その二九度について歌合名、歌数、詠者に注目した一覧表をあげる。ただし、その中の八度は断片的記録しか残っていないために、歌数に△印を付してあげることにする。

なお、次表にあげた二九度の歌合の中で、『拾遺抄』に収められた歌を含む八度には、前出の数字（②⑦⑧⑬）とアルファベット（ⓐ～ⓓ）を付し、『拾遺抄』が採録しなかった歌合にはカタカナ（㋑～㋤）を付して区別した。

	歌合名	歌数	作者
㋑	寛平内裏菊合	二〇首	道真、素性、友則
㋺	寛平御時歌合	△一首	不明
ⓐ	寛平后宮歌合	一九〇首	貫之、友則、興風、躬恒、是則、素性、忠岑、伊勢、敏行、千里、棟梁、宗于、元方、当純、有岑、菅根、美材、忠臣、朝忠
ⓑ	寛平中宮歌合	三二首	貫之、友則、躬恒、元方、当純、敏行、深養父、興風、是則、忠岑
ⓒ	亭子院女郎花合	一五首	貫之、躬恒、能宣、忠岑、興風、定方
㋩	宇多院女郎花合	四首	不明
㋥	朱雀院女郎花合	△三首	躬恒、定文
ⓓ	宇多院物名合	二四首	貫之、友則、忠岑、定文、興風、深養父
②	亭子院歌合	八〇首	是則、貫之、伊勢、躬恒、興風、頼基、元方、兼覧王、秀方、兼行王、雅固、亭子院
㋭	延長年間陽成院歌合	二〇首	不明

㋬	亭子院女七宮歌合	△二首	不明
㋣	延喜十三年陽成院歌合	四六首	不明
㋠	延喜十三年内裏菊合	四首	貫之、躬恒、伊衡、兼輔、是則、季縄、興風
㋷	延喜年間内裏菊合	一二五首	公忠、元方、実頼、醍醐、敦慶、是茂、邦基、兼輔、兼茂、伊望、伊衡、千古、希世、庶明、有好、嘉生、有用、後、精、将文、行義
⑦	延喜御時歌合	△一首	(『拾遺抄』は不採)
㋦	天暦二年陽成院一宮歌合	五〇首	不明(宗干、是則の古歌)
㋸	天暦七年内裏菊合	△二首	中務、名多
㋾	天暦内裏前栽合	△二首	清正
㋻	天徳中宮歌合	△一首	清正
⑧	天徳四年内裏歌合	四三首	朝忠、望城、好古、能宣、忠見、順、兼盛、元真、中務、博古、小弐命婦
㋕	応和二年内裏歌合	二二首	博雅、延光、重輔、中務、常陸内侍、右近命婦、馬命婦、保光、助信、佐時、佐理、文利、兵庫蔵人、靭負蔵人、共政、内蔵蔵人
㋵	康保三年内裏前栽合	三六首	師尹、朝成、博延、博雅、斉光、安親、時中、高遠、共政、宣方、為光、永頼、時清、通雅、右近命婦、延光、保光、国光、忠尹、佐忠、清遠、大輔蔵人、衛門蔵人、播磨蔵人、済時、介命婦、兵庫蔵人、小弐蔵人
㋟	康保三年内裏後度歌合	△二首	不明
㋹	后宮媓子草合	△一首	重之
㋞	寛和元年内裏歌合	二首	公任、為理、長能、惟成
⑬	寛和二内裏歌合	四〇首	能宣、惟成、経信、明理、実方、長能、道綱母、好忠、高遠、敦信、公任
㋡	皇太后詮子瞿麦合	一三首	能宣、兼盛
㋧	正暦年間花山法皇歌合	一一九首	花山院、弾上宮上、直忠、正光、戒秀、成信、いちこ
㋤	正暦年間或宮歌合	△一首	馬内侍

二九度の歌合について、判明する詠者をあげたのであるが、代々の勅撰集に五首以上の歌が入集している歌人に注目すると、これらの歌合は大きく二分できる。

一は専門歌人の詠歌を中心とする歌合である。和歌作者全員が有名な専門歌人であるものは次の五種である。

㋑　寛平内裏菊合　㋡　皇大后詮子瞿麦合　ⓑ　寛平中宮歌合　ⓒ　亭子院女郎花合　ⓓ　宇多院物名合

また、大略が勅撰集入集歌人の詠によって占められている歌合は、次の五種である。

㋠　延喜十三年内裏菊合　②　亭子院歌合　⑧　天徳四年内裏歌合　⑬　寛和二年内裏歌合

ⓐ　寛平后宮歌合

『拾遺抄』に関わりのある歌合七種（ⓐⓑⓒⓓ②⑧⑬）は、すべてここに挙げた歌合中に見出せる。

二は、専門歌人によらない、あるいは作者を明記しない歌合である。二に分類されるのは、詠者名が記録に残らなかった次の種類である。

㋺　寛平御時歌合　㋩　宇多院女郎花合　㋭　延長年間陽成院歌合　㋬　亭子院女七宮歌合

㋣　延喜十三年陽成院歌合　㋦　天暦二年陽成院一宮歌合　㋟　康保三年内裏後度歌合

⑦　延喜御時歌合

これらは詠者が問題にされなかった歌合ともいえる。また、次は比較的規模の大きい歌合で、詠者もほとんど記しとどめられているが、その中で歌人として認め得るのは一名ないし若干名で、歌合の中心メンバーは天皇近臣や宮廷女房である。

㋷　延喜年間内裏菊合　㋕　応和二年内裏歌合　㋵　康保三年内裏前栽合

㋥　正暦年間花山法皇歌合

これらの歌合の中から『拾遺抄』に入集した歌はない。

ただし、㊁「朱雀院女郎花合」、㊅「天暦七年内裏菊合」、㋾「天暦内裏前栽合」、㋻「天徳中宮歌合」、㋹「后宮媓子草合」、㋤「正暦年間或宮歌合」においては、歌人が詠作した歌が用いられていたことは明らかであるが、いずれも一～三首の断片であり全容が知られないので論外とする。

このように『拾遺抄』所収の歌合歌は、詠者の判明する歌合の大半が有名歌人の詠であったが、それは一首一首の作者の問題にとどまらず、重出する歌合自体の性格とも関係しているといえよう。とするならば、前出の専門歌人詠を中心とする一一種の歌合の中で、『拾遺抄』が採歌しなかった歌合があるということが、次に問題になってこよう。

専門歌人の詠歌を用いた歌合―㋑「寛平内裏菊合」、㋣「延喜十三年内裏菊合」、㋞「寛和元年内裏歌合」、㋡「皇大后詮子瞿麦合」の四種の歌合から採歌しなかったのは何故だろうか。これら四種の歌合と、『拾遺抄』が注目し採歌源とした七種の歌合との間には何らかの差違が存したのであろうか。各々の内容をさらに具体的に考察したい。

まず、一一種の歌合の中で、㋑「寛平内裏菊合」、㋣「延喜十三年内裏菊合」、㋡「皇太后詮子瞿麦合」とⓒ「亭子院女郎花合」の四種は純粋歌合でなく、物合に付随する歌合であるという共通点がある。

㋑「寛平内裏菊合」は宇多天皇が主催した菊合で「今九本は洲浜をつくり植ゑたり、その洲浜のさま思ひやるべし、おもしろき所々の名をつけつつ菊には短冊にて結びつけたり」と仮名記にあるごとく、短冊に書かれた和歌は菊を飾る趣向にすぎなかった。道真、友則、素性の三首以外の一七首は詠者不明である。

㋣「延喜十三年内裏菊合」は醍醐天皇主催の菊合で、御記に「此日仰殿上侍臣令献菊花各一本分一二番相角勝劣、賭以可不知抽。申刻各方領花参入、(中略)勝負惣十番」とある。やはり菊合が主体で、菊合は一〇番行われたとあるのに歌は七番と少ない。さらに菊合は左方が二点の勝ちであったと記されているが、歌合の判定はなかった。

従って歌は即興風に菊の添え物として詠まれたのである。詠者達も歌人としてよりも殿上人侍臣として当日即興的に詠作したのである。

㋡「皇大后詮子瞿麦合」も一条天皇生母の詮子主催の瞿麦合で、「寛平内裏菊合」と同様、瞿麦の洲浜に添えられた歌には重点は置かれていない。

しかし、同じ物合でも、『拾遺抄』が採歌したⓒ「亭子院女郎花合」は、㋑、㋣、㋡とは異なり、「花は右劣り、歌は右勝ちにけり」と歌合の末に記されている様に、物合と歌合が対等に行われている。さらに後宴歌として、女郎花の折句物名歌が詠まれ、歌人以外の参会者が多くの和歌を詠み合っている。物合に付随した歌合の形式をとりつつも、歌合の方に比重が大きかったことがわかる。

このように、『拾遺抄』が採歌しなかった四種の内三種までは、ともに純粋歌合でなく、かつ秀歌を詠み合すことが重視されなかったといえる。ところが、『拾遺抄』が採歌しなかった歌合の中でも、㋞「寛和元年内裏歌合」は和歌の文芸性を競うことに主眼がおかれている。主催者は⑬「寛和二年内裏歌合」と同様、花山院で「寛和元年八月十日、殿上に俄かに出でさせおはしまして、侍ふ人々を取り分かせ給て」催された即興の歌合であった。従って、造り物や飾り物の伴わない、六題の歌題と五人の方人即歌人と判者のみの簡素な歌合である。『拾遺抄』『拾遺集』の編纂に深く関わる花山院主催の歌合が両集に採られていない点は不審ともいえる。あるいは「寛和二年内裏歌合」一種で花山院主催歌合を代表させたと考えるべきであろうか。

次いで、『拾遺抄』の採歌源となった歌合を見ておこう。

⑬「寛和二年内裏歌合」は翌年の、寛和二年六月に行われた、兼日兼題の二〇番、判者、左右講師、一一名の歌人と、「寛和元年内裏歌合」よりは周到に準備されて形式の整った歌合であった。②の「延喜十三年亭子院歌合」と⑧の「天徳四年内裏歌合」はいずれも晴儀歌合の典例となった有名な歌合で、兼日賜題、歌人および出詠歌の撰

も慎重に行われた。ⓐ「寛平后宮歌合」は『新撰万葉集』の準備として秀歌を集めた撰歌合、ⓑ「寛平中宮歌合」も撰歌合である。ⓓ「宇多院物名合」は当代一流の歌人達による技巧を尽した物名歌合で、各々秀歌を合わせることに主眼のおかれた歌合である。

以上見てきた所によると、『拾遺抄』に入集した歌合歌は、いずれも専門歌人の秀歌が集められた、文芸性の高い歌合に出詠されたものばかりであった。(4) しかも、それらの歌合は『拾遺抄』成立以前の専門歌人詠中心の和歌を合わせること自体に重心の置かれた歌合を、ほぼ網羅していたと結論づけられるのである。

そして、この『拾遺抄』の撰集方針は、前述したごとく、『拾遺集』所収歌合のほとんどが『拾遺抄』所収歌合の種類に一致するほどに、『拾遺集』に継承されたのである。

四　歌合歌の詞書の比較

歌合の種類のみならず、各歌合歌の詞書の記述においても両集の共通点は多い。しかし、当然のことながら『拾遺集』と『拾遺抄』に重出する歌合歌の詞書を比べると、人物呼称、官職名、作者名、歌合名等については差異もある。それらの差異は、本文書写上の異同か、又は、単なる補足なのか、あるいは『拾遺抄』の編集方針の修正に関わる意図的な改変であるのかどうかが、次に問題になってこよう。そこで、作者名と歌合名に関する違いを見ておきたい。ただし、成立時期の相違を示している官位呼称に関する差異「右衛門督朝忠」と「中納言朝忠」とするごとき例はここでは取り上げない。

（1）「鶯の声なかりせば……」

『拾遺抄』六番　作者「読人不知」　『拾遺集』一〇番　作者「中納言朝忠」

（2）「夢のごとなどかよるしも……」

『拾遺抄』二六四番　作者「読人不知」　『拾遺集』七三四番　作者「忠見」

（3）「恋しきをなににつけてか……」

『拾遺抄』二六五番　作者「能宣」　『拾遺集』七三五番　作者「順」

（4）「朝ごとにわがはくやどの……」

『拾遺抄』三八番　詞書「題不知」　『拾遺集』六一番　詞書「延喜御時藤壺の女御歌合の歌に」

（5）「やまがつと人はいへども……」

『拾遺抄』六三番　詞書「女四親王の屛風」　『拾遺集』一〇三番　詞書「女四のみこの家歌合に」

（6）「み山いでてよはにやきつる……」

『拾遺抄』六五番　詞書「（寛和二年内裏の歌合に）」　『拾遺集』一〇一番　詞書「（天暦御時歌合に）」

両集の本文は共通歌が多い関係上、書写過程において互いに校合・校訂されることが多かった。現存伝本の大半が、『拾遺抄』『拾遺集』の混合した本文をもっている。(5) 従って、作者名についても異同があった場合、どちらを『拾遺集』の改変と見るかは厳密には決め難いのであるが、それでもひとつの傾向は認めることができよう。

まず作者名の相違であるが、（1）の場合、『拾遺集』諸本は「朝忠」となっており、定家本系にはその下に「抄中務」と注記されている所から、『拾遺集』の作者名は何らかの情報に基づいて改訂されたといえる。ただし『拾遺抄』の流布本は「読人不知」、平安時代の古筆に近い本文といわれる異本系書陵部本も「読人不知」であるが、異本系で『拾遺集』との校異が朱書きされた貞和本は「中務」とある。公任撰の「前十五番歌合」「三十六人撰」

にも同歌は重出しており「中務」と記されている。『類聚歌合』の本文にも異同がある。十巻本本文は「中務」、二十巻本本文は「あつたた（敦忠）」であるが、後者は「あさたた（朝忠）」の誤字であろうか。中務詠と伝わっていたと考えられる資料の方が有力である。ところが、『大斎院御集』には新春の宴に参加した朝忠の詠として記されているのである。『拾遺集』の作者名も全く根拠がないとは考え難く、改訂であったと考えられる。

（2）の例は『忠見集』に重出する。『類聚歌合』十巻本、二十巻本ともに「忠見詠」とする。この場合は『拾遺集』の補訂は妥当であるといえよう。『拾遺集』は『拾遺抄』の作者名や歌合名を訂正しようとしたことが窺えるのである。

ただし、（3）の場合は『拾遺集』の「源順」説は疑わしい。『能宣集』にも同歌が重出する。『拾遺抄』は諸本「能宣」で、十巻本と二十巻本本文も「能宣」である。

さらに、歌合名に関する相違を見ておこう。（4）は二十巻本所収の「近江御息所歌合」中の一首と同じ歌である。萩谷氏は主催者の近江御息所を醍醐天皇更衣源周子と考証し、源周子が藤壺に居た可能性もあるとされる。ところで、両集は歌合歌でありながらそれと記されない歌も少なくない。巻により、又は編者の意図により記されなかったと考えられる例もある。[6]（4）の場合は、『拾遺集』が『拾遺抄』の情報不足を補訂した例と考えられる。なぜなら、両集ともこの歌は、歌合歌の多い春部に配されており、もとの歌合中においても応援歌等でなく和歌作品として出詠されたものであり、歌合歌と明記される条件は十分であったと思われる。

（5）は『拾遺集』にのみ名の見える歌合である。作者坂上是則の私家集には「夏、ほととぎす」と詞書が付されて重出する歌である。資料不足で『拾遺集』の詞書の当否を判断することは不可能であるが、『拾遺抄』を補訂する姿勢は読みとれよう。

（6）は、両集の歌とも詞書をもたないので前歌の詞書と同じとして（　）内に前歌の詞書を記した。後述のごとく、『拾遺集』が正しい。この例には、『拾遺抄』を訂正したという点のみならず、『拾遺集』の編纂上の工夫も見出せるので次に両集の本文を引用して比較しておきたい。

『拾遺抄』（夏・六四、六五）

　寛和二年内裏の歌合に　　中納言道綱母

みやこ人ねでまつらめやほととぎすいまぞ山辺をなきてすぐなる

＊み山いでてよはにやきつるほととぎすあか月かけて声のきこゆる　　兼盛

『拾遺集』（夏・一〇〇〜一〇二）

　天暦御時歌合に　　坂上望城

ほのかにぞ鳴き渡るなるほととぎすみ山をいづるけさのはつ声　　平兼盛

＊み山いでて夜はにやきつるほととぎす暁かけて声のきこゆる

　寛和二年内裏歌合に　　右大将道綱母

みやこ人ねで待つらめやほととぎす今ぞ山べを鳴きて出づなる

歌番号に＊印を付したのは両集で異なる歌合名の歌である。「天徳四年内裏歌合」の伝本記録類を参照すれば

『拾遺集』の詞書が正しいことがわかる。この例では『拾遺抄』を補訂しようとする姿勢が窺われるが、二首の配列が両集で相違している点も注目すべきである。『拾遺抄』において、同じ歌合歌として並列されていた「み山いでて」と「みやこ人」の二首が、『拾遺集』では別の歌合の歌となっている。そして「み山いでて」の歌は、正しい詠作事情が記され、さらに『拾遺集』が新しく増補した歌「ほのかにぞ」の直後に配列されているのである。『拾遺集』が新たに並列したこの二首は「天徳四年内裏歌合」で一三番に合わせられた一組である。判定結果は勝負無しの「持」、しかも「左右歌共有興、いとをかし」と両歌を手離しで誉めた上での持であった。『拾遺抄』既出の歌合歌に、合わされた歌を増補して並列するという、歌合の場と興味を再現させようとした意図に基づく改変が行われている。

とはいえ、もとの歌合において番われた二首を並置するという方法は、すでに『拾遺抄』でも見られた方法であった。同じ「天徳四年内裏歌合」中の最も有名な最終番、後世まで人口に膾炙した次の二首を『拾遺抄』は順序もそのままに取り込んでいる。

二十番　左　　　　忠見

恋すてふわが名はまだき立ちにけり人知れずこそ思ひそめしか

右　勝　　　　兼盛

しのぶれど色に出でにけりわが恋はものや思ふと人のとふまで

しかも『拾遺抄』はこの二首を恋上の巻頭に並べて入集させている。そして、『拾遺集』恋一の巻頭にも、この配列はそのまま踏襲されている。同様の方法を、『拾遺集』は前述の時鳥の歌二首にも用いたと考えられるのである。この例に端的に表れているように、『拾遺集』における歌合歌の増補・編纂の方法は、細部にわたって『拾遺抄』の編集方法を受け継いでいるのである。

五　おわりに

歌合歌に注目して、『拾遺抄』から『拾遺集』へどの様な増補改変が行われたのかを考察してきた。その結果、量的変化としての増補改変は行われているが、それに伴う質的な改変は見られなかった。すなわち『拾遺集』は『拾遺抄』の歌合歌を倍増させているが、その採歌資料としての歌合の種類にはほとんど変化がなく、詠者の人撰も『拾遺抄』と同じ基準によっていた。また『拾遺抄』に既出の歌合歌の詞書に記された、作者名、歌合名等の事実を訂正・補足した例が若干あったが、記述方針そのものに変化はなく、編集方針に関わる改変は見出せなかった。『拾遺集』の『拾遺抄』継承度が、かくも高かったのは、逆に言えば『拾遺抄』の編集方針・撰歌基準がそれだけ確固としていたからである。

『拾遺抄』の採歌源となった歌合を見ると、『拾遺抄』成立以前に開催された各層各種の歌合を広く網羅していることがわかった。それでいて、専門歌人達の詠歌を中心とした文芸性の高い歌合という共通性を持っている。『拾遺抄』は、歌合という多分に遊戯性や一座の和楽を重んじる社交の場からも、広く有名歌人の秀歌を撰ぶことに専心した。歌合歌としての興趣が和歌の文芸性を競う所にあることを、配列において示している。『拾遺抄』が、首巻の巻頭に歌合歌を据えたこと、しかも、その忠岑詠が多くの秀歌撰や歌学書によって名歌と評価されたことにも『拾遺抄』撰者公任の歌合歌編集における自負と見識が窺える。(7)(8)

そして『拾遺集』は、歌合歌の増補・編纂において、端々に至るまで『拾遺抄』の方針を継承し、撰歌基準を維持しようとしたのである。後述するように、大幅な改変も行っているが、こと歌合に関しては、検討してきた所によると、公任の和歌観と撰歌方針に対する花山院の敬意を読み取れるのである。『拾遺抄』の和歌をすべて含むという方針が、最も端的に現れているのが、歌合歌であるといえよう。

『拾遺抄』から『拾遺集』への増補改変の問題については、さらにさまざまな角度からのアプローチが必要であり、それらを全体的な視野の下に統合しなければ解決できないことはもちろんであるが、『拾遺抄』と『拾遺集』は基本的には大きさの異なる二つの円、いわば同心円のごとき関係として捉えられるのである。

注

（1）萩谷朴著『平安朝歌合大成　増補新訂』（同朋舎出版、平成七年）による。以下、歌合の仮名記、御記、判詞や歌日記は同書による。

（2）「三代集と初期歌合」（『鑑賞日本古典文学　第七巻』角川書店、昭和五〇年）。注（1）と同書中に所収された歌合を見ると、『古今集』成立後、村上朝から摂関時代にかけての歌合は宮中から歌人宅にわたって広範囲に盛行した。『拾遺集』に収載された歌合の種類と開催者の多様化にもそれは繁栄している。その意味で、『拾遺集』が編集に当たって夫々の歌合の正確な情報を入手することは、『古今集』の場合よりも、より難しかったと推測される。

（3）『八雲御抄』の歌会の規定に使用された語で、注（1）と同書によると、晴儀密儀は「歌合の規模の大小、行事的要素の繁簡、準備期間の長短、遊宴意識の多少」により、また公私は「主催者の社会的地位、開催場所の公共性、人的構成範囲の広狭」等による区分。

（4）天皇、院、后宮以外の主催する歌合一八度については、伝本が完全でないものもあるので厳密性を欠くが、わかる範囲では同様の傾向が窺える。概数のみ示しておくと、上達部中心の歌合からは一度、歌人名不明の歌合からは二度と少なく、専門歌人中心の歌合から九度を注目している。その他五度は断片的記録であるが専門歌人の詠進した歌合である。

（5）片桐洋一編著『拾遺抄　校本と研究』（大学堂書店、昭和五二年）、片桐洋一著『拾遺和歌集の研究　校本篇・伝本研究篇』（大学堂書店、昭和四五年）による。
（6）注（1）参照。
（7）「平定文歌合」に出詠された壬生忠岑の歌「春立つといふばかりにやみ吉野の山もかすみてけさは見ゆらん」。
（8）『三十六人撰』『金玉集』『和漢朗詠集』『八代集秀逸』『道済十体』『古来風躰抄』『定家秀歌大体』他。

第二節　『拾遺集』恋部の再構成
――贈答歌とその詞書の役割――

一　はじめに

『拾遺抄』では上下二巻であった恋部が、『拾遺集』では五巻に増補された。四季部が両者ともに四巻であるのと比べても、和歌が大幅に増補されたのみならず、それらの配列においてもかなりの改変が行われていたと考えられる。本節では『拾遺集』恋部の再構成について考察する。

従来、恋部の配列構成を論じる際には、歌および歌題を主として分析考察が行われてきた。贈答歌であることや、その詞書が取り上げられ問題になることは少なかった。恋部の配列構成に関する研究においては、必ずといってよいほど、恋の時間的な推移や恋の段階が問題になるのであるが、考えてみれば、恋の段階を考える時、歌の内容よりも詞書の記述の方が明確な根拠となることが多い。しかも、どのような詞書を付すかによって、同じ歌でも異なる恋の段階の歌となり得るし、また、詠者の性別さえも変わり得る。恋歌における詞書は、単なる詠作事情の説明に留まらず、その歌を如何に読ませたいかという編纂者の意図を反映するものであるといえよう。

『後撰集』と『拾遺集』に重出する歌の詞書を比較して見ると、このことがよく看取できる。例えば『後撰集』に次のような詞書を付す歌がある。

忍びて御匣殿の別当にあひかたらふと聞きて、父の左大臣の

制し侍りければ　　　　　　　　　　　　　　　敦忠朝臣

いかにしてかく思ふてふことをだに人づてならで君にかたらん（恋五・九六一）

この逢瀬後の恋の歌が、『拾遺集』では逢う以前の求愛の歌に変わっている。前歌と同じ主題の場合は、前歌の詞書を（　）を付して示した。

（侍従に侍ける時、女にはじめてつかはしける）　権中納言敦忠

いかでかはかく思ふてふ事をだに人づてならで君にしらせむ（恋一・六三五）

歌にも異同はあるが、恋の段階（前歌の詞書によって示された）に変更が加えられているのである。また、作者の立場が異なってしまう例がある。次の『後撰集』の歌は、作者名から明らかなように女性の歌である。

（題知らず）　　　　　　　　　　　　　　　小野小町が姉

ひとりぬる時は待たるる鳥の音もまれに逢ふ夜はわびしかりけり（恋五・八九五）

この女性の立場で詠まれた歌が『拾遺集』では次のようになる。

（はじめて女の許にまかりて、あしたにつかはしける）　よみ人知らず

ひとりねし時は待たれし鳥の音もまれに逢ふ夜はわびしかりけり（恋二・七一八）

「よみ人知らず」ではあるが、男性が初めての逢瀬を詠んだ歌群中に置かれている。いずれの例も、詞書に示された詠作事情により、『後撰集』とは異なった解釈を付与されて『拾遺集』中に置かれているのである。(1)『拾遺集』の詞書には編纂者の意図が強く表れていることを示す例といえよう。因みに、この二首は『拾遺抄』には無く、『拾遺集』撰者の意図が読み取れる。このように見てくると、恋部の構成を考える上で、実際に贈答された歌とその詞書もまた考察する必要があると考えられる。

二　『拾遺集』恋部の配列構成

『拾遺集』の配列構成については様々な角度から研究されてきた。早く、『拾遺抄』との比較にはじまり、構成・撰歌の点において『拾遺抄』の方針を如何に継承しているか、あるいは『拾遺集』独自の方法を打ち出しているかどうかという問題が論じられてきた。とくに、片桐洋一氏が「拾遺集の組織と成立」(2)において提示された、『拾遺集』の和歌は、時間的推移と歌ことば及び作者によって配列され、さらに、歌材、歌語、歌が詠まれた時等によるまとめという三つの編纂方法を按配したものであるという結論は通説となっている。ここで、従来の構成論を整理しておきたい。

恋部の構成に関しては小町谷照彦氏の興味深い指摘(3)がある。すなわち、恋三は「山風を素材として孤閨の憂愁を詠じた歌」にはじまり、「待人の来ぬ夜が重なったことを嘆く歌」で終わる「物語的連続性」を持っているとの指摘である。ことに恋三は「山→月→夜→夢→四季→独寝という連続した流れを示しており、これは一つの解釈に過ぎないかも知れないが、歌の内容が訪れて来ぬ人を待ち焦がれているものであることを思うと、来ぬ人を待ち『山』を眺めていると、山から『月』が昇り、『夜』が更け、床について『夢』をみ、夢の中に『四季』の恋を味わい、夢からさめて『独寝』の夜々を述懐するという、まさに歌でもって構成された一篇の物語が描き出されるのである」と述べておられる。また、「他の巻についてもこのような流れをすべて顕著に認め得るとするのは過言かもしれないが」との条件付で、「主題が各歌相互の表現や内容の関連によって連続した流れとなって一つのまとまりをなしているのである」と結論され、恋部全体については、恋一は「恋を忍ばせている頃から恋の成就まで」を、恋二は「恋の成就後の苦しみ」を、恋三は「独り寝の夜々」を、恋四は「旅に出ての思慕」を、恋五は「燃えるような烈しい慕情」を描くとされる。

さらに小町谷氏は「拾遺集恋歌の表現構造」(4)において、「恋歌の核となる語句に視点を置いて、様々の位相の恋をどのような語句が担っているのか」を究明された結果、恋五巻はそれぞれが次のように、恋の段階をおう構成になっていると結論される。

恋一　まだ逢う以前の段階の恋
恋二　逢ったばかりの段階の恋
恋三　やや飽きがきた段階の恋
恋四　いよいよ忘れられかけた段階の恋
恋五　もはや絶望的な段階の恋

また、小池博明氏は『拾遺集の構成』(5)で、文章構成理論を応用し、各巻は複数の恋を描く数歌群が並列するという構成をとると分析される。すなわち、「無縁、忍恋、求愛、逢瀬、疎遠、別離、絶縁」の各段階の歌からなる「追歩型歌群」が、どの巻にも並列していることを指摘される。そして、恋一と恋二、恋三、恋四、恋五は、起承転結の関係になっているとして、次のような構成を提示される。

恋一　逢瀬にいたらない恋の発端
恋二　逢瀬にいたるが破綻した恋の発端
恋三　独寝から逢瀬断念
恋四　断念した恋への執着が蘇る
恋五　実現せず実らなかった恋の回想

両氏の論は、『拾遺集』恋部は恋の進展、段階を歌によって描いているという点では一致している。部分的には

『拾遺集』に特徴的な配列構成の方法を認めつつも、大枠では『古今集』と類似の方法によって配列構成されている。すなわち、「不逢恋」から「逢恋」、「逢不逢恋」を経て恋の終末期の諸相を段階的に描くとの見方がされているのである。

ただし、山崎正伸氏は、『拾遺抄』の配列を恋の段階的な配列とすれば、その配列を変更している『拾遺集』の配列は恋の段階よりも、歌ことばの連鎖を重視しているのではないかと結論されている。山崎氏の論は、前代勅撰集との重出歌および『拾遺抄』既出歌を、『拾遺集』がどのように再配置したかという観点から『拾遺集』の配列を研究[6]されたものである。

確かに、『拾遺集』の全巻の和歌配列において「歌ことば」が意識されている事例は多く見出せる。しかし、「歌ことば」による配列を重視するという全体の傾向と、恋の段階を追うという配列方法とは相容れないものだろうか。また、和歌の内容から読み取れる恋の段階には曖昧な場合もあるのではないか。そこで詞書に注目することによって『拾遺集』の恋部の構成を再検討してみたい。

三　詞書からみた恋部の構成

『拾遺集』恋歌に付けられた詞書は簡略でしかも数も少ない。この点については、小町谷氏が晴の歌を多く収めるという『拾遺集』の性格によるもので、「晴の歌が多いということは、私的な詠作の場面に対する関心が少ないことになり、『後撰集』などと比較して詞書が簡略である。これは恋歌に典型的に表れ、題知らずの歌がかなり多」いといわれている[7]。確かに詞書を付す恋歌の数は多くはないものの、それらの詞書を辿ってみると、歌によるよりも更に明確に配列構成の方法が見えてくる。

まず、恋一の詞書には次のような例がある。(8) いずれも『拾遺抄』には無い歌であることは注目される。因みに、『拾遺抄』恋部には「はじめて」恋文を送る由の詞書はない。

女のもとにはじめてつかはしける　(六二四詞書)

まさただがむすめにいひはじめ侍りける、侍従に侍ける時　(六三三詞書)

侍従に侍ける時、女にはじめてつかはしける　(六三四詞書)

この巻の詞書には女性に恋文を出したことを記したものが多いのであるが、「はじめて」という恋の段階を明確に示す語が用いられている。思いを掛ける相手に「はじめて」贈った恋文であるという詞書は他の巻の歌には付されない。以後の巻には「女のもとにつかはしける」(恋二・七〇七詞書)、「月あかかりける夜、女の許につかはしける」(恋三・七八七詞書)、「女のもとにつかはしける」(恋四・八七八詞書)、「女につかはしける」(恋五・九四一詞書)と書かれるようになる。

詞書においてこのような区別があることは、次にあげたごとく恋の初期段階のものとみなせる歌が、恋部の後半部にも見出せることとは対照的である。

(題知らず)　人麿

ますかがみ手に取り持ちて朝な朝な見れども君にあく時ぞなき(9)　(恋四・八五七)

(題知らず)　人麿

なには人あし火たく屋はすすたれどおのが妻こそとこめづらなれ　(同・八八七)

(題知らず)　人麿

かきくもり雨ふる河のささらなみ間なくも人の恋ひらるるかな　(恋五・九五六)

(題知らず)　(坂上郎女)

しかのあまの釣りにともせるいさり火のほのかに人を見るよしもがな　（恋五・九六八）

因みに『古今集』には「はじめて」恋文を送ったと記す詞書は見られない。一方、『後撰集』には、「女のもとにはじめてつかはしける」（恋二・六〇一詞書）、「はじめて女のもとにつかはしける」（恋四・八六六詞書）等の類似の例が八例あり、それぞれ恋二、恋四、恋六に配されている。『後撰集』恋部においては、恋一の冒頭歌（五〇七）の詞書に「からうじてあひしりて侍りける人に、つつむことありて逢ひがたく侍りければ」とあるように、恋部は逢瀬後の段階の歌からはじまっている。また、恋部の後半に置かれた歌の詞書に「消息はかよはしけれど、まだ逢はざりける男を、これかれ逢ひにけりといひさはぐを」（恋五・九〇三詞書）という逢瀬前の恋歌であることが記されている。『後撰集』は、『古今集』の恋の段階をおって配列するという方法を踏襲してはいない。[10]従って、『後撰集』においては「はじめて」の恋文であることを記した詞書は単に歌の説明であり、構成上の効果や恋の段階を示すという役割を意識して記されたものではないといえる。

このように『古今集』や『後撰集』の詞書と比べてみるとき、『拾遺集』の詞書が巻々の構成を意識して意図的に付されていることがうかがえる。恋一が未だ逢わぬ段階の恋歌によって構成されていることは、すでに認められるところであるが、さらにこれらの詞書からは求愛の心情を描くことに主眼が置かれていることがわかる。

恋二の前半の詞書には、「はじめて」逢瀬がかなった事が記されている。

はじめて女の許にまかりて、あしたにつかはしける（七一四詞書）

本院の五の君の許に、はじめてまかりて、あしたに（七二〇詞書）

女の許にまかりそめて（七二三詞書）

ところが、恋二の後半にかけての詞書には、最初の逢瀬からの時間的な隔たりが「久しく」なったことが示される。

女に物いひはじめて、さはる事侍りてえまからで、いひつかはし侍りける（七二八詞書）

忠房がむすめのもとに、久しくまからでつかはしける（七四〇詞書）

ふるく物いひ侍ける人に（七六〇詞書）

すでに逢瀬は間遠になったことを示す詞書が見出せる。恋二は逢瀬後の段階の恋歌で構成され、熱愛と間遠になっても変わらぬ恋情が描かれている。これらのうち『拾遺抄』に既出は七一四番のみであり、他はすべて『拾遺集』増補歌であることから、この配列は『拾遺集』独自の方法によるものといえる。

恋三の詞書には、さらにいっそう来ぬ人を待つ年月が積もってゆくという時間の経過が記されている。

広幡の御息所、久しう内にも参らざりける……（八一〇詞書）

天暦御時、広幡の御息所久しく参らざりければ、御文つかはしけるに（八三〇詞書）

たえて年ごろになりにける女の許にまかりて、雪のふり侍りければ（八四七詞書）

このように逢瀬のない状態が長く続いていることが記される。広幡御息所は村上天皇の寵愛が篤かったことが知られているが（『十訓抄』等）、帝寵の女性さえ「久しく」逢瀬が途絶えることを物語る詞書である。

また、「春までおとせぬ人」（八一七詞書）、「なでしこおひたる家」（八三一詞書）、「萩につけてつかはしける」（八三八詞書）、「雪のふり侍ければ」（八四七詞書）等からわかるように、恋部の中でこの巻のみは春夏秋冬の景物によせた恋歌がそろっている。途絶えた逢瀬を待つ時間の長さを、めぐる季節によせて強調したものといえよう。

恋四には、次にあげるように結婚と離縁を示す詞書を付した歌が対のように置かれていることが注目される。

元輔がむこになりて、あしたに（八五〇詞書）

国用がむすめを知光まかり去りて後、鏡を返しつかはすとて、書きつけてつかはしける（九一五詞書）

恋四は、構成意図の見出しにくい巻で、前述のごとく「旅に出ての思慕」、「いよいよ忘れられかけた段階の恋」、

「断念した恋への終着が蘇る」段階の歌で構成されている等といわれてきた。しかし、他の巻に見られない「むこになりて」と「まかり去りて」という結婚と離縁を具体的に示す一対の詞書に注目するならば、恋のひとつの段階の歌をまとめた巻というよりも、恋の経過全体を見渡す巻として構成されているのではないかと予測される。さらに、この巻には次のように比較的詳しい事情を記した詞書が少なくない。

①　一条摂政、内にてはびんなし里にいでよといひ侍りければ、人もなき所にて待ち侍りけるに、まうで来ざりければ（八五二詞書）

②　女を恨みて、さらにまうで来じとちかひて後につかはしける（八七一詞書）

③　天暦御時、承香殿の前をわたらせ給ひて、こと御方にわたらせ給ひければ（八七九詞書）

④　年を経て信明の朝臣まうで来たりければ、簾ごしにすゑて物語し侍りけるに、いかがありけん（八九八詞書）

⑤　入道摂政まかりたりけるに門を遅く開けければ、立ちわづらひぬと言ひいれて侍りければ（九一二詞書）

①は、来ぬ男の言い訳を信じて言われるままに従った結果、相手の愛情の浅い事を知ったという経緯を、②は、女を恨み別れを言い渡した後に、自らの心の変化に気付いたという後悔を、③は、他人行儀となってしまった夫婦仲が再び元に戻る可能性を、④は、愛情の変化を前渡りによって知らされることになるという状況を、⑤は、もはや歓迎されなくなった通い婚の有り様を、それぞれ描く詞書である。これらの詞書の描く事情は様々であるが、共通しているのは、「心がわり」という主題である。『拾遺抄』にも、②、③、⑤は重出するが、②、③は恋下に、⑤は恋上にそれぞれ離れて配置されており、「心がわり」というテーマでまとめることは、『拾遺集』の編集方法であったことがわかる。

『拾遺集』恋四は、恋の成就から終局までの過程で、熱愛から冷却を経て再燃する恋心を描き、恋人と自らのあわいで行きつ戻りつする「心」のたゆたいの様相を描く巻として構成されたと考えられよう。

恋五の詞書には次の例がある。

善祐法師流され侍りける時、母のいひつかはしける[11]（九二五詞書）

ものいひ侍りける女の、後につれなく侍りて、さらに逢はず侍りければ（九五〇詞書）

女のもとにまかりけるを、もとの妻の制し侍りければ（九六三詞書）

延喜御時、承香殿女御の方なりける女に、元良のみこまかりかよひ侍りける、絶えて後いひつかはしける（九七七詞書）

左大臣女御失せ侍にければ、父おとどのもとにつかはしける（九九一詞書）

遠き所に侍りける人、京に侍りける男を、道のままに恋ひまかりて、高砂といふ所にてよみ侍りける（九九八詞書）

これらの詞書には、種々の事情で再び逢うことがかなわぬ、絶望的な恋の終わりが示されている。ことに、「流罪」や「死別」「遠国への下向」という決定的な別離から、本妻の妨害や相手の心変わりによる日常的な別離まで様々な恋の終末が描かれる。恋五は恋の終焉にあって、絶望する心情が描かれているといえよう。

このように見てくると、『拾遺集』恋部を構成する上において、『拾遺抄』には見られない方法、すなわち、詞書に恋の段階を示す指標としての役割を担わせているのである。ただし、それらの詞書は、ほとんどが現実の恋を描くもの、すなわち、贈答歌またはその一方に付されたものであった。そこで、次に、実際の恋の場においてやりとりされた贈答歌が、恋部にどのように組み込まれているかについて見ておきたい。

四　恋部における贈答歌とその詞書の役割

贈答歌は『古今集』には一四組であったのが、『後撰集』になって一八〇組に増大した。そして『拾遺集』では二〇組に減少する。贈答歌の数だけを見れば、『拾遺集』は『古今集』に近い。贈答歌を多く収録することで現実の恋を描くことに徹した『後撰集』に比して、『古今集』と『拾遺集』は、歌そのものによって恋の情趣を描くことに重きを置いているといわれる所以である。

しかし、前述したように、『拾遺集』恋部の贈答歌に付せられた詞書の中には、恋の段階を示すという構成上に重要な役割を果たすと考えられるものがあった。とするならば、現実の恋であることを示す詞書を伴う贈答歌も、配列構成上に何らかの役割を与えられているのではないだろうか。

『拾遺集』恋部には贈答歌は九組しかない。(12)『古今集』恋部も九組で（ただし左注によって、さらに一組が贈答歌となるのを加えると一〇組になる）同数である。これらの贈答歌の配置を見ると、『古今集』では恋一に一組、恋二に一組、恋三に三組、恋四に二（三）組、恋五に二組である。とくに集中する巻はない。一方、『拾遺集』では九組のうち六組までが恋一に置かれている。残りの三組が、恋二と三と五に一組ずつ配置されている。数量的には『古今集』と同じ傾向を示す『拾遺集』ではあるが、贈答歌の配置を見ると、現実の恋歌を効果的に組み入れようとした編集意図がうかがえる。

また、贈答歌のいずれか一方だけのものを見ると『古今集』には一五首であったのが、『拾遺集』では五五首に増加している。実際にやりとりされた男女の恋歌を収載しようという傾向は、『古今集』よりも『拾遺集』において著しいといえよう。

では、贈答歌が集中している『拾遺集』恋一において、贈答歌は如何に組み込まれ、どのような役割を果たしているのかを見てゆきたい。

恋一は有名な天徳内裏歌合の名勝負の歌によって始められる。一首目の忠見詠「恋ひすてふわが名はまだき立ちにけり人知れずこそ思ひそめしか」（六二一）に詠われる人知れずはじまった恋が、二首目の兼盛詠「しのぶれど色に出でにけりわが恋はものや思ふと人のとふまで」（六二二）では早くも他人に気付かれてしまったことを嘆く。しかし、三首目の貫之の歌「色ならばうつるばかりもそめてまし思ふ心をしる人のなさ」（六二三）では、肝心の恋の相手に知ってもらえぬ嘆きが詠われる。

そして四首目（六二四）に最初の恋文が置かれる。「女のもとにはじめてつかはしける」平公誠の歌によって「忍ぶ恋」から「色に出づる恋」へと展開する。しかし、返事は記されない。返歌はなかったと読まそうとする意図が窺えよう。

この後には、題知らず歌群―「なげきあまりつひに色にぞ出でぬべきいはぬを人のしらばこそあらめ」（六二五）から「よそにのみ見てやは恋ひむ紅のすゑつむ花の色にいでずは」（六三二）に終わる―が続く。自らの気持ちをはじめて相手に伝えた公誠詠を受けて、「色に出づる恋」のテーマを繰り返し、次の贈答歌群へと繋ぐ役割を担っていると考えられる。

他の箇所でも、「読み人不知歌群」ともいうべき歌群が、主題を展開させる歌または各主題の中心となる歌の前後に効果的に配されており、それらの歌は、あたかも舞台上で展開する恋物語の背景に流れるコーラスの様相を呈している。

続いて男性達の初めての求愛歌群（六三三～六三五）が置かれる。いずれも返歌はなくすべて贈歌のみである。その後に恋部で最初の一組の贈答歌（六三六・六三七）が置かれる。

堤の中納言の御息所を見てつかはしける　　小野宮太政大臣

あな恋ひしはつかに人を水の泡の消きえかへるとも知らせてしがな

返し

長からじと思ふ心は水の泡によそふる人のたのまれぬかな

何とか自らの恋心を相手に知らせたいと願った男性の歌に対する女性の返歌は、いわゆる「女歌」の常套的な表現を用いた「頼まれぬ」という否定的なものである。(13)

この後には五首の題知らず歌群（六三八～六四二）が続くが、「くるしき物と恋を知りぬる」（六三八）、「見なれぬ人も恋ひしかりけり」（六三九）、「心をよせて恋ふるこのごろ」（六四〇）、「つれなき人に」（六四一）、「人はつれなし」（六四二）と、自らの苦しさと相手のつれなさを対比させる内容で、前置された一組の贈答歌に表現された男女の心情を反復し、つれない返歌を受け取った男の心情に共鳴する内容になっている。忍ぶ思いを色に出だし、ようやく返事はもらえたものの、相手のつれない返歌のためにますます恋の苦しさは募る。そのような心情の流れが歌によって描かれているといえよう。

残りの五組の贈答歌も、それぞれに前後の歌と歌語の連続性を持ちつつ、主題の展開に関わっているのであるが、ここでは、それらをまとめて列挙しておくことにする。

①六五三・六五四番歌

男のよみてをこせて侍りける

あはれとも思はじ物を白雪のしたに消えつつ猶もふるかな

返し　　中務

ほどもなく消えぬる雪はかひもなし身をつみてこそあはれと思はめ

②六五七・六五六番歌

大原野祭の日、さかきにさして女の許につかはすとて

一条摂政

大原の神も知るらむ我が恋はけふ氏人の心やらなむ

返し

よみ人知らず

さか木ばの春さす枝のあまたあればとがむる神もあらじとぞ思ふ

③六七〇・六七一番歌

けさうし侍ける女の、さらに返ごとし侍らざりければ

藤原実方朝臣

わがためはたなゐの清水ぬるけれど猶かきやらむさてはすむやと

返し

よみ人知らず

かきやらばにごりこそせめ浅き瀬のみくづは誰かすませても見む

④六七四・六七五番歌

女のもとにつかはしける

よみ人知らず

ひとしれぬ涙に袖は朽ちにけり逢ふ夜もあらばなににつつまむ

返し

君はただ袖ばかりをや朽たすらむ逢ふには身をもかふとこそ聞け

⑤六八九・六九〇番歌

ちぎりけることありける女につかはしける

菅原輔昭

つゆばかりたのめしほどのすぎゆけば消えぬばかりの心地こそすれ

返し　　　　　　　　　　　　　　　　　　　　　よみ人知らず

つゆばかりたのむこともなき物をあやしや何に思ひおきけん

これらの贈答歌における男性の贈歌はすべて熱心な求愛という点で共通している。①はわが身を白雪に喩え「消えつつ」恋嘆く日々を訴える歌、②は祭の日に神かけての求愛、③は愛情がない女性にも「猶かきやらむ」と一途に求愛し、④は恋の嘆きのために流す「涙に袖」が朽ちると訴え、⑤はようやく取り付けた逢瀬の約束を違えられ「消えぬばかり」嘆いている。それぞれ異なる状況ではあるが、熱心で一途な求愛の歌である。

一方、女性の返歌、反応は一様ではない。①「かひもなし」、また⑤「あやしや何に思ひおきけむ」と相手の嘆きを一蹴しつつ、①「身をつみてこそ」、④「身をもかふ」ことを求め、あるいは、③「誰かすませても見む」と拒絶し、あるいはまた、②「とがむる神もあらじ」と求愛を受け入れる歌もある。拒絶一辺倒ではないために、ますます恋心を募らせるという流れを作り上げる効果を果たしている。

このように恋一に贈答歌が集中して配置されているのは、恋文が恋の成就のための重要な手段であったという現実の反映に過ぎないとの見方もできよう。しかし、わずか九組という贈答歌の少なさは、何らかの意図により厳選された結果と見てよいのではないだろうか。しかも、そのうち六組を一つの巻に集中させている。恋の初期段階に贈答歌を多く配し、男性からの熱心な求愛を具体的な現実感をもって描こうという意図によるものと考えられる。

これらの贈答歌は、恋文のやり取りが始まってもなかなか逢うことを許されないもどかしさを強調し、また、恋文のやりとりによって一層深まる恋の嘆きと「逢瀬を待つ」心情が募って行く段階を描くために効果的に配されている。贈答歌は恋一を構成する上に重要な役割を担って配されており、さらに、その詞書は恋部の構成上、重要な役割を担っているのである。

五　おわりに

『拾遺集』が大幅に増補した恋部の構成が、『拾遺抄』と異なるのは、和歌の増補によるものと見られてきたが、恋部の贈答歌とその詞書に属目して考察した結果、『拾遺集』恋部が独自の方法を持っていることが明らかになった。

『拾遺集』は、『後撰集』との差異の大きさのために、『古今集』との類似性が強調されがちである。確かに『拾遺集』恋部は、恋の進展を和歌によって描くという、また、晴の歌を中心にして現実の恋よりも恋の情趣を描くことを中心にすえるという点で、大枠においては『古今集』恋部の配列構成原理を踏襲しているといえる。

また、数量的には少ないとはいえ贈答歌を含み、それらは（恋一において）、恋の情趣と心情に現実味を与える効果をあげている。贈答歌を中心とする実詠歌とその詞書によって有名無名の人々の恋物語を浮かび上がらせるという『後撰集』的な側面も持ち合わせている。『後撰集』において激増した恋の贈答歌、詳細になった詞書の面白さを、『拾遺集』は巧みに取り入れているといえよう。

しかし、また、恋部における贈答歌とその詞書は、単に実際の恋の反映にとどまるものではなかった。例えば、贈答の大半は女の返歌が記されないことや、また恋の相手は「女」としか記されないこと等は現実味を捨象しようとしたかのようである。贈答歌とその詞書の考察の結果、詞書を付し現実の恋から生まれた歌として集中に配列された贈答歌は、恋の段階的な推移を示す指標となっていることがわかった。

詞書に注目することで、恋の進展・段階を追って歌を配列するという方法のみならず、例えば、恋四では「心がわり」を主題に、結婚から別離にいたる過程における様々な「心のたゆたい」を描くべく歌が配列されているという構成が見えてくる。詞書には、『拾遺集』恋部の構成の骨子が端的に示されているのである。『古今集』とも、そして『拾遺抄』とも異なる方法で、『拾遺集』は、古から今に到る様々な恋模様を描きだそうとしたのである。

注

（1）片桐洋一「拾遺集における後撰集歌」（『国文学』第六九号、平成四年一二月号、後に『古今和歌集以後』〈笠間書院、平成一二年〉に所収）にすでに指摘されている。敦忠歌については「褻の歌から晴の歌へ」改めた例、小町が姉の歌は「新解釈による新本文」の例としてあげられている。また、佐藤和喜「拾遺集歌の物語性―後撰集との重出歌を中心に―」（『宇都宮大学教育学部紀要』第四七号、平成九年三月号。後に『景と心―平安前期和歌文学表現理論―』〈勉誠出版、平成一三年〉に所収）では、いずれも神婚観念を無化する例としてあげられている。

（2）片桐洋一「『拾遺集』の組織と成立―『拾遺抄』から『拾遺集』へ―」（『和歌文学研究』第二二号、昭和四三年一月）。後に『古今和歌集以後』（前掲）に所収。

（3）小町谷照彦「拾遺集の本質―三代集の終結点―」（『国語と国文学』第四四巻第一〇号、昭和四二年一〇月号）。

（4）小町谷照彦「拾遺集恋歌の表現構造」（『国語と国文学』第四七巻第四号、昭和四五年五月号）。

（5）小池博明著『拾遺集の構成』（新典社、平成八年）。

（6）山崎正伸「拾遺和歌集の恋部の構造―拾遺抄と比較して」（『二松学舎大学論集』第五一号、平成二〇年三月、同「拾遺和歌集の恋部の構造（二）―拾遺抄と比較して」（『二松学舎大学東アジア学術研究所集刊』第三八集、平成二〇年三月、同「拾遺和歌集の構造―重複重載歌を通して―」（『二松学舎大学人文論叢』第七八輯、平成一九年三月）。また、山崎氏の前代勅撰集との重複歌の考察により『拾遺集』の構造を明らかにした「拾遺和歌集の構造―古今和歌集・後撰和歌集の重出歌を通して―」の（一）から（三）が、それぞれ、『二松』第二一号、平成一九年三月、『二松学舎大学論集』第五〇号、平成一九年三月、『二松学舎大学東アジア学術研究所集刊』第三七集、平成一九年三月に掲載されている。

（7）注（3）に同じ。題知らずは『拾遺集』恋歌の七四・四％を占め、『後撰集』恋部の一四・四％に比べて極めて多いが、『古今集』恋部の八八・九％に近いことが指摘されている。
（8）異本第一系統は、この例のうち、六二四番詞書が「女のもとにつかはしける」、六四六番詞書が「まさただがむすめのもとにいひつかはしける侍従に侍りける時」とある。使用例は皆無ではないが、「はじめて」の用例数は異なる。
（9）異本第一系統のみ下句「見れども君があふときもなき」。
（10）片桐洋一「女流文学としての後撰集」（『論叢王朝文学』笠間書院、昭和五三年。後に『古今和歌集以後』に所収）において指摘されている。『後撰集』の配列について「古今集的な配列のとらえかたでは説明が不可能」とし、その独自な組織の特色を論じている。
（11）異本第一系統の本文には「善祐法師なかされ侍ける時ある女の家につかはしける」とあり、異本第二系統の本文には「善祐なかされはへりける時あるおんなのつかはしける」とあって、それぞれ作者が異なっている。
（12）異本系統では八組である。異本第一系統、第二系統ともに返歌をそれぞれ一首欠いている。すなわち、異本第一系統では巻五の円融院と少将更衣の贈答歌の返歌が、異本第二系統では、例に引いた恋一の六三六番の返歌がない。
（13）鈴木日出男「女歌の本性」（『古代和歌史論』東京大学出版会、平成二年）の定義による。

第三節　『拾遺集』における貫之歌の増補

一　はじめに

『拾遺集』は紀貫之の歌を集中に最多入集させている。貫之の和歌を最も重視していたといってもよい。貫之の歌は『拾遺抄』でも最多入集であった。採歌数に端的に示されているように、貫之重視の方針は『拾遺集』の前身であった『拾遺抄』の編集方針を継承するものであった。第一節において歌合歌に注目し、『拾遺集』が『拾遺抄』を継承する側面を明らかにし、第二節において恋部の構成の分析を通して、『拾遺抄』を改変する側面を明らかにした。『拾遺抄』を内包する『拾遺集』の性格および成り立ちは、常に、『拾遺抄』からの継承と改変という二方向の中で考える必要があろう。本節では、そのような観点から、『拾遺集』に増補された貫之歌をとりあげて、『拾遺抄』既出の貫之歌と比較することを通して、『拾遺集』が『拾遺抄』をどのように継承し、どのように再編・改変しようとしたのかという問題の考察を深めたい。

二　増補歌の部立と詠作の場

『拾遺抄』の撰者と考えられてきた公任が貫之を高く評価していたことを物語る事例は多い。例えば、『新撰髄脳』では「貫之、躬恒は中比の上手なり。今の人の好むはこれがさまなるべし[1]」と貫之と躬恒とを同等に評価しているが、種々の撰集においては、『金玉集』では貫之八首、躬恒六首、『深窓秘抄』では貫之八首、躬恒六首、『和漢朗詠集』では貫之二〇首、躬恒一一首、『拾遺抄』では貫之五六首、躬恒二三首を撰んでいるように常に貫之が第一番目に多く採歌されており、公任の貫之崇拝が窺われる。また、「四条大納言、六条宮被談云、貫之歌仙也。宮云、不可及人丸。納言云、不可然[2]」という『袋草紙』他に収載された説話からも公任の貫之への傾倒ぶりが窺えよう。

では、公任はどのような貫之歌を『拾遺抄』に撰んだのであろうか。そして、『拾遺集』ではどのような貫之歌が増補されたのであろうか。

まず、両集の貫之歌について、部立、詠作の場、詠作年次等を比較することによって、両者の編集方針の相違を考える手がかりとしたい。『拾遺抄』と『拾遺集』とが所収する貫之歌を、部立ごとに比較すると次の通りである。なお、両集の貫之歌の一覧は後掲する。

《拾遺抄》春七首　夏二首　秋九首　冬四首　賀一首　別三首　恋六首　雑一九首……（計五一首[3]）
《拾遺集》春九首　夏六首　秋一二首　冬七首　賀二首　別六首　恋一四首　雑一二首
　　物名三首　神楽歌一首　哀傷四首　雑季一八首　雑賀五首　雑恋八首……（計一〇七首[4]）

異本により一、二首の異同がある部もあるが[5]、ほぼ全体の傾向をうかがい知ることはできよう。

『拾遺抄』では四季部におかれた歌が二二首で、全歌数の約半数を占めている。次に雑部に多く一九首で、恋部には六首と少ない。一方、『拾遺集』でも、四季に部類された歌が三四首と最多である。全体の歌数が倍増していることからすれば、少ないのであるが、雑季という新たな部立に一八首あり、『拾遺抄』の四季部に採録された歌とは、やや異なる四季歌が注目されたといえよう。恋部一四首と雑恋部には八首で、恋歌の増加率も比較的大きい。

この傾向は、『拾遺集』が新たに増補した貫之歌、すなわち、『拾遺抄』にない歌で貫之作とある歌に限ってみると、さらにはっきりする。（　）内は『拾遺集』の歌番号である。

『拾遺集』の部立ごとに増補された歌を概観しておく。まず、四季部から見て行こう。

春部の貫之歌は二首（一七、六三）増となるが、いずれも『拾遺抄』の読人不知の歌を貫之作と改変したものである。実質上、春部では新たに貫之歌の増補は行わなかったことになる。

夏部の四首増は、『拾遺抄』の読人不知の一首を貫之作に変更した一首（一二七）と、新たに加えた屏風歌三首（九二、九八、一三〇）である。

秋部は三首増で、『拾遺抄』の異本歌（二〇九）一首と、さらに二首（一六五、一八七）を加えている。

冬は、三首増になるが、実質は異本にはある歌二首（二二一、二二四）とさらに二首（二四六、二五三）の増補である。『拾遺抄』の貫之歌（一四三）が『拾遺集』では友則歌（二三八）になっているので、表では三首の差となる。

四季部における増補歌は、わずか七首に過ぎない。

賀部は『拾遺抄』の雑上の一首を部立変更したのみであり、新たな歌の増補はない。

別部は三首（三二八、三三〇、三四三）、恋部では七首（六六九、六八三、七一五、七三七、八一一、八四二、八九九、九五八）の増補である。

雑部では『拾遺抄』が一九首だったのに対して、『拾遺集』は一一首と減少している。ただし、これは『拾遺集』に新設された部立に移されたためであり、単純に比較はできないのであるが、雑部における増補歌としてみると、三首（四四八、四五六、四九二）である。

以上、『拾遺抄』と同じ部立における貫之歌の増補は合計二〇首となる。次に、『拾遺集』の新たな部立における増補歌を見てみよう。

物名巻では三首増補されているが、『拾遺抄』雑の歌三首の部立を移したに過ぎず、新たな増補歌はない。神楽歌には一首（六一八）の増補。哀傷部では、『拾遺抄』の恋部から移された二首と、新たに二首（一三一七、一三一八）が加えられている。雑季には一一首（一〇〇四、一〇一二、一〇四二、一〇五四、一〇六一、一〇六七、一〇七九、一〇八四、一一一七、一一五五、一一五七）の増補。雑恋は七首（一二二八、一二二九、一二四〇、一二四二、一二七一、一二七二、一二七三）、雑賀は四首（一一五九、一一六四、一一六九、一一九五）の増補である。合計すると、二五首の増補である。

『拾遺集』においては、四季歌よりも雑四季歌に分類される貫之歌が多く増補されているのである。このように、『拾遺集』が貫之歌を増補するにあたって、『拾遺抄』とは異なる方針により撰歌したであろうことが予測される。そのことは『拾遺集』全体の構造の問題、すなわち、四季部と雑部を細分して、「雑春」や「雑秋」など雑季部という新たな部立を設けたことにも関わってこよう。

次に、詞書に記された詠作事情を比較してみると『拾遺抄』は、屏風歌二五首、歌合歌二首、題詠三首等いわゆる専門歌人としての晴の歌が過半数を占めている。一方、贈答歌など日常生活における歌は、人に贈った歌五首、折々の実詠歌が三首と少ない。『拾遺抄』は貫之の詠歌を採録するにあたって、ことに屏風歌に注目して採録したことが明らかである。

『拾遺集』で増補された貫之歌を見ると、『拾遺抄』と同じく、屏風歌が最多で一八首であるが、次いで多いのが贈答歌で一二首、折々の実詠歌が二首である。なお、歌召しの歌一首、行事の歌一首、題不知は一〇首である。『拾遺抄』に比べると、『拾遺集』が贈答歌を比較的多く採録したという点は注目すべきであろう。

このように、両集の貫之歌には屏風歌として詠作されたものが多いのであるが、その詞書および家集等によって詠作年次がわかるものがある。それらを比較すると、『拾遺抄』の貫之歌がより多年次にわたって詠作された歌であることがわかる。（　）内には両集それぞれの歌番号を示してあげた。

『拾遺抄』は『古今集』撰進直後の延喜六年（九〇六）の「延喜御時月次屏風」（九四、一一四、一六〇）から、承平七年（九三七）の「恒佐大臣家屏風」（七、四二六）や、天慶二、三年（九三九、九四〇）の「敦忠右大臣家屏風」（二一九、六八）、同四年（九四一）の「小野宮大臣家屏風」（七四、四九八）に至るまでの屏風歌を収録している。ことに、貫之晩年の天慶年間の歌に至るまで収録していることは注目すべきであろう。

一方『拾遺集』が増補した貫之歌は、延喜五年（九〇五）の「定国四十賀屏風」（一三〇、二五三）をはじめ、延喜年間のものがほとんどで、延長四年（九二六）「清貫六十賀屏風」（六一八、一一六四）、延長七年（九二九）「元良親王四十賀屏風」（一〇七九）や「延喜御時屏風」を醍醐朝の屏風として寛平から延長年間となるとすれば、延長年間のものが二、三見出せる程度である。『拾遺抄』よりも採集する範囲が狭いといえよう。

『拾遺集』はまた、『古今集』の貫之歌を重複入集させて、再編する例が少なくない。『拾遺集』における古今集歌の重複については既に指摘されているが[6]、『古今集』と重複する貫之歌を『拾遺抄』既出歌と『拾遺集』増補歌に分けて見ると、『拾遺抄』には三首、『拾遺集』には一一首と、『拾遺集』の方が多い。このことは、貫之の歌に限らず、『古今集』との重出歌全体にいえる。すなわち、『古今集』との重出歌三一首のうち『拾遺抄』に重出するのは五首であるのに対して、『拾遺集』との重出歌は二六首と多いのである。

以上、『拾遺抄』と『拾遺集』の貫之歌についてひとまず概括的に比較してきた。『拾遺集』は増補に際して、四季歌や屏風歌を中心に増補するという『拾遺抄』の方針を大枠では継承しつつも、贈答歌にも注目して採録していること、あるいは、雑四季という新設部立に多くを採録するなど、『拾遺抄』とは異なる場で詠まれた歌に注目するという方針が窺えたのである。このような『拾遺集』の増補・再編集の問題を、さらに具体的に考察してゆきたい。

三　四季部における増補

『拾遺集』が増補した貫之の贈答歌の内容を、四季歌を中心に『拾遺抄』と比較しつつ見てみよう。

まず、歌材を比較してみると、『拾遺抄』の四季部に読まれた題材は、春部では野辺の若菜（七）、水辺梅花（一八）、花（二九、五二、五三）、桜（四二）、梅花（一〇）である。夏では、時鳥詠（六八、七四）ともし（一七〇）。秋は、秋風（八八）、七夕（九四、九五）、天の川（九一）、機織虫（一一二）、駒迎へ（一一四）、鷹狩（一一九）、紅葉（一二七、一二九）。冬は紅葉（一三六）、仏名（一六〇）、水鳥（一四三）、時雨（一三八）である。ともし、駒迎へ、仏名等、屏風絵によって獲得された勅撰集初出歌題もある。(7)

『拾遺集』が増補した貫之の四季歌を見ると、歌材は卯の花・神祭（九二）、時鳥（九八）、木陰（一三〇）、狩・女郎花（一六五）、打衣・萩の下葉（一八七）、庭の月（二四六）、白雪（二五三）である。

歌材だけを比べてみると、『拾遺抄』の貫之歌にない歌材を読み込んだ歌を増補しているようである。ところが、『拾遺集』の貫之増補歌の歌材の組み合わせや一首全体の発想は、『拾遺抄』既出歌に似通っているものが多い。例えば、次にあげた、夏部に増補された貫之三首は、神祭と卯の花、山里に鳴く時鳥、夏山の木陰を詠じたものであるが、そのうちの二首の貫之歌は『拾遺抄』に既出（以下、既出歌には＊を付した）の躬恒の歌と同類の表現を多用したものである。

延喜御時月次御屏風に　　躬恒
＊神まつる卯月にさける卯の花は白くもきねがしらげたるかな　（夏・九一）
貫之

神まつるやどの卯の花白妙のみてぐらかとぞあやまたれける　（同・九二）

両者とも「神祭」と時節の「卯の花」とを取り合わせて詠み、卯の花の「白さ」に着眼して、神への供え物を比喩している。この類似は屏風の絵柄によるせいであろう。『拾遺抄』は躬恒詠一首を撰び、『拾遺集』は題材発想ともによく似た歌である貫之詠を増補したのである。次の『拾遺集』夏部に増補された貫之歌も同様の例である。

女四のみこの家の屏風に　躬恒

＊ゆくすゑはまだとほけれど夏山の木の下かげぞ立ちうかりける　（夏・一二九）

延喜御時御屏風に　貫之

夏山の影をしげみやたまぼこの道行く人も立ちとまるらん　（同・一三〇）

これも、両者「夏山」の景を詠み、「木陰」を組み合わせ、涼をとる旅人が立ち去り難いと詠む。同じ表現を用いた同じ発想の歌といえよう。この二例が、躬恒と貫之の組み合わせであることには注意される。前述したごとく公任が、「貫之、躬恒は中比の上手なり。今の人の好むはこれがさま」として並べ称していたこと、また、十五番歌合では一番に左貫之、右躬恒とが番われていたことが想起される。両者を歌合の番のごとくに配列するという面白さを狙って増補した可能性が考えられるのである(8)。

また、次の『拾遺集』が増補した貫之歌の例は『拾遺抄』既出の貫之歌（＊印）と同類の歌といえる。

延喜御時御屏風に　貫之

山ざとにしる人もがなほととぎすなきぬときかばつげにくるがに　（夏・九八）

敦忠朝臣の家の屏風に　貫之

＊このさとにいかなる人かいへゐして山ほととぎすたえずきくらむ　（同・一〇七）

（題知らず）　紀貫之

かりにとて我はきつれどをみなへし見るに心ぞ思ひつきぬる　（秋・一六五）

陽成院御屏風に、こたかがりしたる所

＊かりにのみ人の見ゆればをみなへし花のたもとぞつゆけかりける　（同・一六六）

いずれも『拾遺抄』既出歌ときわめて似た表現を用いた歌を増補している例である。

また、『拾遺集』が増補した貫之詠は、『古今集』の常套表現を用いたに過ぎないものも多い。例えば、次の冬部に増補された二首を見てみよう。

斎院の屏風に　　貫之

よるならば月とぞ見ましわがやどの庭しろたへにふれる白雪　（冬・二四六）

右大将定国家の屏風に　　貫之

白雪のふりしく時はみよしのの山した風に花ぞちりける　（同・二五三）

後者「白雪の」歌は『古今集』に重出する歌（三六三番歌）でもあるが、「白雪」を月影や散る花に見立て、あるいは両者を見まがうと詠む歌は、次にあげるごとく『古今集』以来よくみられる。

霞たちこのめもはるの雪ふれば花なきさとも花ぞちりける　（古今・春上・九・貫之）

桜ちる花の所は春ながら雪ぞふりつつきえがてにする　（同・同・七五・承空）

あさぼらけありあけの月と見るまでによしのの里にふれる白雪　（同・冬・三三二・是則）

白雪のふりしく時はみよしのの山した風に花ぞちりける　（同・賀・三六三・素性）

むばたまのよるのみふれる白雪はてる月影のつもるなりけり　（後撰・五〇三・読人不知）

次は、『拾遺集』では「萩の下葉」の歌題のもとに配列されている一首である。

延喜御時の御屏風に　　貫之

風さむみわがから衣打つ時ぞ萩の下葉も色まさりける　（秋・一八七）

「萩の下葉」の紅葉も、「衣打つ」も次のごとく古今以来の歌に詠まれている。

秋萩の下葉色づく今よりやひとりある人のいねがてにする　（古今・秋・二二〇・読人不知）

たがために打つとかは聞く大空に衣かりがねなきわたるなり　（古今六帖・三三〇二・素姓）

上句に読み込まれた「擣衣」は『後拾遺集』以降に歌題となる。(9)「擣衣」と「萩の下葉」の移ろいを結び付けて、物思いにふけりつつ砧を打つ女の寂しさを言外に余情として詠じたところに新味のある歌といえよう。

このように見てくると、四季部に増補された貫之の歌は、『拾遺抄』に既出の歌と同じ歌材・表現を用い、また同じ場で詠まれたものが大半であった。その意味で『拾遺集』の四季部における貫之歌の増補は『拾遺抄』の路線を継承して行われたといえる。

四　雑四季部における増補

見てきたように『拾遺抄』は貫之詠の、屏風歌のみに注目したといっても過言ではない。換言すれば、専門歌人としての貫之とその和歌に注目したといえよう。

一方、『拾遺集』は、屏風歌が多いとはいえ、『拾遺抄』ほど屏風歌一辺倒ではない。また、四季部よりも雑四季部により多くの増補を行っていた。そこで『拾遺集』雑四季部に増補された貫之詠を見ると、貫之の日常詠や日々の心情を窺い得るような詞書を付した贈答歌を多く採録しているのである。

例えば、次は、詠作事情を詳細に記した詞書を付すことが注目される贈答歌である。

ちか隣なる所に方違へにわたりて、宿れりと聞きてあるほどに、事にふれて見聞くに、歌よむべき人なりと聞きて、これが歌よまんさまいかでよく見むと思へども、いとも心にしあらねば深くも思はず、すすみてもいはぬ程にかれも又こころ見むと思ひければ、萩の葉の紅葉たるにつけて、歌をなむおこせたる　　　女

秋萩の下葉につけて目にちかくよそなる人の心をぞみる（雑秋・一一一六）

返し　　　貫之

世の中の人に心をそめしかば草葉に色も見えじとぞ思ふ（同・一一一七）

貫之の自邸での贈答歌であるが、集中最長の詞書によって、その背景が詳しく描かれている。近隣に方違えのために宿っている女性が歌を詠むということに興味を持ちつつも言い出しかねていた貫之。その気配を察したのか、相手の女性も歌人貫之に興味を持っていたせいか、恋歌仕立ての歌を送ってくる。貫之の返歌は、機智的に女の言葉に反論したものである。即興的な応酬の面白さが主眼である点、純粋な四季歌とは区別されて雑四季部に置かれたのであろう。換言すれば、このような歌を収載すべく、雑四季部は設けられたともいえよう。(10)この例においては、貫之の和歌生活の一面を描いた詞書に歌と同等以上の比重が置かれているのである。

また、次の歌も、貫之の交友関係を窺わせる贈答歌といえよう。

敦慶式部卿のみこの娘、伊勢がはらに侍りけるが近き所に侍るに、瓶にさしたる花を贈るとて　　　貫之

ひさしかれあだにちるなと桜花かめにさせれどうつろひにけり（雑春・一〇五四）

七夕後朝、躬恒がもとにつかはしける　　　貫之

あさとあけてながめやすらむ織女のあかぬ別れの空をこひつつ　（雑秋・一〇八四）

次も、隣人との贈答である。貫之の西隣に住む女性の元に通ってきた元夏からの挨拶の歌に対して、貫之は不遇をかこつ返歌を贈っている。

西なる隣に住みて、かく近隣にありけることなどいひおこせ侍りて　三統元夏

梅の花匂の深く見えつるは春の隣のちかきなりけり　（雑秋・一一五六）

返し　貫之

梅もみな春ちかしとて咲くものをまつ時もなき我やなになる　（同・一一五七）

歌に漂う我が身を嘆く憂愁からは、貫之の心情が窺える。ただし、女性のもとに居る元夏に対して老いを嘆いているとすれば、本来はそれほど深刻な嘆きを訴えるものではなかったとも解せるが、『拾遺集』では、さらにこの歌の前に次の歌が置かれている。

しはすのつごもりごろに、身の上をなげきて　貫之

霜がれに見えこし梅は咲きにけり春には我が身あはむとはすや　（雑秋・一一五五）

更に我が身を嘆く歌（一一五八）が増補され、貫之の不遇を嘆く心情が強調されているのである。このように、『拾遺集』には、折々の贈答や交友関係や貫之に対する人々の態度を興味深く描いている詞書をともなった歌が増補されている。貫之の人と生活とを物語る歌に注目して増補しようとする方針が読み取れるのである。

五　増補歌の詞書

貫之の恋歌に付された詞書を比較すると『拾遺抄』ではすべて「題不知」であるが、『拾遺集』では「はじめて女の許にまかりて、あしたにつかはしける」（七一四）、「女の許につかはしける」（八四一）等の詞書で括られた歌群中に置かれている。貫之の実際の恋の歌として読ませようという編集意図が読み取れる。

そこで、『拾遺集』の貫之の恋歌の詞書を、重出する前代勅撰集における詞書と比べ、『拾遺抄』既出歌と『拾遺集』増補歌の性格の相違を見ておこう。（　）内は前歌の詞書である。

（イ）『拾遺集』恋一・六二三・貫之

題不知

＊色ならばうつるばかりもそめてまし思ふ心をしる人のなさ

○『拾遺抄』（恋上・二三〇・貫之）にも重出、詞書は「題不知」、結句「しる人のなき」

○『後撰集』（恋二・六三一・貫之）にも重出、詞書は「いひかはしける女のもとより、なほざりにいふにこそあんめれといへりければ」、結句「えやは見せける」

（ロ）『拾遺集』恋一・七一五・貫之

（初めて女の許にまかりて、あしたにつかはしける）

暁のなからましかば白露のおきてわびしき別れせましや

○『拾遺抄』ナシ

○『後撰集』恋四・八六二・貫之、詞書「人のもとよりかへりてつかはしける」
（ハ）『拾遺集』恋三・八四二・貫之
（女の許につかはしける）
色もなき心を人にそめしよりうつろはむとはわがおもはなくに
○『拾遺抄』ナシ
○『古今集』恋四・七二九・貫之、詞書「題しらず」、結句「おもほえなくに」

（イ）の『拾遺抄』既出歌を見ると、『後撰集』の詞書に記された背景は払拭されている。これは、『拾遺集』が『拾遺抄』の方針を尊重してそのままにしたものと考えられる。ところが、『拾遺抄』にない、（ロ）と（ハ）の『拾遺集』増補歌では、詞書をそのままに生かしたり、女に送った歌という実際の贈答歌に仕立て上げているのである。これらの例から、貫之の恋愛生活の一コマを描くために恋歌を編集するのは『拾遺集』独自の方針であったことが窺われるのである。

次は、『拾遺集』雑恋部の二首である。有名な古今歌「むすぶ手の」（離別・四〇四）を再録し、その名歌をめぐる後日譚めいた贈歌を組み合わせて配置している例であり、この二首は『拾遺抄』にはない。

しがの山ごえにて、女の山の井に手洗ひむすびてのむを見て
貫之
むすぶ手のしづくににごる山の井のあかでも人に別れぬるかな　（一二二八）
三条の尚侍方違へにわたりて帰るあしたに、しづくににごる

ばかりの歌、今はえよまじと侍りければ、車に乗らんとしけるほどに

家ながらわかるる時は山の井のにごりしよりもわびしかりけり　（一二二九）

『拾遺集』が、貫之の名高い古今歌を増補している点は興味深い。後者の歌とともに並列して収載することで、既に有名であった古今歌をより一層面白く享受させることを狙ったのである。前者が名歌の誉れ高かったのに比べて、後者は前者を踏まえた即興性の強い機智的な歌である。歌にまつわる挿話の面白さ、貫之ならではの当意即妙の応酬を書きとどめることに、より主眼が置かれているといえよう。『拾遺集』独自の方法である。

ところで、『拾遺抄』にも、貫之の日常の生活や心情を垣間見ることのできる詞書を付した歌は皆無ではない。次に『拾遺抄』貫之歌の詞書についても見ておきたい。

ものへまかりける人のおくり関までし侍りて帰るとてよみ侍りける　貫之

①わかれ行く今日はまどひぬ逢坂はかへりこん日の名にやあるらん　（別・二〇四）

信濃の国へまかりける人によみてつかはしける　貫之

②月かげをあかず見るとも更級の山のふもとにながゐすな君　（同・二〇八）

中将兼輔朝臣の妻の亡くなり侍りての年、師走に貫之がもとにまかりて物語し侍りけるついでに昔の上などいひ侍りて　貫之

③こふるまに年のくれなばなき人の別れやいとどとほくなりなん　（恋下・三七二）

師走の晦方に年のおいぬることを嘆き侍りてよみ侍りける

貫之

④ むば玉のわがくろかみに年くれて鏡のかげにふれる白雪　（雑上・四三〇）

ぶくぬぎ侍りとて

貫之

⑤ 藤衣はらへてすつる涙川きしよりまさる水ぞながるる　（雑下・五五七）

一見して『拾遺集』増補歌よりも簡略な詞書である。いずれの詞書も歌を享受するために必要な事柄を記している。別部所収の①②は、その折に即した地名「逢坂」や「更級の山」を詠み込む歌であり、①の詞書には「おくり関までし侍りて帰る」時の歌であること、②の詞書には相手の行く先が「信濃の国」であることが記される。恋部③は妻を亡くした兼輔への弔問の歌で、その詞書には「師走に」「むかしのうへなどいひて」の折の歌であることが記される。④の嘆老の歌や⑤の哀傷の歌では、「鏡」や縁の品「藤衣」等に折々の思いを託しており、それらの詞書には、「師走の晦」や喪が明けて喪服を脱いだ折の歌であるという詠作の折が記されることで歌の理解を助けている。これらの詞書は、歌の表現や情趣に関わる事柄を中心に記している。前述の『拾遺集』増補歌の詞書が詠作の背景となった出来事や人物に対する興味を喚起するのに比べると、いわば歌の説明に重きを置いた詞書であるといえよう。

次は、『拾遺抄』において「心細く」と貫之の心情を記した詞書の例である。

世の中の心細くおぼえ侍りければ源のきよただの朝臣のもとによみてつかはしける

貫之

手にむすぶ水にうかべる月影のあるかなきかの世にぞありける　（雑下・五七五）

この歌をよみ侍りての頃、いく程なくてみまかりたりとなん家集にかきつけて侍る左注によって瀕死の床の詠で、辞世の歌であることが明らかにされる。『拾遺集』の同歌の詞書を、次にあげて比較してみよう。

世の中心細くおぼえて常ならぬ心地し侍りければ、公忠朝臣のもとによみてつかはしける、このあひだ病重くなりにけり

紀貫之

手に結ぶ水にやどれる月影のあるかなきかの世にこそありけれ（哀傷・一三二二）

このうたをよみ侍りてほどなく亡くなりにけるとなん家の集に書きて侍る

『拾遺集』の詞書にもほぼ同じ内容が記されるのだが、「このあひだ病重くなりにけり」と貫之の最期を物語る筆致で書かれている。『拾遺抄』の詞書が「よみてつかはしける」と歌に続く文であり、歌の説明であるのと対照的であるといえよう。

以上見てきたように、『拾遺抄』は和歌表現の面白さに主眼を置いて貫之歌を撰歌したのに対して、『拾遺集』は、貫之の和歌生活、恋愛、心情という貫之自身を描く詞書と和歌に注目して増補したのである。『拾遺抄』の方針を継承すると同時に、折々の貫之の心情と生活を窺わせる歌をも増補したところに『拾遺集』の新たな編纂方針があったと考えられる。

六　おわりに

『拾遺集』に最多入集歌人である貫之の歌をとりあげて、『拾遺抄』に既出の貫之歌と比較し、『拾遺抄』から『拾遺集』への増補の跡をたどってきた。いうまでもなく『拾遺集』は多くの面で前身である『拾遺抄』を継承し

ている。貫之を最多入集させたことも『拾遺抄』の方針を継承するものであることは確かである。

しかし、『拾遺抄』が貫之の四季歌と屏風歌を評価して採録したのに対して、『拾遺集』は四季歌の増補は少なく、雑季の歌を多く増補しているという相違がみられた。また、詠作年次が判明する屏風歌を比較すると、『拾遺抄』の方がより広い範囲にわたって採録しているのに対して、『拾遺集』はむしろ古い詠作年次、延喜朝を中心とする貫之歌を採録していた。また、『拾遺集』は『古今集』の貫之歌を解釈し直して、再び『拾遺集』の歌として組み入れることが多かった。『拾遺抄』は古今以後の貫之歌風の展開に注目して積極的に採用したのに対して、『拾遺集』は『古今集』所収の貫之歌の見直しを含めて、前代を代表する歌人としての面を再認識させようとしたのである。

また、四季部と雑四季部の歌を歌材や表現の面において比較すると、『拾遺集』の増補歌は『拾遺抄』既出歌と類歌を中心に増補され、一方で古今歌風を出ない貫之詠をも再評価する傾向があることがわかった。また、『拾遺抄』貫之歌は和歌表現の巧みさに重心を置いて撰歌されている。そのため、詞書も、和歌の表現と深く関わる説明を付したものが大方である。一方『拾遺集』には、即興的な応酬の面白さを記した詞書や貫之の心情や日常の和歌生活を描く詞書を付した歌が増補されている。両集の貫之歌を撰歌する視点と編集する方法においては、異なるものがあったといえよう。すなわち、『拾遺抄』が貫之の秀歌を中心に編纂されたのに対して、『拾遺集』は歌と歌人の両方に重点を置くべく再編を行ったと考えられるのである。

本節で見て来た両集の編纂方法の相違からすれば、古来『拾遺抄』が『拾遺集』の秀歌撰として享受されてきたことも納得がゆくのである。

注

（1）『日本歌学大系　第一巻』（風間書房、昭和五三年）所収。

（2）『日本歌学大系　第二巻』（風間書房、昭和五二年）所収。

（3）『拾遺抄』の貫之歌一覧。（　）内は『拾遺集』番号。

春—七（一九）、一〇（一三）、一八（二五）、二九（四八）、四二（六四）、五二（七六）、五三（七七）

夏—六八（一〇七）、七四（一一五）

秋—八八（一三九）、九一（一四三）、九四（一四九）、九五（一五〇）、一一二（一八〇）、一一四（一七〇）、一一九（一六六）一二七（二〇六）、一二九（二〇八）

冬—一三六（二一五）、一三八（二一七）、一四三（二三八）、一六〇（二五八）

賀—一九一（二九六）

別—二〇〇（三〇八）、二〇四（三一四）、二〇八（三一九）

恋—二三〇（六二三）、二三一（六二六）、二八五（七二四）、三一二（八七六）、三六七（七九一）、三七二（一三〇九）

雑—三七九（一〇一七）、四一六（四五五）、四二六（一一四九）、四二八（一一五一）、四三〇（一一五八）、四三三（二九一）、四四〇（一一七七）、四四一（四四七）、四七一（一二六六）、四七九（三八〇）、四八四（一一〇二）、四八七（三七一）、四九八（四三三）、五〇三（四三九）、五一八（四五四）、五一九（四六三）、五二九（四七一）、五五七（一二九一）、五七五（一三三二）

（4）『拾遺集』の貫之歌一覧。（　）内は『拾遺抄』番号。

春—一三（一〇）、一七（一三）、一九（七）、二五（一八）、四八（二九）、六三（四四）、六四（四二）、七六（五二）、七七（五三）

夏—九二、九八、一〇七（六八）、一一五（七四）、一二七（七六）、一三〇

秋—一三九（八八）、一四三（九一）、一四九（九四）、一五〇（九五）、一六五、一六六（一一九）、一七〇（一

一四）、一八〇（一一二）、一八七、二〇六（一一七）、二〇八（一一九）、二〇九
冬―二一五（一三六）、二一七（一三八）、二二一、二二四、二四六、二五三、二五八（一六〇）
賀―二九一（四三三）、二九六（一九一）
別―三一四（二〇四）、三一九（二〇八）、三二七（二一六）、三二八、三三〇、三四三
物名―三七一（四八七）、三七二（四八八）、三八〇（四七九）
雑―四三三（四九八）、四三九（五〇三）、四四七（四四一）、四四八、四五四（五一八）、四五五（五一八）、四五六、四六三（五一九）、四七一（五二九）、四九二、五〇九（五一一）、五四七（五二五）
神楽―六一八
恋―六二三（二三〇）、六六九、六八三、七一五、七一六（二五八）、七二四（二八五）、七三七、七九一（三六七）、八一一、八四二、八七六（三一二）、八九九、九五三（三四六）、九五八
雑季―一〇〇四、一〇一二、一〇一七（三七九）、一〇四二、一〇五四、一〇六一、一〇六七、一〇七九、一〇八四、一〇九四（四〇七）、一一〇二（四八四）、一一〇三（一〇九）、一一一七、一一四九（四二六）、一一五一（四二八）、一一五五、一一五七、一一五八（四三〇）
雑賀―一一五九、一一六四、一一六九、一一七七（四四〇）、一一九五
雑恋―一二二八、一二三九、一二四〇、一二四二、一二六六（四七一）、一二七一～一二七三
哀傷―一三〇九（三七六）、一三一七、一三一八、一三三二（五七五）

（5）『拾遺抄』の貫之歌の貞和・流布本に共通する異同は次の通り。
夏七六「読人不知」は「貫之」。秋一首脱（拾遺集・二〇九）は有り。冬二首脱（拾遺集・二二一、二二四）は有り。別二一六「貫之」「読人不知」、雑五一一「読人不知」は「貫之」。

また、『拾遺集』の異本二系統に共通する異同は次の通り。

春五六「読人不知」は「貫之」。六三「貫之」は「読人不知」。夏一一六「躬恒」は「貫之」。雑恋一二一九「読人不知」は「貫之」。

（6）片桐洋一「拾遺集における古今集歌の重出」（橋本不美男編『王朝文学・資料と論考』〈笠間書院、平成四年〉。後に、片桐洋一著『古今和歌集以後』〈笠間書院、平成一二年〉所収）に指摘されている。

（7）片桐洋一「『拾遺抄』の歌材と表現」『国語国文学論集　谷山茂教授退職記念』（塙書房、昭和四六年）。後に、片桐洋一著『古今和歌集以後』（前掲）所収。

（8）他にも『拾遺集』において貫之歌と人麿歌とを歌合のごとくに組み合わせて配列されている例が見出せる。この問題については本章五節で論じる。

（9）小町谷照彦校注『拾遺和歌集』（岩波書店、平成二年）の脚注に指摘がある。

（10）雑四季歌の特色については、木越隆「表現から見た拾遺集雑四季歌の性格」（『文学・語学』第六二号、昭和四七年三月）、川村裕子「『拾遺集』における『雑春』の特性」（『立教大学日本文学』第五〇号、昭和五八年七月。後に、川村裕子著『王朝文学の光芒』〈笠間書院、平成二四年〉所収）に詳しく論じられている。

第四節　『拾遺抄』人麿歌の再編集

一　はじめに

『拾遺抄』と『拾遺集』との関係については、部立や構成、和歌の配列方法という基本構造における連続性が、片桐氏によって解明されている。[1]ところが、一見すると、『拾遺集』が『拾遺抄』の撰歌方針をそのまま受け継いだと思われる事例である貫之歌の増補―『拾遺抄』から『拾遺集』へ全歌数がほぼ倍増していることに比例して、貫之歌が五五首から一〇七首に増加している―について、前節で考察した結果、『拾遺抄』とは異なる『拾遺集』の編集方針が見出せた。

さらに、『拾遺抄』からの著しい変化、非連続性として注目されている点である『拾遺集』における人麿作とされる歌の激増―『拾遺抄』では九首であった人麿の歌数が『拾遺集』では一〇四首と大幅に増加されたこと―について考察する必要がある。人麿歌の激増は、従来注目されてはいるが、両集における人麿歌の具体的な有り様の比較検討は十分なされてはいない。[2]

両集における人麿歌の配列を見ると、採歌数には大きな隔たりがあるが、『拾遺抄』『拾遺集』ともに人麿の恋歌を多く撰び、恋部に多く配置するという共通の編集方針が見出せる。すなわち、『拾遺抄』では九首中の七首が恋部に置かれ、他は秋と雑下とに各一首ずつ配されている『拾遺集』においても一〇四首中、恋部に五一首（雑恋に六首)、雑部に一六首、四季部に九首（雑季に九首)、哀傷部に七首となっている。人麿歌の評価と編集においては、『拾遺集』は『拾遺抄』の方針を継承しているともいえるのである。

『拾遺集』の人麿歌激増の問題を考えるためには、まず『拾遺抄』における人麿歌の扱いの分析考察が必要である。そこで本節では、『拾遺抄』と『拾遺集』の恋部に共通する人麿歌を取り上げて、それぞれの集に如何に組み込まれているかを比較考察する。

二　『拾遺抄』恋部における人麿歌

前述のごとく『拾遺抄』の人麿歌九首のうち七首は恋部に置かれている。人麿歌の中で恋の歌が評価されたというのみならず、そもそも恋部において最も多く入集した歌人は人麿であった。因みに、人麿の七首に次ぐのは貫之の六首で、続いて能宣が五首、順、伊勢、中務が三首である。『拾遺抄』全体の入集歌数においては格段の差があった貫之と人麿であるが、恋部においては、肩を並べているのである。この一事だけを見れば、『拾遺抄』撰者、おそらく公任は人麿の恋歌を高く評価しており、「人麿は恋歌の名手」(3)であると認識していたと考えられる。そこで『拾遺抄』恋部において人麿作とされる歌がどのように組み込まれているかについて、『拾遺集』と比較しつつ見てゆきたい。

配列上における人麿歌の役割を考察するに際して、『拾遺抄』の恋部全体の配列を問題にすべきであるが、『拾遺集』に比して「拾遺抄はさほど構成の連続性に関心をそそいでいるようにみえ」ない(4)といわれているように、『拾遺抄』恋部においても明確な配列原理は見出し難い。とはいえ、恋上の巻頭には「恋すてふわが名はまだき立ちにけり」という、恋心がまだ相手に知られない段階の「忍ぶ恋」の歌が置かれ、恋下の巻末には「世の中をかくいひいひのはてはてはいかにやいかにならむとすらむ」とさまざまな恋を俯瞰し、恋全体をまとめるごとき歌が置かれており、なんらかの配列上の方針があった可能性はある。近年、阪口和子氏によって上巻は「忍ぶ恋」や「待つ恋」等の恋の進行に従った主題を同じくする歌群が並べられ、下巻は歌ことばに重点をおいた緩やかな歌群が並んでいるとの構成論が提示された(5)。確かに、『拾遺抄』の恋部は『古今集』の恋部ほど明確に恋の進展を追って配列されてはいない。また、恋の進展を直線的には辿らない配列も多々見出せる。しかし、共通する歌ことばや主題によっていくつかの歌群から構成されていることは認めてよいと考えられる。そこで人麿歌を含む歌群に注目し、人麿歌が他の歌とどのような関連性をもって歌群中に置かれているか、あるいはどのような役割を与えられて恋部に位置づけられているかについて分析したい。

以下、『拾遺抄』恋部の七首の人麿歌（A～G）をとりあげて、『拾遺集』と比較しつつ考察することにする。

(イ)「恋死」歌群中の人麿歌

『拾遺抄』恋上の二四四番から二四九番までは、すべて「題不知」と一括されるが、次にあげるごとく死ぬほど恋い焦がれる歌が並ぶ「恋死」を主題にした歌群である。その中に人麿歌が二首（AB）配置されている。

題不知　　源経基
あはれとし君だにいはば恋ひわびて死なん命のをしからなくに　（二四四）
読人不知
あひみては死にせぬ身とぞなりぬべき頼むるにだにのぶる命を　（二四五）
人丸
Aちはやぶる神のやしろもこえぬべしいまは我が身のをしげなければ　（二四六）

太宰監大伴百世

恋ひ死なんのちはなにせん生けるひのためこそ人を見まくほしけれ　（二四七）

人丸

B恋ひつつも今日はくらしつ霞立つ明日のはるひをいかでくらさむ　（二四八）

読人不知

わびつつも昨日ばかりはくらしてき今日や我が身の限りなるらん　（二四九）

『拾遺抄』の歌群内の配列は、最初に当代歌人の歌をあげ、その歌言葉や感情の源泉となった古歌が続くという構成をとることが多いといわれている(6)。ここでも、「恋死」という主題の歌群は、当代歌人経基の歌を最初に挙げ、次にその恋の感情の源泉を読人不知や万葉歌人等の古歌によって示している。「恋死」歌群中におかれた人麿歌二首は、他の歌の「死なん命」「死にせぬ身」「恋ひ死なん」「我が身の限り」等に比べると、「我が身のをしげなければ」や「いかでくらさむ」と、いずれも間接的な表現を用いた、比較的穏やかな調子の歌である。従って他の歌ほど歌群の主題との結びつきは強くない感がある。

この二首が『拾遺集』においてどのように再編纂されたかを見ると、恋一にBが、恋四にAと、大きく離れた箇所に再配置されている。『拾遺集』の歌順に従って、恋一の巻末歌群中の一首となっている人麿歌Bから見てゆこう。

題知らず　よみ人知らず

わびつつも昨日ばかりはすぐしてき今日や我が身の限りなるらん　（六九四）

人まろ

B恋ひつつも今日はくらしつ霞立つ明日のはる日をいかでくらさむ　（六九五）

恋ひつつも今日は有りなんたまくしげあけん明日をいかでくらさむ　（六九六）

君をのみ思ひかけごのたまくしげあけたつごとに恋ひぬ日はなし　（六九七）

よみ人知らず

一、二首目は、それぞれ『拾遺抄』の二四九、二四八番であり、その歌順が『拾遺集』では逆になっている。『拾遺集』の歌順では、一首目に「昨日……今日」の語を用いた歌を、二首目に人麿歌Bの「今日……明日」と詠じる歌を置く。日を追って一日一日を恋の思いに苦しみ焦がれつつ辛うじて生きのびているという時間の流れに沿って配列されているのである。人麿歌Bは、一日とて「恋ひぬ日はなし」と締め括る巻末歌（六九七）に前置されて、感情の高まりを効果的に導く役目を果たしている。『拾遺集』においては、人麿歌Bは恋一の巻末に置かれた歌群を構成する上で、重要な一首として機能しているのである。

人麿歌Aは恋四の巻末に置かれるが、本文に異同がある。(7)『拾遺抄』では下句が「今は我が身のをしげなければ」（二四六）であるが、『拾遺集』では「今はわが身のをしけくもなし」（九二四）と言い切った強い調子になっている。逢恋の嘆きの極まりを詠じ、恋四を総括する巻末歌にふさわしい歌といえよう。

恋の成就のためならばわが身も惜しくないという歌Aと、恋い侘びつつ日を送る歌Bとの二首にこめられた恋情の違いを活かした配列になっていると考えられる。『拾遺集』においては人麿歌の役割、重要度が格段に増しているのである。

（ロ）「逢恋」歌群中の人麿歌

『拾遺抄』恋上の二五六〜二六一番歌は、能宣と敦忠の実際の恋の歌二首に始まり、古歌四首が続く「逢恋」を主題とする歌群である。当代歌人の恋の思いと、その源泉が古歌によって辿られるという構成になっている。その歌群の末尾に人麿歌二首（CD）が置かれている。

初めて女の許にまかりて又の朝につかはしける　　能宣

逢ふことをまちし月日のほどよりも今日の暮れこそ久しかりけれ　（二五六）

権中納言藤原敦忠

逢ひみてののちの心にくらぶればむかしはものも思はざりけり　（二五七）

題不知　　読人も

逢ひ見てもなほなぐさまぬ心かないくちよ寝てか恋のさむべき　（二五八）

我が恋はなほ逢ひみてもなぐさまずいやまさりなるここちのみして　（二五九）

人丸

Cあさねがみ我はけづらじうつくしき人のたまくらふれてしものを　（二六〇）

Dかくばかり恋ひしき物としらませばよそにぞ人をみるべかりける　（二六一）

人麿の二首は後朝の思いと逢瀬後の嘆きを詠じた歌であり、当代歌人能宣と敦忠に対比するかのように置かれている。とくに、敦忠の歌は公任の他の秀歌撰『深窓秘抄』や『三十六人撰』等にも撰ばれている。当代の恋の名歌に番え得る古歌として、人麿歌は「逢恋」歌群中に置かれているのである。

ところが、『拾遺集』では、この人麿歌Cは恋四の巻頭に置かれる。『拾遺集』の恋三は恋人を待つことに疲れ、諦念の漂う歌で終わるのであるが、次の恋四は熱愛の記憶を回想する巻である。（巻四の構成については本章第二節参照）その巻頭におかれた人麿歌は、「あさねがみ」という鮮やかなイメージを伴う歌ことばによって後朝の余韻を鮮やかに呼び起こさせ、巻四を効果的に始める役割を果たしている。

もう一首の人麿歌Dの初句「かくばかり」は前歌との文脈的な意味のつながりをもって鑑賞される可能性を含む

歌である。『拾遺抄』では逢瀬の余韻を詠む人麿歌Cに後置されていたのに対して、『拾遺集』では、次のごとく恋の嘆きが募り「恋死ぬ」ことを詠む歌に後置される。

（題知らず）　　　　　　　　　　　　　　　　　　　　　　　人麿

恋ひ恋ひて後も逢はむとなぐさむる心しなくは命あらめや　（恋四・八七三）

Dかくばかり恋ひしき物としらませばよそに見るべくありけるものを　（同・八七四）

このDに詠まれている「よそに見るべく」との思いは『拾遺集』において、より深刻さを増しているといえよう。『拾遺抄』で並列されていたCD二首は、それぞれの歌にこめられた恋情が再検討されて、より効果的に配列し直されているのである。

（八）「独り寝」歌群中の人麿歌

『拾遺抄』恋上の二六七〜二七二番は「独り寝」を嘆く歌群である。当代歌人藤原有時、道綱母の歌に読人不知、万葉歌人の古歌が続き、歌群の末尾に人麿歌Eが置かれている。

題不知　　　　　　　　　　　　　　　　　　　　　　　藤原有時

逢ふことのなげきのもとをたづぬれば独り寝よりぞおひはじめける　（二六七）

入道摂政のまかりたりけるに、門を遅くあけ侍りければ立ちわづらひぬといひいれて侍りけるに　　　右大将道綱母

なげきつつ独り寝る夜のあくるまはいかにひさしきものとかはしる　（二六八）

題不知　　　　　　　　　　　　　　　　　　　　　　　読人不知

たたくとて宿のつまどをあけたれば人もこずゑのくひなりけり　（二六九）

衣だになかに有りしはうとかりき逢はぬ夜をさへへだてつるかな　（二七〇）

大伴坂上郎女

くろかみにしろかみまじりおふるまでかかる恋にはいまだ逢はざる　（二七一）

人丸

Eみなといりの葦わけ小舟さはりおほみ恋しき人に逢はぬころかな　（二七二）

この歌群の中心的主題を担うのは道綱母の歌であるといえよう。人麿歌Eは、恋の障害のために「逢はぬころかな」と詠嘆し独り寝の嘆きの歌群をまとめるごとき位置にあるものの、直前の歌との内容的な関連性は薄い。万葉歌人の歌をまとめるという意図で坂上郎女と並列されたのであろう。

この歌は『拾遺集』恋四でも「独り寝」を主題とする歌群中に置かれている。Eの前の二首は増補歌である。

題知らず　　よみ人知らず

しらなみのうちしきりつつ今夜さへいかでか独り寝るとかや君　（八五一）

一条摂政、内にてはびんなし里にいでよといひ侍りければ、

人もなき所にて待ち侍りけるに、まうでこざりければ

小弐命婦

いかにして今日をくらさむこゆるぎのいそぎいでてもかひなかりけり　（八五二）

題しらず　　人麿

Eみなといりの葦わけ小舟さはりおほみわが思ふ人に逢はぬころかな　（八五三）

『拾遺集』では、人麿歌は、男の甘言を信じて待つ女の嘆きの歌の後に置かれて、あたかも男の側からの会えぬ障害の多さの言い訳の歌となっている。「こゆるぎの」磯と「小舟」という言葉の連鎖も意識して配列されている。

『拾遺集』は人麿歌Eを、より緊密な歌群構成の中に配列し直しているのである。

三　人麿歌と貫之歌の配列

『拾遺抄』から『拾遺集』へと人麿歌の配列が変更されるに連動して、貫之歌の配列が変わる場合がある。両集における人麿と貫之の歌の配列における扱いの相違を物語る例でもある。

『拾遺抄』の人麿歌二首（ＦＧ）が置かれた箇所では歌群を見出しにくいが、前後の歌（二七九～二八五）を含めて示すと次のようである。

（題不知）　読人不知
思ひきや我が待つ人をよそながらたなばたつめの逢ふを見んとは　（二七九）
今日さへやよそに見るべき彦星のたちならすらむ天の川なみ　（二八〇）
人丸
Ｆあしひきの山より出づる月待つと人にはいひて君をこそ待て　（二八一）
三百六十首なかに　曾禰好忠
我がせこが来まさぬよひの秋風は来ぬ人よりもうらめしきかな　（二八二）
題不知　読人不知
逢ひ見てはいくひささにもあらねども年月のごと思ほゆるかな　（二八三）
人丸
Ｇたのめつつ来ぬ夜あまたに成りぬれば待たじと思ふぞ待つにまされる　（二八四）

百羽がき羽かくしぎも我がごとくあしたわびしき数はまさらじ　（二八五）
貫之

逢えぬ嘆きを七夕に寄せて詠じた歌がつづき、天象という関連によるのであろうか、「月」に寄せて「待つ恋」を歌う人麿歌Fに続けて「風」に寄せた「待つ恋」歌が置かれる。人麿歌Gの前後には逢瀬間もない頃の、次の逢瀬を待つ読人不知の歌、後朝のわびしさを詠む貫之歌が置かれている。人麿歌Gは公任の秀歌撰に何度も撰ばれた(8)人麿の恋歌である。『拾遺抄』の人麿恋歌の中では、最も公任の評価が高い歌といえよう。その人麿歌Gが貫之の歌と並列している点に注目したい。むなしく独り寝の夜が続き、もはや「待たじ」と歌う人麿歌と、後朝のわびしさを歌う貫之歌との、配列上の関連性や展開は見出し難い。むしろ、公任が最も評価した人麿歌を貫之と対比して並べる意図による配列(9)ではなかろうか。なお、貫之と人麿の歌が並列されているという配列上の工夫については次節で分析する。

人麿歌Fは、『拾遺集』では恋三の巻頭近くに配列されており、月を見て恋人を思いながら待つ「寄月恋」の歌群の最初に置かれている。当該歌群には『拾遺抄』恋下巻の「寄月恋」歌群（三六一～三六七）の歌がすべて含まれている。ところが、『拾遺抄』の「寄月恋」歌群には、次のように人麿の歌は含まれていない。

万葉集和歌
順

独りぬる宿には月の見えざらば恋しきときのかげはまさらじ　（三六一）

月の明う侍りける夜、人待ち侍りける人のよみ侍りける
読人不知

ことならばやみにぞあらまし秋の夜のなぞ月かげの人だのめなる　（三六二）

月明き夜をんなの許につかはしける
源信明朝臣

恋しさはおなじ心にあらずともこよひの月を君見ざらめや　（三六三）

かへし　　　　　　　　　　　　　　　　　　　　　　　　中務

さやかにも見るべき月を我はただ涙にくもるをりぞおほかる　（三六四）

月を見侍りて田舎なる男を思ひいでてつかはしける　　　中宮内侍

こよひ君いかなる里の月をみて宮こにたれを思ひいづらん　（三六五）

京に思ふ人をおき侍りて遥かなる所にまかりける道に月の明き夜　　　読人不知

宮こにて見しにかはらぬ月影をなぐさめにてもあかすころかな　（三六六）

題不知　　　　　　　　　　　　　　　　　　　　　　　貫之

てる月も影みなそこにうつるなりにたる事なき恋にも有るかな　（三六七）

まず、順の独り寝の歌「独りぬる宿には月の見えざらば」（三六一）に始まり、以後は月夜に贈られた贈答歌が並ぶ。「月の明う侍りける夜」に人を待つ歌（三六二）、「月明き夜」に月影を眺めつつ互いの面影を偲びあって交わされた源信明（三六三）と中務（三六四）との贈答歌、「月を見侍りて田舎なる男を思ひいで」た中宮内侍の歌（三六五）、「月の明き夜」に都に置いてきた恋人を思う読人不知の歌（三六六）が続く。

これらの「寄月恋」という古来の恋歌から受け継がれてきた主題による恋の贈答の最後に、歌群をまとめるごとく貫之の月の歌「てる月も影みなそこにうつるなり」（三六七）が置かれる。この貫之の一首は前置された歌々に詠まれる月夜の恋情を総括する役割を果たしているのである。しかし、この「寄月恋」歌群には人麿歌は含まれてはいなかったのである。

これらの歌をすべて用いて、『拾遺集』でも「寄月恋」を主題とする一五首から成る一大歌群が置かれている。その歌群が人麿歌を中心に再構成されていることを見るために、少し長くなるが引用しておこう。

題知らず　人麿
Fあしひきの山よりいづる月待つと人にはいひて君をこそ待て
みか月のさやかに見えず雲隠れ見まくそほしきうたてこのごろ　よみ人知らず
逢ふことはかたわれ月の雲隠れおぼろけにやは人の恋しき　人麿
秋の夜の月かも君は雲隠れしばしも見ねばここら恋ひしき
円融院御時屏風、八月十五夜月のかげ池にうつれる家に男女ゐてけさうしたる所　平兼盛
秋の夜の月見るとのみおきゐつつ今夜も寝でや我はかへらん
月明かりける夜女のもとにつかはしける　源信明
恋しさは同じ心にあらずとも今夜の月を君見ざらめや
返し　中務
さやかにも見るべき月を我はただ涙にくもるをりぞおほかる
題知らず　人麿
久方の天てる月も隠れ行く何によそへて君をしのばむ
京に思ふ人をおきてはるかなる所にまかりける道に、月のあ

かかりける夜　　　　　　　　　　　　よみ人知らず
みやこにて見しにかはらぬ月影をなぐさめにてもあかすころかな
題知らず　　　　　　　　　　　　　　貫之
てる月も影みなそこにうつりたりにたるものなき恋もするかな
月を見て、田舎なる男を思ひ出でてつかはしける　中宮内侍
今夜君いかなる里の月を見てみやこに誰を思ひいづらむ
題知らず　　　　　　　　　　　　　　忠岑
月影を我が身にかふるものならば思はぬ人もあはれとや見む
万葉集和せる歌　　　　　　　　　　　順
ひとりぬる宿には月の見えざらば恋しきことの数はまさらじ
題知らず　　　　　　　　　　　　　　人麿
長月の有明の月のありつつも君し来まさば我恋ひめやも
月明き夜、人を待ち侍りて
ことならば闇にぞあらまし秋の夜のなぞ月影の人だのめなる

この歌群は人麿歌ではじまり、人麿歌（『拾遺抄』では読人不知）で終わる。さらに四首の人麿歌を増補している。読人不知詠二首をのぞくと、この歌群中に人麿以外の歌人詠はすべて一首ずつである。人麿歌の目立つ歌群である。山から月が昇るのを待つ歌にはじまり、月を眺めて様々な恋情を詠じる歌が続き、恋しさのあまり月影のない闇夜をのぞむ歌で終わっている。物語的な構成を持つことが指摘されている恋三のなかでも、大きな比重を占める歌群として増補・再編されている（恋三の構成については本章第二節参照）。

そして、人麿歌Gは、恋三の巻末に配置され、巻全体を統括する役割を担っているのである。以上のように、『拾遺抄』においては歌群中の一首として配列されていた人麿歌が、『拾遺集』においては、巻頭末や歌群をまとめるという重要な役割を果たす位置に再配置されているのである。

一方、『拾遺抄』においては貫之歌が、同一主題でまとめられる歌群の末尾に置かれ、恋部を構成する主題を区切り、展開させる役割を担うことが多い。その意味で『拾遺抄』恋部における貫之詠は、『拾遺集』恋部においてよりも重要視されることが多かったといえよう。そのような『拾遺抄』の貫之歌の配列を『拾遺集』はほとんど踏襲していないのであるが、ただし、『拾遺集』が、『拾遺抄』における貫之歌の配列上の重要性を、まったく継承しなかったわけではない。例えば、貫之歌を含む『拾遺抄』恋上の冒頭歌群は、有名な「天徳内裏歌合」の歌で始まる。

天暦御時歌合　　忠見

恋すてふわが名はまだきたちにけり人しれずこそ思ひそめしか　（二二八）

兼盛

しのぶれど色にいでにけりわが恋はものやおもふと人のとふまで　（二二九）

題不知　　貫之

色ならばうつるばかりもそめてまし思ふ心をしる人のなき　（二三〇）

「天徳四年内裏歌合」の最終番の二首が歌順そのままに置かれ、その後に貫之詠が置かれている。三首目の貫之詠は、既に『後撰集』（六三一）に重出しており、「いひかはしける女のもとより、なほざりにいふにこそあんめれといへりければ」との詞書をともない、下句は「思ふ心をえやは見せける」となっている。この詞書によれば「いひかはしける女」への贈歌、逢後の恋歌であるが、『拾遺抄』では、「題知らず」と改変することで、歌合の二首とともに恋部冒頭にふさわしい、まだ相手にも知られぬ「忍ぶ恋」のテーマを担う歌となっている。[10] 人口に膾炙した歌合の名勝負の歌と貫之歌によって『拾遺抄』の恋部は始まるのである。

そして、この三首は同じ歌順で『拾遺集』の恋部冒頭（六二一～六二三）にも置かれている。『拾遺抄』『拾遺集』の恋部の開幕に貫之歌は欠くことのできないものであったといえよう。貫之詠を恋部の冒頭歌群という重要な位置に置くという『拾遺抄』の配列は、『拾遺集』にも踏襲されているのである。

四　おわりに

以上見てきたように、採録歌数が著しく異なるとはいえ、人麿歌を恋部に配置するという方針は『拾遺抄』と『拾遺集』とに共通するものであった。その共通点に注目し、両集の恋部に共通する人麿歌（A～F）を取り上げて、それらが如何に配列されているか、歌群構成上にどのような役割を担って配列されているかという観点から、『拾遺抄』と『拾遺集』とを比較・考察してきた。

その結果、『拾遺抄』の恋部には人麿歌が最も多く採録されてはいるが、その配列を見れば歌群中の重要な位置に置かれることは少なく、恋部を構成する各歌群の主題および前後の歌との関連性が希薄であることがわかった。ところが、それらの人麿歌が、『拾遺集』においては巻頭末に置かれていること、また歌群中においても、その歌群を統括する歌となるなど、恋部の構成上に重要な役割を与えられて、再編纂されている事が明らかになった。さらに、『拾遺集』恋部における人麿歌の再配置に連動して、貫之歌の再配置が行われていることを指摘した。構成上の人麿歌と貫之歌との関わりの分析考察は次節で行いたい。

『拾遺抄』恋部においては、人麿歌の採録歌数は第一に多いものの配列上では重要な役割を与えられないことから、『拾遺抄』の撰者が果たしてどれほど人麿の恋歌を評価していたのかという疑問が生じてくる。公任の秀歌撰には、人麿の恋歌が撰ばれる事は少ないのであるが、公任は人麿歌の中で、いったいどのような歌を評価していたのであろうか。おそらく公任が最も高く評価していた人麿の歌は次の一首であると考えられる。

ほのぼのとあかしの浦のあさぎりに島がくれゆく舟をしぞ思ふ

『古今集』の左注に「ある人のいはく柿本人麿が歌なり」とあり、仮名序にも人麿の歌として注記された有名な歌である。この歌は公任の秀歌撰のほとんどに撰ばれており、『和歌九品』でも「これはことばたへにしてあまりの心さへあるなり」として上品上に撰ばれている。作者名は記されないが、公任が人麿の作と考えていたことは確かである。すなわち、『前十五番歌合』では、一五番左の人麿歌として巻末に置かれ、人麿歌を二首しか収めない『金玉集』にも撰ばれ雑部巻頭におかれている。『和漢朗詠集』では行旅の項に、『深窓秘抄』では雑に分類されている。『三十六人撰』にも人麿の一〇首の内に撰ばれている。このように、公任が人麿の代表作として評価した一首が、恋の歌ではなかった事は注目されるのである。

公任が人麿の恋歌をさほど高く評価していなかったとすれば、『拾遺集』恋部の巻頭巻末に配置された三首の人麿歌が、すべて『拾遺抄』に既出の歌であること、さらに『拾遺抄』の人麿歌が、『拾遺集』ではいずれも歌群中に格段に重要な役割を与えられて配列されているという事実を重視するならば、『拾遺抄』恋部における人麿歌の多数入集自体が、そもそも花山院の嗜好を反映するものであったのではなかろうかと考えられる。公任は『拾遺抄』の編纂に当たって、花山院の熱意を尊重して、恋部において人麿の恋歌を最も多く採録したものの、人麿の恋歌をさほど評価していなかったため、恋部の配列・構成において人麿歌を十分に生かすことはできなかった。花山院は不満として人麿歌を中心に『拾遺集』の恋部を大幅に再編したのではなかろうか。元来『拾遺抄』の人麿歌が花山院の愛着深いものであったゆえに、あるいは厳選した人麿歌であったゆえに、『拾遺集』の恋部の巻頭・巻末や、歌群の中枢となる位置に再配置したと考えられるのである。

『拾遺抄』既出の人麿歌の再編纂の方法を辿ると、花山院の人麿に対する並々ならぬ熱意が窺われる。『拾遺集』における人麿歌の再編および激増は、花山院が『拾遺抄』にあきたらずに『拾遺集』の再編を企てた動機と深く関わっているのである。

注

(1) 片桐洋一「『拾遺集』の組織と成立—『拾遺抄』から『拾遺集』へ—」(『和歌文学研究』第二二号、昭和四三年一月、後に、同著『古今和歌集以後』〈笠間書院、平成一二年〉再収)。

(2) 『拾遺集』作者としての人麿を『万葉集』の人麻呂と区別する意味で「人麿」の表記に統一した。

(3) 片桐洋一「『拾遺抄』の人麿歌」(片桐洋一著『柿本人麿異聞』〈和泉書院、平成一五年〉)による。

(4) 小町谷照彦「拾遺集の本質—三代集の集結点—」(『国語と国文学』第四四巻第一〇号、昭和四二年一〇月)による。

(5) 阪口和子著『貫之から公任へ—三代集の表現—』の第二章2「恋部の構成と内容」(和泉書院、平成一三年)による。

(6) 注(5)と同書による。

(7) 前引の二四六番は『拾遺抄』本文でも異同があり、結句が流布本では「おしけくもなし」、貞和本では「をしけくもなし」とある。『拾遺集』の異本第一系統では第二句「神のやしろも」とある。

(8) 『深窓秘抄』『三十六人撰』『和漢朗詠集』等。

(9) 注(5)に公任の人麿評価についての貴重な指摘がある。すなわち、公任が貫之第一主義から人麿第一へと変化したことについて阪口氏は「『深窓秘抄』でおおはばに増えた人麿歌」は「実は『三十六人撰』の人麿歌の中から貫之歌に対応している歌がとられている」と分析され、さらに、『三十六人撰』の人麿歌についても「貫之の十首にあわせて古歌から適切な歌を選んだ」もので、「貫之が人麿に一歩ゆずる形になっているが、実質は貫之を通しての人麿歌である」と結論される。人麿歌の撰歌は貫之に対になるという視点から撰ばれているといわれるのである。同様のことが配列においても考慮されていると考えられる。なお、公任の人麿に対する評価が変化したことについては渡辺泰「平安朝に於ける人麿歌と公任」(『福岡学芸大学紀要』第一号、昭和二七年三月)にも詳しい。

(10) 注(5)に指摘されている。なお、『拾遺集』六二三番の本文は『拾遺抄』二三〇番の本文とは小異がある。定家本と異本第二系統は結句「知る人のなさ」。

第五節　『拾遺集』における貫之と人麿

一　はじめに

本節では『拾遺集』において大幅に増補された人麿歌についての考察を行いたい。前述のごとく『拾遺抄』では九首しか採られていなかった人麿歌を、『拾遺集』は一〇四首にまで増補した。最多入集の貫之一〇七首についで二番目に多い歌数である。三番目に多いのは能宣の五九首であるから、貫之と人麿の入集歌数は、ほぼ同数で群を抜いて多いことがわかる。この採歌数は、人麿を貫之に比肩する歌仙として位置づけようとする『拾遺集』の編纂方針を端的に物語っているのではなかろうか。そのような観点から、大幅に増補された人麿歌が『拾遺集』の中に如何に組み込まれているのかを見てゆくと、貫之の歌と並び置かれ、あるいは両者が同じ歌題の歌群中に対比的に置かれている箇所が少なからずあることに気付く。その箇所を単純に計上すると三八例ある(1)。このことは、人麿と貫之の入集歌数が多いことに起因する（並ぶ確率が多い）といえるかもしれない。しかし、人麿歌が貫之以外の他の歌人達と並ぶ例を見てみると、入集歌数が五九首の能宣とが四例、四六首の元輔とは、一例にすぎない。わずか三首の赤人と並んでいる歌が二例あり、万葉歌人としての赤人と人麿の歌を並べようという意図によるのであろう。このことからも、並置される数は入集歌数によるとは限らないことがわかる。しかも、人麿歌と五首以上並置されている歌人は、貫之以外にはいないのである。

そこで、『拾遺集』中に両者が対置されている例を巻毎にまとめて表にすると次のようになる。

	四季	雑季	恋	雑恋	雑	雑賀	別	神楽	哀傷
人麿歌数	九	九	五一	五	一六	一	一	三	七
貫之と並置	五	三	七	三	五	一	○	一	五
同歌群中	一	○	六	一	○	○	○	○	○

人麿歌と貫之歌との結びつきは四季部と哀傷部に顕著である。次に増補された人麿歌を取り上げて貫之歌との関わりを検討し、さらに『三十六人撰』における人麿と貫之の和歌の組み合わせをも参看することを通して、『拾遺集』における人麿歌の増補と編纂の方法について考察を行いたい。

二　四季部の人麿歌と貫之歌

『拾遺集』四季部に所収された人麿歌は九首である。その中の六首までが、同じ歌題や趣向を詠んだ貫之歌と並置され、また同じ歌群中に置かれている。次にあげるのは、春部の梅花歌群中に『拾遺集』の人麿歌の第一首目と、貫之歌の第一首目が並置されている例である。

題知らず　　柿本人麿

梅の花それとも見えず久方のあまぎる雪のなべてふれれば　（春・一二）

延喜御時、宣旨にてたてまつれる歌の中に　　貫之

梅が枝にふりかかりてぞ白雪の花のたよりにをらるべらなる　（同・一三）

一二番は『拾遺集』の増補歌であり、一三番は『拾遺抄』に既出の歌（一〇）である。この貫之歌は『拾遺抄』では春部・一〇首目に置かれ、その直前には次の躬恒の歌が置かれている。

同じ御時御屏風に　　　　躬恒

ふる雪に色はまがひぬ梅の花かにこそにたる物なかりけれ　（拾遺集・一四、拾遺抄・九）

『拾遺抄』では、この躬恒歌の次に、貫之歌「梅が枝に」が並んでいた。その歌順を『拾遺集』では逆にして、貫之歌（一三）、躬恒歌（一四）として、さらに貫之歌の前に人麿歌（一二）を増補したのである。この人麿歌は『古今集』の冬部に読人不知の歌（三三四）として重出する。左注に伝人麿作と付記されている歌である。後世、人麿の肖像画には梅の花が描かれたのもこの歌によるといわれているほど代表的な人麿歌として享受され続けた歌である。(2) 当時も梅と白雪を詠じた貫之歌からすぐに連想される歌であったと思われる。『拾遺集』は、『古今集』冬部の読人知らず歌を人麿歌と明記して、貫之の梅花詠とともに春部に配置したのである。

人麿歌（一二）と貫之歌（一三）は梅花を視覚的に捉えた歌であり、いずれも白梅と白雪という歌材の組み合わせ、両者を見まがうという発想も同じである。さらに、人麿歌の下句「あまぎる雪のなべてふれれば」は、貫之の上句、「梅が枝にふりかかりてぞ」と緊密に関わり、雪中に咲く梅花の歌一対と化している。雪中の鶯を詠む歌（一〇、一一）に続く、早春に雪の中で開花する梅花歌群の最初に、人麿と貫之歌を配列し直したのである。しかも、この両首の梅花詠は、『拾遺集』中に置かれた貫之と人麿の、それぞれ第一首目の歌である。このような配置からは、『拾遺集』に人麿と貫之を共に登場させようとした編集意図を読み取り得るのである。

次は『拾遺集』春部に新設された若菜歌群である。『拾遺抄』春部には若菜は一首に詠まれるのみで歌群の主題とはなっていない。

題知らず　　　　人麿

あすからは若菜つまむとかたをかの朝の原はけふぞやくめる　（一八）

恒佐右大臣の家の屏風に　　貫之

野辺見れば若菜つみけりむべしこそかきねの草も春めきにけれ　（一九、拾遺抄・春・七）

若菜を御覧じて　　円融院御製

かすが野におほくの年はつみつれどおいせぬ物は若菜なりけり　（二〇、拾遺抄・雑上・三六七）

人麿歌のみが増補歌で、他は『拾遺抄』既出歌である。(3) 一首目は若菜摘みの時節の到来を待つ歌、二首目は若菜を摘む光景を詠む歌、三首目は毎春新しく芽生え続ける若菜を詠じて春の永久性を寿ぐ歌である。人麿と貫之の二首は「若菜つまむと」と「若菜つみけり」の時間の経過を示す表現が対応している。この人麿歌も『古今集』の異本にも重出し、(4) 古くから人麿歌と信じられていた歌である。貫之歌ときわめて共通する表現の多い人麿歌を増補し、三首目には円融院の歌―『拾遺抄』では雑上の巻頭歌であった歌―を、春部に置き直している。『拾遺集』で新しく設けた若菜歌群において、『拾遺集』における人麿と貫之の組み合わせを強調するための改変であろう。

さらに、これら二首の貫之の梅花詠と若菜詠が『拾遺抄』春部ではどのように配置されていたかを比較してみると、『拾遺集』の再編集の意図が一層明らかになる。

『拾遺抄』春部における貫之の梅花詠と若菜詠を見てみよう。なお、『拾遺集』で人麿と並置される貫之の梅花詠にはａ、若菜詠にはｂを付した。

天暦十年二月廿九日内裏歌合せさせ給ひけるに　　読人不知

うぐひすの声なかりせば雪きえぬ山里いかで春をしらまし　（六）

恒佐右大臣の家の屏風に　　貫之

ｂのべ見れば若菜つみけりうべしこそかきねの草も春めきにけれ　（七）

題不知　　　　　　　　　　　　　　　　　　　　　中納言安部広庭

いにし年ねこじてうゑし我がやどのわかぎの梅は花さきにけり　（八）

延喜御時の御屛風歌　　　　　　　　　　　　　　　　　躬恒

ふる雪に色はまがひぬ梅の花香にこそにたるものなかりけれ　（九）

延喜御時依宣旨進歌中に　　　　　　　　　　　　　　　貫之

a梅がえにふりかかりてぞしら雪も花のたよりにをらるべらなる　（一〇）

冷泉院御時の御屛風に梅の花有る家に人のきたる所　　兼盛

わがやどの梅のたちえや見えつらん思ひのほかに君がきませる　（一一）

題不知　　　　　　　　　　　　　　　　　　　　　読人不知

梅の花よそながら見んわぎもこがとがむばかりの香にもこそしめ　（一二）

桃園にすみ侍りけるこ前斎院の家の屛風に

しろたへのいもがころもと梅の花色をも香をもわきぞかねつる　（一三）

『拾遺抄』の歌順に従って見てゆくと、若菜を詠じた歌は貫之の一首bのみであり、鶯詠と梅花詠の間に置かれている。若菜を詠む歌であることよりも「春めきにけれ」という第五句によって、六番歌の春の遅い雪の山里を詠む歌と八番歌の咲く花に春を実感する歌とを繋ぐ役目を果す、梅花歌群（八〜一三）への導入歌といえる。

梅花歌群は梅の開花の歌（八）で始まり、花の香と色をそれぞれ詠じた歌が対比的に置かれて、梅の色香を愛しい人の衣に見立てた歌で締め括られる。その中での貫之の梅花詠aは、躬恒の白雪の色と梅花の香りを対比させた歌に後置されて歌群中の目立たない一首である。

これらの貫之歌が『拾遺集』では、人麿歌とともに梅花歌群の最初や若菜歌群の中心に配置し直されたのである。

そして、『拾遺集』の春部に増補された人麿歌二首は、いずれも題材・表現が貫之歌と密接に関わる歌が撰ばれて貫之と並べて配置されているのである。

また、『拾遺集』の秋部には七夕を詠じた人麿歌が三首あるが、すべて七夕歌群中（一四二〜一五四）に置かれている。この歌群中に増補された人麿歌二首もまた、貫之歌に対応した増補と考えられる。次は七夕歌群の前半部分である。（　）内は『拾遺集』の歌番号であるが、『拾遺抄』既出の歌には、その番号も併記した。

延喜御時屏風歌　躬恒
ひこぼしのつままつよひの秋風に我さへあやな人ぞこひしき　（一四二、拾遺抄・九〇）
貫之
秋風に夜のふけゆけば天の河かはせに浪のたちゐこそまて　（一四三、拾遺抄・九一）
題知らず　柿本人麿
天の河とほき渡にあらねども君がふなでは年にこそまて　（一四四）
よみ人知らず
天の河こぞの渡のうつろへばあさせふむまに夜ぞふけにける　（一四五）
湯原王
さ夜ふけて天の河をぞいでてみる思ふさまなる雲や渡ると　（一四六）
人麿
ひこぼしの思ひますらん事よりも見る我くるしよのふけゆけば　（一四七、拾遺抄・九二）
年に有りてひとよいもにあふひこぼしも我にまさりて思ふらんやぞ　（一四八、拾遺抄・九三）
延喜御時月次御屏風に　貫之

たなばたにぬぎてかしつる唐衣いとど涙に袖やぬるらん　（一四九、拾遺抄・九四）

これらの七夕歌群の歌は、増補された人麿歌二首と読人不知詠の三首（一四四〜一四六）以外は、『拾遺抄』に既出の歌であり、しかも歌順も一致する。(5)

一首目の躬恒と二首目の貫之の歌は同じ屏風歌であるが、躬恒の歌が天上から吹く風に催された地上の自らの恋を歌うのに対して、貫之詠は天の川に思いを馳せて天上界の川瀬に立つ波を見ながら星逢いを待つ星の心を歌う。そして、この後に増補された人麿歌（一四四）もまた、星逢いの時を待つ織女星の歌であり、「こそまて」という末尾も同じ歌である。貫之の歌（一四三）と対を成しているといえよう。さらに『拾遺集』は人麿の彦星の心を歌う一首（一四五）をも加えている。天空へと視点を移動する貫之歌に応じて、二星の掛け合いのごとき歌を置いたのである。

また、『拾遺抄』に既出の人麿歌（一四八）も貫之歌と並んでおり『拾遺集』はその配列を踏襲している。ただし、一四八番の人麿歌は、彦星に自らの思いを重ね合わせた点で、一四七番の湯原王の歌に近い。そして、次の貫之歌（一四九）は、彦星を詠む湯原王と人麿歌に対して、織女星への思いを詠んでいる。『拾遺集』に増補された人麿歌ほど、貫之歌との関わりが緊密ではないといえよう。この歌群における人麿歌の増補にも、貫之歌と同じ主題の歌を組み合わせようとした『拾遺集』の編纂意図が見出せよう。

三　哀傷部の人麿歌と貫之歌

次に、哀傷部に増補された人麿歌を見てみよう。『拾遺抄』には哀傷部はないが雑下に哀傷歌群がある。その歌群の最初の五首をそのまま冒頭部に置いて『拾遺集』は哀傷部を設けている。『拾遺抄』を基に発展させようとした姿勢が窺える一方、両集には相違も目立つ。殊に『拾遺抄』雑部の哀傷歌群には貫之の辞世の歌は載せるが、人麿の辞世の歌は載せていないという相違は注目すべきであろう。

さらに、『拾遺集』は哀傷部に人麿の歌―辞世の歌を含む六首を増補しているのであるが、そのうちの五首までが、貫之の歌と組み合わされて、次のように配列されているのである。

きびつのうねべ亡くなりてのち、よみ侍りける　人麿

さざなみのしがのてこらがまかりにし河せの道を見ればかなしも　（一三一五）

讃岐のさみねの島にして、岩屋の中にて亡くなりたる人を見て

おきつ浪よるあらいそをしきたへの枕とまきてなれる君かも　（一三一六）

紀友則みまかりにけるによめる　貫之

あすしらぬわが身とおもへどくれぬまのけふは人こそかなしかりけれ　（一三一七）

あひ知れる人の失せたる所にてよめる

夢とこそいふべかりけれ世の中はうつつある物と思ひけるかな　（一三一八）

妻の死に侍りてのち、かなしびてよめる　人麿

家にいきてわがやを見ればたまざさのほかにおきけるいもがこまくら　（一三一九）

まきもくの山べひびきてゆく水のみなわのごとによをばわが見る　（一三二〇）

石見に侍りて亡くなり侍りぬべき時にのぞみて

いも山のいはねにおける我をかもしらずていもがまちつつあらん　（一三二一）

世の中心細くおぼえてつねならぬ心地し侍りければ、公忠朝

臣のもとによみてつかはしける、このあひだ病おもくなりにけり　　紀貫之

手に結ぶ水にやどれる月影のあるかなきかの世にこそありけれ　（一三二二、拾遺抄・雑下・五七五）

この歌よみ侍りてほどなく亡くなりにけるとなん家の集にかきて侍る

この歌群が人麿と貫之の歌のみで構成されている点は興味深い。『拾遺集』は歌語の連続によって各歌群を構成することが多いが、この歌群においては、隣接する和歌に詠み込まれた歌語の連続性は見出し難い。むしろ、詞書に記された詠作事情（傍線部）の似た歌を組み合わせて配列したことが明らかである。すなわち、「きびつのうねべ亡くなりて」「岩屋の中にて亡くなりたる人」などの他者の死を哀悼した歌から、「紀友則みまかりにけるに」「あひ知れる人の失せたる所にて」「妻の死に侍りて」と身近な者の死を悼み、遂に「亡くなり侍りぬべき時にのぞみて」「つねならぬ心地し侍りければ……亡くなりにける」と自らの死に臨んだ歌へと展開する構成をとっているのである。

これらの歌群中で『拾遺抄』に既出の歌は、歌群末尾に置かれている貫之の辞世の歌一首のみである。この歌は『拾遺抄』雑下では、次のような歌群中に置かれている。前引の『拾遺集』の歌群と比較すると、両集の構成および編集意図の相違が明らかであろう。

朝顔の花を人のもとにつかはすとて　　道信朝臣

朝顔をなにはかなしと思ひけん人をも花はさこそみるらめ　（五七四）

世の中の心細くおぼえ侍りければ源のきよただの朝臣のもとによみてつかはしける　　貫之

手にむすぶ水にうかべる月かげのあるかなきかの世にこそありけれ　（五七五）

この歌をよみ侍りての頃、いくほどなくてみまかりたりと
なん家集にかきつけて侍る

沙弥満誓

世の中をなににたとへんあさぼらけこぎゆく舟のあとのしらなみ　（五七六）

『拾遺抄』では貫之歌の前には、朝顔の花に託して無常の世を詠じた道信の歌が、また後には夜明けの海上を渡ってゆく舟の跡に立つ白波に無常の世をたとえた沙弥満誓の歌が置かれる。貫之の歌は辞世の歌ということよりも、手のひらに掬い取った水に浮かぶ月影のイメージを、はかなき世に重ね合わせるという表現に注目して配列されている。はかなき世、あるかなきかの世、無常の世をさまざまなイメージに託して詠む歌から成る「無常」というテーマの歌群中の一首として、貫之歌は組み込まれている。

一方、前述したように、『拾遺集』では、貫之歌は前後の歌との表現上の共通性によってではなく、辞世の歌であるという詠作事情の共通性に注目されて配列されており、並置された貫之と人麿の辞世の歌は、辞世の歌であること以外に関連性はないといえよう。『拾遺集』の詞書には「このあひだ病おもくなりにけり」と、貫之の死にいたる病状を物語る一文が付加されているが、この一文は『拾遺抄』にはない。身近な人の死を悼み、世の無常を我が身のものとして感じ、最後に自らの死に臨む感慨を詠む歌へと展開することを意図した歌群構成となっている。この歌群中に増補された貫之歌は、いずれも『古今集』に重出する歌を再び取り込んでいる。『古今集』によって知られていた貫之歌に加えて、人麿と貫之の辞世の歌を並べて示すことによって、二歌仙の死を描こうとしたのである。そのために人麿と貫之の歌を歌合のごとくに組み合わせるという方法を用いたのである(6)。これらの辞世の歌以後、二歌仙の歌は見られない。この点も、『拾遺集』の配列上の工夫を物語っている。

例えば、『古今集』の哀傷部には、友則の死を悼む貫之の歌（八三八）の一〇数首後に、歌集を書き写しつつ亡

父を回想する友則の歌（八五四）が置かれている。詞書に記された「友則の死」という事実は和歌の配列、歌集構成には勘案されてはいない。

『後撰集』においても同様で、第二〇巻の後半部に置かれた哀傷歌群において、兼輔の死を悼む貫之の歌（一四一一）が置かれているが、巻末（哀傷歌群の最後）には「めのみまかりての年の師走のつごもりの日、ふることいひ侍りける」兼輔と貫之との贈答歌（一四一二、一四一三）が置かれている。『後撰集』には、兼輔の歌は貫之、伊勢についで多数採録されており、貫之との交流など兼輔の日常を描く贈答歌を幾組も載せている。ところが、兼輔の死という出来事は、歌集の配列構成上においては捨象されているのである。

そして、『拾遺集』においても、詞書に「天暦のみかどかくれたまひて」とある一二八〇番の後に、一二八四番、一二八六番に天暦御製が置かれている。このように、哀傷部の構成・配列において入集歌人の死という事実を時間軸で捉えて配列に活かすことはなされていないのである。

これらの前例と比べると、『拾遺集』の哀傷部における人麿と貫之の辞世の歌を含む歌群構成が、如何に異色であるかがわかる。『拾遺集』が、人麿の辞世の歌一首を増補するのみならず、両者の歌のみで構成された哀傷歌群をも増補したことには、人麿への並々ならぬ強い思い入れが窺えるのである。

最終巻の辞世歌群の構成を、『拾遺集』の首巻春部の梅花歌群中において、両者の第一首目が並置されていたことを考え合わすとき、貫之歌との歌合的な配列は『拾遺集』における人麿歌の増補・再編纂に際して意図的に用いられた方法であったと考えられるのである。

四　『三十六人撰』における人麿歌と貫之歌

人麿と貫之とを一組の歌仙とするのは『三十六人撰』であるが、その出来は具平親王と公任とが行った二歌仙の歌合によるものという説話が『袋草紙』(7)に記されている。

朗詠江注云、四条大納言、六条宮被レ談云、貫之歌仙也。宮云、不レ可レ及二人丸一。納言云、不レ可レ然。茲書二秀歌十首一、後日被レ合。八首人丸勝、一首貫之勝。此歌持と云々。夏の夜はふすかとすれば郭公。自二此事一起三十六人撰出来歟。

具平親王との優劣論争を機に、『前十五番歌合』では一番に貫之と躬恒を、一五番に人麿と赤人を組み合わせていた公任が、人麿・貫之の組み合わせを一番に置く『三十六人撰』を編んだというのである。具平親王と花山院の没年がほぼ半年余りしか隔たらない(8)ことからすれば、『拾遺集』の編纂とほぼ同時期のことと推定される。この伝承について、久曾神昇氏は「肯定すべきであろう(9)」とされ、樋口芳麻呂氏も「信用してよいと思われる(10)」とされるなど、大方、信憑性があるとする見方が多いが、確たる根拠はない。ただし、当時の人麿人気と、貫之の歌と合わせるという発想とが結びついている点が、『拾遺集』の人麿編纂の方法に通じるものであることには注目すべきであろう。

そこで、『三十六人撰』に組み合わされた人麿と貫之の一〇首について検討しておきたい。両者について阪口氏は「人麿歌十首と貫之歌十首は歌合のように番えられており、その内容は春三番、夏一番、秋一番、『前十五番歌合』歌一番、恋二番、哀傷一番、歌枕一番となる(11)」と指摘されている。氏の指摘を再確認してゆくと、部立のみならず、さらに細分化された季題までも一致する番が多く、歌材・表現などが共通する歌同士が組み合わされていることがわかる。

一～三番は「春」の歌で、一番が新春の到来を詠む「初春」、二番は春の野の「若菜」、三番は梅と桜という「春の花」を詠じて各々一対をなしている。

（一）昨日こそ年はくれしか春霞かすがの山にはや立ちにけり　（人麿）

問ふ人もなきやどなれどくる春はやへむぐらにもさはらざりけり　（貫之）

（二）あすからは若菜つまむと片岡の朝の原はけふぞやくめる　（人麿）

行きて見ぬ人もしのべと春の野のかたみにつめる若菜なりけり　（貫之）

（三）梅花其とも見えず久方のあまぎる雪のなべてふれれば　（人麿）

花もみなちりぬるやどは行く春の故郷とこそ成りぬべらなれ　（貫之）

四番は「夏」の歌で、いずれもが、短か夜に鳴く「ほととぎす」を詠じている。

（四）ほととぎす鳴くやさ月の短夜も独しぬればあかしかねつも　（人麿）

夏の夜のふすかとすればほととぎす鳴く一声にあくるしののめ　（貫之）

五番は「秋」の歌で散る「紅葉」を詠じている。

（五）飛鳥河もみぢば流る葛木の山の秋風吹きぞしくらし　（人麿）

見る人もなくてちりぬるおく山の紅葉はよるの錦なりけり　（貫之）

七番と八番は「恋」であるが、さらに、七番が「待つ恋」を、八番は「寄鳥恋」という共通性を持つ一対である。

（七）たのめつつこぬ夜あまたに成りぬればまたじと思ふぞまつにまされる　（人麿）

こぬ人をしたにまちつつ久方の月をあはれといはぬよぞなき　（貫之）

（八）葦引の山鳥の尾のしだりをのながながし夜をひとりかもねむ　（人麿）

思ひかね妹がりゆけば冬の夜の河風寒み千鳥なくなり　（貫之）

九番の「哀傷」の歌一組も、人麿歌には池の水底に漂う髪の幻影が、貫之歌には浦の上空に立ち上る煙の残像が詠まれており、共通するイメージを詠じた歌を組み合わせたといえようか。

（九）わぎもこがねくたれがみをさるさはの池の玉もと見るぞかなしき　（人麿）

君まさで煙たえにししほがまのうらさびしくも見え渡るかな　（貫之）

また、一〇番は「雑」ともいわれているが、[12]「秋」の行事を詠み込んだ一対と考えられる。

（一〇）物のふのやそ宇治河のあじろ木にただよふ浪のゆくへしらずも　（人麿）

逢坂の関のし水に影見えて今や引くらんもち月の駒　（貫之）

「網代」は、屏風歌の画材にもなることも多く、例えば『貫之集』に「同年（天慶二年）閏七月右衛門督殿屏風のれう十五首、十月あじろ」（四〇七）とあり、又『忠見集』に「あるところの御屏風に、十月、宇治の網代にをんなぐるまものみる」（四八）とあるように冬の景物であった。ところが、花山院が主催した寛和二年内裏歌合においては、「網代」は秋の題とされた。延喜式にも「始九月迄十二月三十日」と記されているように、実際、網代は晩秋から冬にかけて行われるものであるから、花山院は秋の最後の季題としたのであろう。この歌合には公任も参加しており、しかも、網代が歌合において歌題となった最初であったこともあり、記憶に残ったと思われる。とすれば、秋の駒迎えの歌と組み合わせたことも頷ける。

全く部立も歌題も異なっている組み合わせは、次の六番のみである。

（六）ほのぼのと明石の浦の朝ぎりに島がくれ行く舟をしぞ思ふ　（人麿）

桜ちるこのした風は寒からでそらにしられぬ雪ぞふりける　（貫之）

この番は、阪口氏の指摘の通り『前十五番歌合』の歌であり、両歌仙の最高の秀歌として番えられたのであろう。

以上見てきたところによれば、代表歌一組以外は、歌合の同じ題のもとに詠まれた番のごとき歌が組み合わされているのである。

『三十六人撰』は『三十六人歌合』という別称を持つことからも歌仙の歌を歌合風に番えることを試みたものと思われる。しかし、人麿と貫之以外の番では、部立や題を同じくする歌が番われていることはむしろ少ない。一〇首選ばれている躬恒と伊勢、兼盛と中務の番を見ておこう。躬恒と伊勢の番には、次のように、組み合わせられた二首の歌の歌題や内容に、関連性の見出し難い番がある。

立ちとまり見てをわたらむもみぢ葉は雨とふるとも水はまさらじ　（躬恒）

三輪の山いかにまち見む年ふともたづぬる人もあらじとおもへば　（伊勢）

紅葉を詠む躬恒詠と伊勢の恋歌とが組み合わされている。もちろん、四季や恋といった部立が同じと見なせる番も八組ある。しかし、次の二首を見てみよう。

春立つときゝつるからに春日山きえあへぬ雪の花と見ゆらむ　（躬恒）

青柳の枝にかかれる春雨はいともてぬける玉かとぞ見る　（伊勢）

同じ春の歌ではあるが、躬恒の歌は立春まもないころの消えやらぬ山の雪を詠んだ歌であり、伊勢の歌は青柳に降り注ぐ春雨を詠んだ歌である。歌題まで同じではない。また、次の例も、同じく春の歌である。

香をとめて誰をらざらむ梅花あやなしかすみたちなかくしそ　（躬恒）

千とせふる松といへどもうゑて見る人ぞかぞへてしるべかりける　（伊勢）

梅花の香を詠む躬恒の歌に、子の日の松を詠む伊勢の歌が組み合わされている。また、次のように、松を詠む躬恒の賀歌が、長柄の橋を詠む伊勢の歌と組み合わされているのである。

ひきうゑし人はむべこそおいにけれ松のこだかくなりにけるかな　（躬恒）

難波なるながらの橋もつくるなりいまはわが身をなにたとへむ　（伊勢）

躬恒と伊勢の番においては、歌の題材・歌題によって両者の歌を組み合わせようとする意図は貫之と人麿の番よりも希薄であるといえよう(13)。また、最終番に置かれた兼盛と中務の場合は、部立が一致しない組み合わせも目立つ。例えば、次のごとき組み合わせである。

かぞふればわが身につもる年月をおくりむかふとなにいそぐらむ　（兼盛）
わすられてしばしまどろむほどもがないつかは君を夢ならでみむ　（中務）

みやまいでてよはにやきつるほととぎすあか月かけてこゑのきこゆる　（兼盛）
うぐひすの声なかりせば雪きえぬ山ざといかで春をしらまし　（中務）

くれてゆく秋のかたみにおくものはわがもとゆひのしもにざりける　（兼盛）
さやかにもみるべき月をわれはただ涙にくもるをりぞおほかる　（中務）

あさひさすみねの白雪むらぎえて春のかすみはたなびきにけり　（兼盛）
したくぐる水に秋こそかよふらしむすぶいづみの手さへすずしき　（中務）

みわたせば松のはしろき吉野山いくよつもれるゆきにかあるらむ　（兼盛）
天のかは河辺涼しき織女に扇の風を猶やかさまし　（中務）

最終番である兼盛と中務の組み合わせにおいても、人麿と貫之ほどの類似性は見出せないのである。

その他の各三首ずつ番われた歌人の場合を見ると、三組がすべて共通の部立・歌題をもつ歌が合わされている番はない。二番が一致する例として、興風と元輔、小大君と仲文の二組が見出せるのみで、その他は、すべて、一組が同題である。その番の中から能宣と忠見の組み合わせを見ておこう。次の、一番はいずれも「子日」という共通の歌題を詠むと見なせる。

　ちとせまでかぎれる松もけふよりは君にひかれてよろづよやへむ　（能宣）

　子日するのべに小松のなかりせばちよのためしになにをひかまし　（忠見）

しかし、二番は、秋の紅葉とほととぎすの歌であり、

　紅葉せぬときはの山にたつ鹿はおのれなきてや秋をしるらむ　（能宣）

　さ夜ふけて寝覚めざりせばほととぎす人づてにこそきくべかりけれ　（忠見）

三番も次のごとく、

　きのふまでよそに思ひしあやめぐさけふわが宿のつまとみるかな　（能宣）

　やかずともくさはもえなむ春日野はただ春の日にまかせたらなむ　（忠見）

五月の菖蒲と春日の若草焼きという季節も歌題も異なる歌が組み合わされている。同様の例としては、他に家持と赤人、業平と遍照、猿丸と小町、宗于と信明、是則と元真の組み合わせが、三首中の一首のみが同題の歌と見なせる例である。そして、他の七組、素性と友則、兼輔と朝忠、敦忠と高光、公忠と忠岑、斎宮女御と頼基、敏行と重之、清正と順の番は全番において四季も歌題も異なる歌が組み合わされているのである。

　このように、『三十六人撰』における人麿と貫之との番のみは、他の歌人達の番とは異なり、まさに歌合のごとく番われている。この点に関して考えるとき、阪口氏の(14)『金玉集』から『深窓秘抄』へと増加した人麿歌は「貫之歌に合わせて、古歌から選ばれた」という指摘は示唆に富んでいる。氏の指摘は、『前十五番歌合』から『三十六

人撰』になって加えられた人麿歌にもあてはまると考えられるのである。

『三十六人撰』の貫之歌は『古今集』から三首、（四、五、六）、『新撰和歌集』から五首（一、三、四、五、六）撰ばれている。『拾遺抄』とは四首（三、六、八、一〇）が重出し、『拾遺集』増補歌との重出は一首（七）にすぎない。一方、人麿歌は『古今集』から二首（三、六）、『新撰和歌集』から二首（六、一〇）撰ばれている。『拾遺抄』とは二首（四、七）、『拾遺集』増補歌とは五首（一、二、三、八、九）が重出する。(15) すなわち、貫之の秀歌に番えるべく『拾遺集』の増補歌に注目しつつ人麿の歌が撰ばれた可能性が考えられるのである。

そして、『三十六人撰』において貫之の秀歌に合わせて同じ題の人麿歌が撰ばれたのと同じ方法が、『拾遺集』の人麿歌の増補・編纂においても用いられていると考えることができよう。(16)

五　おわりに

以上、『拾遺集』における人麿歌の大幅な増補は、貫之に並ぶとも劣らない歌人であることを示すためであったと考え、『拾遺抄』の歌群中に増補された人麿が如何に組み込まれたかを見てきた。四季部では、貫之歌と同じ題材、類似の表現の人麿歌が増補されて並置される例を指摘し、哀傷部においては人麿・貫之の歌のみが組み合わされて構成された辞世の歌を含む歌群を考察した。その結果、人麿と貫之の二歌仙の和歌を歌合風に配すという方法が用いられていることが看取できた。この人麿歌と貫之歌とを対にして配列構成するという方法は、人麿と貫之歌を一対とした『三十六人撰』の編纂方法と連動するものであったと考えられる。人麿歌と貫之歌との組み合わせるという方法は、人麿歌が貫之歌とほぼ同数にまで激増されていることとも密接な関係を有すると考えられるのである。人麿の歌数を倍増し、両者を対比的に配列するという方法を用いたのは、人麿を名実共に貫之に比肩する歌聖として評価し、そのことを示すためであったと考えられる。そして、人麿を『拾遺集』に再登場させるという目的こそ、花山院に『拾遺集』再編を敢行させる原動力となったと考えられるのである。『古今集』の仮名序に「歌の聖」と称揚されながら実体は不詳であった人麿を、勅撰集に再登場させた『拾遺集』の和歌史上における意味と影響は、さらに追究される必要があろう。

注

（1）例えば、人麿歌二首と貫之歌が並ぶ場合は、二首と計上した。
（2）片桐洋一著『柿本人麿異聞』（和泉書院、平成一五年）に人麿像の定着について詳述されている。
（3）異本第一系では、貫之一九番歌と円融院二〇番歌の間に、『拾遺抄』八番歌の安部広庭の歌が置かれている。部分的に『拾遺抄』の配置が残ったものか。
（4）片桐洋一著『古今和歌集全評釈』（講談社、平成一〇年）の異本歌集成によると「高野切」と同時代のものといわれる「亀山切」にある歌である。
（5）異本第二系では、躬恒の一四二番歌と貫之の一四三番歌が逆になっている。『拾遺抄』諸本は貫之・躬恒となっている。『拾遺抄』の歌順を踏襲した本文に従いたい。
（6）田中直「勅撰集と〈死〉の主題―『古今集』『拾遺集』の哀傷歌配列から―」（『和歌文学研究』第五〇号、昭和六〇年四月）に指摘されている。
（7）『日本歌学大系　第二巻』（風間書房、昭和五二年）所収本による。
（8）『日本紀略』（新訂増補国史大系）の寛弘五年二月八日の条に「今夜亥刻花山法皇崩年四十一」とあり、また、寛弘六年七月二八日の条に「今日丑刻二品行中務卿具平親王薨年四六」とある。
（9）『西本願寺本三十六人集精成』（風間書房、昭和五七年）の解説による。
（10）『王朝秀歌選』（岩波書店、昭和五八年）の解説。また、『平安・鎌倉時代秀歌撰の研究』（ひたく書房、昭和五八年）にも同様の見解が示されている。

(11) 阪口和子著『貫之から公任へ―三代集の表現―』（和泉書院、平成一三年）による。

(12) 久曾神昇「三十六人撰とその秀歌」（『愛知大学文学論叢』第三一号、昭和四一年一月）による。また、同歌は『新古今集』では雑部に収載されている。

(13) ただし、部立・歌題とも同じと考えられる番もあるので、次に挙げておく。

①山たかみ雲井に見ゆるさくら花心の行きてをらぬ日ぞなき　（躬恒）
　春ごとに花の鏡となる水はちりかかるをやくもるといふらん　（伊勢）

②わがやどの花見がてらにくる人はちりなむのちぞこひしかるべき　（躬恒）
　ちりちらずきかまほしきをふるさとの花見てかへる人もあはなむ　（伊勢）

③今日のみと春をおもはぬ時だにも立つ事やすき花のかげかは　（躬恒）
　いづくまで春はいぬらんくれはててあかれしほどはよるになりにき　（伊勢）

④ほととぎす夜深き声は月まつといもねであかす人ぞききける　（躬恒）
　ふたこゑときくとはなしにほととぎす夜深くめをもさましつるかな　（伊勢）

⑤心あてにをらばやをらむはつしものおきまどはせるしらぎくのはな　（躬恒）
　うつろはむことだにをしき秋はぎにをれぬばかりもおけるつゆかな　（伊勢）

⑥わが恋はゆくへもしらずはてもなしあふをかぎりとおもふばかりぞ　（躬恒）
　人しれずたえなましかばわびつつもなきなぞとだにいふべきものを　（伊勢）

(14) 注（11）と同書による。なお、阪口和子「公任の秀歌撰にみる『万葉集』享受」（『百舌鳥国文』第一八号、平成一九年三月）にも、同様の指摘がある。

(15) 一番歌は『拾遺集』定家本系では作者を山辺赤人とする。異本第一系の天理甲乙及び多久本では作者名はなく、前歌は紀文幹である。『三十六人撰』においては人麿の歌として貫之と組み合わせており、『和漢朗詠集』や『深窓秘抄』でも人麿とする等公任は人麿歌と考えていた。

（16）小町谷照彦「拾遺集の人麿歌」（『王朝和歌と史的展開』〈笠間書院、平成九年〉所収）に、「『三十六人撰』は『拾遺集』の人麿重視の傾向に影響されたのだといえなくもない」という、両書の成立の時期を根拠にした指摘がある。

第二章　『拾遺集』の表現と歌風形成

時代も作者も異なる和歌の集成である勅撰集の歌風をどのように考えれば良いのだろうか。『古今集』の場合、仮名序には貫之の歌論、和歌の本質論や表現論が展開されており、所収歌の半数を撰者の和歌が占めていて、『古今集』が目指した歌風とはどのようなものか、理論と実例とがあいまって提示されているといえよう。ところが『拾遺集』は序文を持たない。『拾遺集』の撰集に関わった歌人も明確ではない。そもそも『拾遺集』に独自の歌風を見出すことはできるのだろうか。

従来、『拾遺集』の歌風については、歌材、発想、趣向、用語などにおいて『古今集』との類似性が認められることから、古今風と一括し得る、という見方が大勢である。権門貴紳の褻の歌を集めた『後撰集』に対して、屛風歌や歌合等の晴の歌を重視する『拾遺集』は『古今集』に回帰する性格を持つと言われている。確かに、伝承歌を含む人麿歌や貫之を始めとする『古今集』撰者の歌の蔭で、『拾遺集』時代の歌人たちの和歌の新風は見出し難い。

しかし、『新撰随脳』等の歌論を著し数々の秀歌撰をものした公任の『拾遺抄』を核に、進取の気象に満ちた花山院の増補再編によって成立した『拾遺集』が、前代勅撰集に対する新たな歌風を示そうとしなかったとは考え難い。

本章では、歌風の問題を歌集編纂との関わりの中で捉えようと試みた。撰者が『拾遺集』においてどのような歌風を形成しようとしたのかという観点から考察を行った。所収和歌の表現を分析しつつ、どのような表現の歌が撰ばれて、歌集が構成されているのか、そのような観点から、『拾遺集』に多数採歌されている歌合歌、物名歌、貫之詠および初出歌人詠を取り上げて、撰者が創り上げようとした歌風を探ることにする。

第一節　歌合歌とその表現

――「天徳内裏歌合」を中心に――

一　はじめに

『拾遺集』の特徴の一つとして歌合歌の重視があげられる。巻頭歌に歌合歌を据えたのみならず、『拾遺集』は、成立以前に開催された主な歌合のほとんどから採歌している。

本節では、『拾遺集』における歌合重視の傾向を撰集方法および歌風形成との関わりという観点から考察する。具体的には、『拾遺集』が最も注目している天徳四年（九六〇）に開催された内裏歌合とその判詞を取り上げて、『拾遺集』の撰歌方針と比較することを通して、歌合が単なる採歌源にとどまるものでなく、『拾遺集』の撰集方針、延いては歌風形成とも深く関わっていることを考証する。

二　「天徳内裏歌合」とその判詞

天徳四年三月尽日に、清涼殿において行われた、村上天皇主催の歌合は、後世に晴儀歌合の典例と仰がれた。いわゆる「天徳内裏歌合」は、その規模の大きさ、行事様式の充実、出詠歌の文芸性、判詞に見る歌論の充実等々あらゆる歌合の諸条件を完備した点において、歌合史上画期的な歌合として知られている。「天徳内裏歌合」には村上天皇の御記、殿上日記、仮名日記といった歌合当日の記録も多く伝わっている。御記には「此為惜風騒之道徒以廃絶也、後代之不知意者恐成好浮華専内寵之謗、仍具記之」と記されている。歌合という行事を、一過性の行為として終わらせることなく、その全容を具に記しとどめて後世に残そうという意図をもって行われた歌合であった。行事記録のみならず、勝負についての判定の経過をも記した詳しい判詞の記録も伝えられている。しかも二十巻本本文により、全番に付せられた判詞記録を知ることができる。それらによって窺い得る、「天徳内裏歌合」の有り様は興味深い。次は三番の判詞である。

鶯をいだすべきに、柳をよみてまく（歌略）たがへてよみたれど、本歌をめしいだしてかうぜらる

三番、鶯の歌が披講されるべきところで、右方の講師博雅が、思わぬ失態を演じた。誤って次の柳題の歌を朗詠したのである。当然、左方からの抗議が起こった。この時の判者実頼の裁量は興味深い。まず、村上天皇に左方の論難を奏聞し「可拠定申」との聴しを得た後、「左方之所申非無謂」と左方を一応認めながらも、「如此之事、只随時之議、但依人之誤、何悪其歌」と右方に正しい歌を詠み直すよう求めたのである。しかし、講師は強度の緊張のあまり「頗変色速不読之、纔雖読揚、其音振被為左人咲」という有り様で、結果は右歌の表現が「そらごと」と指摘され負けになった。

歌合の行事としての側面から見れば、博雅の失態は歌合方式を無視した重大な過失であり、失点である。しかし、実頼は「人之誤」を判定理由にはしなかった。あくまで和歌作品によって勝負を決しようとして、詠み直すことを許したのである。のみならず、次の四番において、すでに一度詠まれた柳の歌を勝としている。行事の進行よりも作品そのものが優先されている。行事的側面よりも文芸的側面が、より強調された場面であるといえよう。「天徳内裏歌合」が、盛大な晴儀の行事であるとともに、同時に、文芸重視の姿勢をも強く持った歌合であったことが示されている。

この判のみならず、判定に至る経過を見ると判者実頼は、度々、左右の論難を、村上天皇に奏聞し、また右方の公卿源高明の意見を求めている。このように慎重に下された判は、村上帝をはじめ当座の人々の総意を汲み上げた、当時の歌合観にもとづいた穏当な判定であったと考えられる。

判詞に用いられた語を通覧すると、「心ばえ」「よし」「本意」「心」「歌の品」「歌がら」「興」「ふるまひ」「よせ」「たより」「情」「詞」と多面にわたる批評が行われ、「をかし」「荒涼なり」「優也」「きよげなり」と評されている。歌論史的にも、注目すべきものが多く、重要な歌論用語となって定着したものが少なくない。しかも、例えば「歌がら」は「歌がら劣れり」（一〇番判詞）、「歌がらも劣れり」（五番判詞）に対して、「歌がらをかし」（一四番判詞）、「歌がらは清げなり」（九番判詞）と対比的に使われている。「興」についても「ことなる興なく」（二番判詞）に対して「有興」（一三番判詞）とある。また、最も多い「詞」について見ると、「詞だみたるやうなり」（一〇番判詞）「詞いとよからねど」（五番判詞）、「詞もよろしからず」（二番判詞）、「詞清げなり」（一九番判詞）と使い分けられている。判詞に用いられた語を見ると、「天徳内裏歌合」の判定が、当時としてはかなり形式的に整った批評基準を持ってなされていたことが窺える。

また、兼題の撰歌合で、撰外歌も多かったようである。例えば、左方の歌人源順の家集には「天徳四年三月三十日内裏歌合の左方のおほせによりたてまつる三首[1]」とあって、順は左方の依頼により鶯、山吹、恋の三首を詠進したのであるが、実際歌合に出詠されたのは、鶯と山吹を詠んだ二首であった。『元真集』からも、多数の撰外歌の存在が知られる。出詠歌は、あらかじめ選りすぐられた歌々であった。二〇番四〇首の歌の内三二首が、『拾遺集』『後拾遺集』『金葉集』『詞花集』『新古今集』『続古今集』『玉葉集』『続千載集』『続後拾遺集』『新千載集』等に入集している。代々の勅撰集に注目され評価された歌合であった。

歌合史上画期的な歌合として知られ、その歌の大半が入集を果たしているにもかかわらず、各勅撰集が「天徳内裏歌合」をどのように評価しているのかについては、従来、あまり論じられてはいない。確かに歌合行事としては大規模な「天徳内裏歌合」も歌数は四〇首、時代も詠作事情も多彩な歌々を集めた勅撰集と比すれば、点のような存在にすぎないともいえよう。さりながら、勅撰集にとって、「天徳内裏歌合」は単なる採歌源にすぎなかったのであろうか。

三　『拾遺集』における天徳内裏歌合歌

「天徳内裏歌合」から採歌した勅撰集の中でも、歌合開催後、約四〇年を経ているとはいえ、最も成立時の近い『拾遺集』と「天徳内裏歌合」との関係には興味深い点がいくつかある。まず、『拾遺集』はどの歌を撰歌したのかという点である。当然のことながら、『拾遺集』は他の勅撰集に先んじて採歌しているから、他集との重出を意識せずに撰歌し得たはずである。歌合と撰集における歌の評価基準にはどのような相違があったのだろうか。さらに、『拾遺集』は二七種の歌合から採歌しているが、これは『平安朝歌合大成』によって、『拾遺集』成立以前に存在の知られる歌合一一〇度の四分の一を超える。内容も内裏から私的な歌合まで広範囲にわたっており、歌合を極めて重視した集といわれている(2)。また、従来指摘されている『拾遺集』の基礎となった『拾遺抄』の編者といわれる公任の歌論と歌合との影響関係(3)をも考え合わすならば、『拾遺集』が「天徳内裏歌合」をどのように評価、摂取したかを考察する必要があろう。

さて、『拾遺集』所収の歌合の中で、「天徳内裏歌合」がどのような比重を占めているのかについて見ておきたい。『拾遺集』には二七種の歌合歌八八首が入集している。内裏歌合から歌人の私邸で行われた小規模な歌合まで多彩な歌合に注目している。五首以上入集している歌合をあげると、「天徳内裏歌合」（一二首）、「亭子院歌合」（一二首)、「平定文歌合」(八首)、「后宮胤子歌合」(七首)、「寛平后宮歌合」(六首)、「京極御息所歌合」(五首)、「左大臣頼忠前栽歌合」(五首)である。「亭子院歌合」と並んで「天徳内裏歌合」からの採歌が多いことがわかる。

これらの歌合歌の『拾遺集』の詞書を見ると、必ずしも歌合の歌とは明示されていない。次のように、約半数が、詞書には歌合名が明記されていない。他の詠作事情が記されている場合も少なくない。二七種の歌合歌の詞書を整理すると次のようになる。

(ア) 歌合の歌であることがわかるような詞書の付されているもの　一三種

a　歌合の名称が詞書中に明示されているもの　一一種

b　記されている内容から明らかに歌合の歌であることがわかるもの　二種

(イ) 詞書からは歌合であることがわからないもの　一四種

a　歌題の一部が記され歌合記録と一致する場合　三種

b　歌合とはことなる詠作事情が記されている場合　七種

c　題知らずとある場合　四種

これは二七種について見たのであるが、同じ歌合の歌に付けられた詞書でも、一様ではなく、いく通りかにわたっている場合もある。その中で、「天徳内裏歌合」関係の歌一二首に関しては、正確に記し分けられている。まず、歌合歌一一首には、歌合名が明記され、他の詠作事情を記した詞書は付けられていない。文台の洲浜の覆に刺繡された歌一首(賀・二九九・読人不知)は「題しらず」(二九九詞書)とされている。亭子院歌合の場合は、一二首中四首の詞書にしか歌合であることが明記されていない点と比べると、「天徳内裏歌合」に関してはかなり厳密に記されているといえる。歌合の中で、「天徳内裏歌合」が最も重視されていたことが窺えるのである。

それでは、『拾遺集』は「天徳内裏歌合」からどのような歌を撰んでいるのであろうか。次に、『拾遺集』に採歌

された「天徳内裏歌合」の歌一一首をあげる。（　）内に、歌合での番、題、勝負を記した。(5)

1　氷だにとまらぬ春の谷風にまだうちとけぬうぐひすの声　（二番・鶯・左勝）
2　あしひきの山がくれなる桜花散り残れりと風に知らるな　（七番・桜・左勝）
3　春深み井手の川波たちかへり見てこそゆかめ山吹の花　（八番・山吹・左勝）
4　なく声はまだ聞かねども蟬の羽のうすき衣はたちぞきてける　（一一番・首夏・左持）
5　ほのかにぞ鳴きわたるなるほととぎす深山をいづる今朝の初声　（一三番・郭公・左持）
6　深山いでて夜半にや来つるほととぎす暁かけて声の聞こゆる　（一三番・郭公・右持）
7　さ夜ふけて寝覚めざりせばほととぎす人づてにこそ聞くべかりけれ　（一四番・郭公・左持）
8　恋しきを何につけてかなぐさめむ夢だにみえず寝る夜なければ　（一七番・恋・左勝）
9　逢ふことの絶えてしなくはなかなかに人をも身をもうらみざらまし　（一九番・恋・左勝）
10　恋すてふわが名はまだき立ちにけり人知れずこそ思ひそめしか　（二〇番・恋・左負）
11　しのぶれど色にいでにけり我が恋はものや思ふと人のとふまで　（二〇番・恋・右勝）

この一一首についての「天徳歌合」の勝負付を見てみると、勝となっている歌は六首、持のものは四首、負は一首である。負の一首は有名な最終番の歌で判詞に「左右歌伴以優也、不能定申勝劣」とあるように判定を下すまでに難渋をきわめ、伯仲した勝敗であった。すなわち、一一首の歌合による判定結果と、『拾遺集』の撰歌基準はほぼ似た傾向をもっていたといえよう。

前述のごとく、「天徳内裏歌合」は、全歌について判定に至る経過をも記した詳細な判詞記録を持っている。さらに、勝歌六例の判詞を見ると、次の通りである。

1　左歌の心ばへいとをかし　（二番判詞）

2 左歌、いとをかしくて、さてもありなん（七番判詞）
3 左歌、いとをかし、さることなりと聞こゆ（八番判詞）
8 左歌、頗有情（一七番判詞）
9 右歌、いとをかし、されど、左の歌は、詞清げなり（一九番判詞）
11 左右歌伴以優也（二〇番判詞）

「難なし」という消極的理由によって、あるいは相手方の歌の難のみによって勝となった歌からは一首も撰んではいない。すべて「いとをかし」「頗有情」と絶賛されている歌ばかりである。

持となった歌を見ても、5と6は同じ番で「左右歌共有興、いとをかし、仍為持」とあるごとく、優劣つけ難いという理由による持である。しかも、その両首を『拾遺集』は撰び、夏部に並置（一〇〇、一〇一）している。また7は一四番で持となった歌であるが、判詞に「歌がらをかし」と評されている。4のみが、積極的な賛辞がなく「歌の品おなじほどなり」として、持となった歌である。『拾遺集』はそれを夏の部の巻頭に配列している。因みに10、11の二〇番二首も恋部の冒頭に歌合と同じ順で並べて配されている。「天徳内裏歌合」の歌題は部立でいえば、春と夏と恋とに三大別されるが、このうち夏と恋の歌が、『拾遺集』の夏部と恋部の冒頭に配列されているのである。

「天徳内裏歌合」で「いとをかし」と評された歌は八首あるが、その内の七首までが『拾遺集』に入集している。『拾遺集』が如何に「天徳内裏歌合」の評価と同じ基準をもって撰歌していたかがわかる。

このように、歌合からどの歌が撰ばれて、どのように配列されたかを見ると、『拾遺集』が「天徳内裏歌合」から採歌する際、単に歌のみならず、その歌についての判定および判詞をも意識していた可能性が高いといえよう。『拾遺集』が、歌のみならず、その判詞をも勘案したとするならば、「天徳内裏歌合」が理想とした歌の姿を主張した歌の判詞からも、何らかの影響をうけた形跡は認められるであろうか。とくに、『拾遺集』に入集しなかった歌の判詞との関わりはどうであろうか。

四　「天徳内裏歌合」の判詞と『拾遺集』

「天徳内裏歌合」の判詞においては、多く「詞」の問題が沙汰されている。しかし、「詞」が整い、「歌がら」が「をかし」く、「清げ」であるのみでは、「勝」の判定は下されていない。『古今集』の仮名序の提言以来、和歌における「心」と「詞」のあり方、関わり方は、和歌史上、重大なテーマであった。「天徳内裏歌合」の判詞においても、「心」と、その「心」に適う「詞」とを兼ね備えた歌が理想とされた。次に、「心」と「詞」との有り様を、具体的に論じている九番と、一四番の判詞を取り上げて、『拾遺集』との関わりを見てゆきたい。

(イ)　九番判詞と『拾遺集』

「天徳内裏歌合」の九番判詞には、「藤波」という詞の用い方が、具体的に論じられている。まず、その歌と判詞を見てみよう。なお、九番の歌は『拾遺集』には入集していない。

九番　藤　左　　朝忠
紫ににほふ藤波うちはへて松にぞ千代の色はかかれる
右　勝　　兼盛
われゆきて色見るばかり住吉の岸の藤波をりなつくしそ

左歌、水なくて藤波といふことは古き歌にをりをりあり、されど、たづぬる人なければ、とどまれるなるべし、歌合にはいかがあらむ、ことによせぬはあるまじ、いはれなし、なほ、水、池、岸などぞよすべかりける、歌がらは清げなり
右歌、おなじ波あるに、岸によせたれば、たよりあり、かうぞ古きにもある、藤波とおしなべていふことにはあらず、御気色もさやうにぞみゆる、少臣問、源大納言云、尤難也、しばらく持に疑之、右方人申云、左歌の藤波水によらず、いかがと愁申、事理可然、仍以右為勝

この判詞で問題にされている詞は「藤波」である。歌に詠み込む時に、岸、池のような水に縁のある詞を用いて詠むべきかどうかで争われている。判詞では、古き歌には藤波を水に寄せずに詠まれた歌もあることに触れつつ、しかし、歌合の場合は、水に寄せて詠むことが望ましいとして「住吉の岸の藤波」と詠んだ右歌を勝ちにしている。「藤波」は水に縁のある詞とともに詠むべきだとの主張である。

そして、『拾遺集』の夏部には二首の「藤波」を詠み込んだ歌があるが、次のごとく、浦、岸とともに詠まれている。

住吉の岸の藤波わが宿の松のこずゑに色はまさらじ　（八四・兼盛）
たごの浦の底さへにほふ藤波をかざしてゆかん見ぬ人のため　（八八・人麿）

同じ夏部には、この他にも藤を詠んだ歌が四首ある。それらは「藤」「藤の花」と詠まれ、「淵」と掛け詞を用いたものもあるが、いずれも池、岸、川といった水とともには詠まれていない。「藤の花」と「藤波」の語の詠み方の違いが明確にあらわれた歌々を配しているのである。

なお、『拾遺集』には四季部の他に雑の四季部（雑春と雑秋）が設けられており、雑春にも三首の藤の詠がある。その中の一首が「藤波」を詠んでいるが、次のように、水に寄せては詠んでいない。

松風のふかむかぎりはうちはへてたゆべくもあらず咲ける藤波　（一〇六七・貫之）

「藤波」を詠んだ歌を、このように四季部においては、前引の九番判詞の主張にかなう用い方の歌を配し、雑春部では、難じられている「水なくて藤波」の歌を配している。

「雑春」は『拾遺集』が新たに設けた部立である。四季歌と「雑」の四季歌との性格の違いについては、以下のように論じられている。すなわち、雑の四季歌は「生活に関連した歌とか自己の感慨をこめたものが多く、純然たる四季の歌とはいえないもの」(6)あるいは、雑四季歌には、俗語主観語、散文的表現が多いことから「四季歌を当時のよい意味での標準的な歌として、その埒外の歌を雑四季歌とした」(7)といった見解が出されている。いずれにせよ、『拾遺集』が新たに四季部から「雑」四季部を特立したのは、両者に配列した歌の、同じ部立に一括できない性格の違いを示そうとしたからであろう。その意味からも四季部と「雑」四季部に、「藤波」の歌を配し分けたことには、何らかの意図があったと考えられる。「藤波」の歌が、歌合判詞を意識して、歌合的な歌か否かが弁別されていたとするならば、従来指摘されてきた両者の性格の違いを明確にする視点の一つに加えることができよう。

因みに、この三首は『拾遺集』増補歌である。四季部における増補は、公任の『拾遺抄』の方針を継承している。前章で見た、『拾遺抄』継承の側面が歌風形成においても看取できるのである。

さて、このような、「天徳内裏歌合」判詞と『拾遺集』夏部の共通点は、両者に限ったことであったのか。以下、『万葉集』以降の和歌に詠まれた「藤波」の例を辿りつつ、この問題について考えてゆきたい。

(ロ)『万葉集』における「藤波」

『万葉集』を見ると、「藤波」を詠んだ歌は一九例ある。ほとんどが「藤の花」と同様に花そのものが詠まれたり、時鳥等と取り合わせられたりしている。水に縁のある詞と取り合わせた歌は少ない。「天徳内裏歌合」の判詞には「水なくて藤波といふことは古き歌にをりをりあり」とあって具体的な歌は示されていないが、『万葉集』の例をさしていると考えられる。後に、『袋草紙』や『八雲御抄』が、万葉集歌を証歌にして、「天徳内裏歌合」の判定に対して異議を唱えている。『袋草紙』は下巻の「古今歌合難」に九番の判定を記した後に、藤波を水とともに詠まない次の万葉歌三首を、頭注に記しているのである。

　恋しけばかたみにせむとわが宿にうゑし藤波いま咲きにけり　（巻八・一四七一）

　ほととぎす来鳴きとよもすをかへなる藤波みには君はこじとや　（巻十・一九九一）

　ほととぎすなくはぶれにも散りにけりさかり過ぐらし藤波の花　（巻十九・四一九三）

さらに、この九番判詞を根拠に判定を行っている「国信卿歌合」の難の例をもあげて、次のように記す(8)。

天徳歌合にも古もなきにはあらねど、歌合には猶可レ避之由有と云々。予今案に、古今集云、

　　我やどにさける藤波たちかへりすぎがてにのみ人のみるらむ

と云々、又有二万葉集一如何、又云

　　ふぢなみのはなのさかりにさきにけりならのみやこをおぼほゆやきみ

『八雲御抄』も「歌合子細、難事也」の条において「一、さしもなき難、天徳歌合、無レ水藤浪、万葉に済々(9)」と同様の記述がある。いずれも、『万葉集』および『古今集』に多くの先例がありながら、それによらない判定を下したことに対して、例歌をあげて異議を唱えたものである。『綺語抄』に「藤波」を注して「みづもなくかかるとも、よすともいはぬ(10)」と記しているのも万葉歌の理解があったためであろう。

『万葉集』では、確かに、藤波を水に寄せるという修辞技巧の類型は未だ定着していない(11)。実際に、水海の辺の藤の花を見て詠んだため、結果的に藤波と海や浦との組み合わせが生まれた次の例が見当たるのみである。

　藤波の影なす海の底清みしづく石をも珠とぞわが見る　（巻十九・四一九九）

多祜の浦の底さへにほふ藤波をかざしてゆかむ見ぬ人のため　（同・四二〇〇）

これらは「遊二覧布勢水海一船二泊於多祜湾一望二見藤花一各述レ懐作歌四首」中の二首である。他にも三例「水辺の藤波」を詠んだ例があるが、『万葉集』において、「藤波」が水に縁のある詞と詠まれた例はすべて、布勢水海の藤を詠んだ歌である。『万葉集』においては実景を詠む以外に「藤波」を水と結びつけて詠まれることはなかったのである。

ところで、後者（四二〇〇）は『拾遺集』に人麿詠として採録されているのであるが、この歌は、藤の花色を映じた浦に立つ波と藤波が響き合い、浦と波の縁語的効果が生かされているといえよう。『万葉集』における「水辺の藤波」を詠じた初出例が、『拾遺集』に採録されている点は注目すべきである。

（八）『古今集』以後の「藤波」

古今・後撰両集には、「藤波」の例が二首ずつある。

わが宿に咲ける藤波たちかへりすぎがてにのみ人の見るらむ　（古今集・春下・一二〇・躬恒）
わが宿の池の藤波咲きにけり山ほととぎすいつか来鳴かむ　（同・夏・一三五・読人不知）
水底の色さへふかき松が枝に千歳をかねて咲ける藤波　（後撰集・春下・一二四・読人不知）
色深くにほひしことは藤浪のたちもかへらで君とまれとか　（同・一二六・兼輔）

「藤波」は波の縁語「立つ」とともに詠まれたり、「松」や「水」と取り合わされたりしている。「水」に寄せて詠んだ歌のみを配してはいない。

平安時代の私家集にも「藤波」を詠んだ歌は多く見出せるが、「藤波」を水に寄せぬ例と寄せる例はいずれも数多く見出せ、両者をとりたてて区別しているようではない。同一の場において詠まれた例を見ても、水に寄せても、寄せずとも詠まれている。次は『清正集』の「おなじころ、藤壺の藤の賀の宴せられける」折の歌である。

こむらさき昔の色もあせずして立ちかへりつつにほふ藤波　（一〇）

影みえて春はゆかなん水底ににほふ藤波をりもとむべく　（一一）

屏風歌の場合も、区別はなかった。次にあげる歌の前者は『貫之集』、後者は『中務集』の歌である。

昔いかにたのめたればか藤波の松にしもなほかかりそめけん　（四六〇）

君をおもふあだし心もなきものを池の藤波松こえにけり　（一二）

日常の贈答歌においても藤波が岸と取り合わせて詠まれることもあり、そうでない場合もあった。次は『馬内侍集』に「なほきせよとあるに、二日ばかりありてわたをおこせたれば」との詞書を付した歌である。

しづの枝の松にもあらずおもひよりあまりなかけそ岸の藤浪　（一二九）

『兼輔集』には「京極の家の藤の賀」の折の贈答の返歌として、次の歌がある。

色ふかく匂ひしことは藤波のたちもかへらず君とまれとぞ　（二六）

このように、屏風歌、賀宴の歌、贈答歌、さまざまな場合において、「藤波」は詠まれているが、水に縁のある語に寄せて詠むか否かについては、なんら区別はなかった。

そして、『古今集』や『後撰集』が、そのような和歌一般の傾向を反映していたのも当然であろう。ところが、『拾遺集』においては、そうではなかったのである。

（二）歌合における「藤波」

前引したごとき多くの先例を、とくに、古今集歌を、判者実頼はじめ臨席者の誰一人知らなかったはずはない。『新古今集』によると、村上天皇自身にも「円居して見れどもあかね藤波のたたまくをしき今日にもあるかな」（春下・一六四）との詠がある。詞書には「天徳内裏歌合」よりも早い、天暦四年（九五〇）三月一四日藤壺での花の宴の折の詠とある。しかし、そのような多くの先例に対して、「天徳内裏歌合」の判者は「歌合にはいかがあらむ」との明確な一線を引いて区別している。歌合独自の基準をかかげたのである。

歌合における「藤波」の用例は、「天徳内裏歌合」以前には、次にあげる「亭子院歌合」の兼覧王の歌、一例のみである。

風吹けばおもほゆるかな住の江の岸の藤波いまや咲くらむ

判詞に「かうぞ古きにもある」とは、「藤波」を「岸」に寄せて詠んでいるこの一例を拠り所とした言であったと考えられる。

「歌合の歌云々」という批評は平安末期になると判詞によく使われるようになる。例えば、俊成の判詞にも多用されている。「左歌、すがた詞おもしろく、歌合の歌といひつべし」（建春門院北面歌合・六〇番歌判詞）「心詞とがなくいひくだして、歌合の歌とみえたり」（民部卿家歌合・一九七番歌判詞）「難とすべきところなく、歌合の歌と見えたり」（中宮亮重家家歌合・七五番歌判詞）等である。また俊成には「撰集にはときどきあれど歌ざまにしたがひてゆるす時のあるにこそあれ（中略）歌合には、まことのことばならぬことはいはざるなるべし」（住吉社歌合・五一番歌判詞）の言もあり、歌合の歌と撰集の歌とを明確に区別している。「天徳内裏歌合」の例はこれらに先立ち、「歌合の歌」を撰集等の歌と区別して自覚的に判した例として注目される。(12)

では、歌合においては、何故「藤波」を水に寄せて詠む表現が、とくに求められたのであろうか。

（ホ）歌語「藤波」のイメージ

「水」と「藤波」との組み合わせの例歌を見ると、屏風絵の図柄との関係が注目される。屏風歌のすべてに、絵の説明が記されているわけではないが、屏風絵の説明と歌における「藤波」の詠まれ方との関係を辿ると、絵に藤とともに海や池や川が描かれることが先行し、後に歌の中にも「水辺の藤波」が詠まれるようになることがわかる。[13]例えば、屏風歌を多く詠んでいる貫之の家集に収められている藤波の歌（すべて屏風歌である）の詞書を見ると、まさにそのことが看取できる。

　延喜十五年の春、斎院の御屏風の和歌、うちの仰せによりたてまつる（中略）

　池の辺に藤の花、松にかかれる

1　緑なる松にかかれる藤なれどおのがころとぞ花は咲きける　（五〇）

　延喜十七年の冬、中務の宮の御屏風の歌（中略）池の辺に藤の花有る所

2　池水にさきたる藤を風ふけば波のへに立つ浪かとぞみる　（九五）

　延喜十八年四月、東宮の御屏風（中略）池の辺に藤の花さきたる所

3　水にさへ春やくるると立ちかへり池の藤波折りつつぞみる　（一〇六）

　延喜十八年承香殿屏風の歌、仰せによりてたてまつる十四首（中略）

　松にかかれる藤

4　うつろはぬ色にになるともなきものを松が枝にのみかかる藤波　（一一五）

このように、水と「藤波」との組み合わせは、屏風の図柄との関連によって歌に定着したものであった。[14]そして、後には、水辺の藤の図柄には、多く「水に寄せた藤波」の歌が付けられたのであろう。例えば、3と4のごとく「池の辺に藤」が描かれた絵には「池の藤波折りつつぞ見る」と詠まれ、「松にかかれる藤」の絵には「松が枝にのみかかる藤波」と詠まれている。

　また、屏風歌を多作した中務の集にも「藤波」の語は四例詠まれている。すべて水、岸との縁語仕立てであるが、詞書のある二例について見ると、「池にのぞきたる松に藤かかれり」（一二詞書）「きしに藤さける」（一九詞書）と

貫之と同様、図柄によるところが大きい。すなわち、「藤波」は水に映じた藤を彷彿させる視覚的イメージと密接に関わっていたと考えられる。

歌合の場で、歌が詠みあげられた時、参加者の脳裏に一様に、歌ことばが織りなす絵画的イメージが彷彿される歌がよしとされたのであろう。水と「藤波」との組み合わせは、単に詞の上での縁というのみならず、視覚的イメージを喚起することを伴う縁語である。「天徳歌合」の判者実頼は単に「藤波」の縁語を求めたのではなく、「藤波の映じた水面に立つ藤色の波」の語感を重んじたのではなかっただろうか。

判者実頼は前述した多くの撰集の先例を全く考慮せず、おそらくは亭子院歌合の一例によって判定を下した。「歌合にはいかがあらん」との一文は、「天徳内裏歌合」における重要な主張であったと考えられる。そして、『拾遺集』の夏部における「藤波」を詠んだ歌の取捨、配列が、「天徳内裏歌合」のこの主張と軌を一にしているのである。

水面に映ってゆれる、美しい藤の花房のイメージを喚起する歌語として、藤色の波として「藤波」をとらえるならば、水辺に咲かない「藤波」は無意味である。ただ「藤の花」と詠めばよい。歌合において主張された歌ことばに対する繊細な歌語意識を、『拾遺集』もまた重視して、水に寄せた藤波の歌のみを夏部に配したと考えられるのである。(15)

（へ）一四番判詞と『拾遺集』

次にあげた判詞には、左の忠見詠について「時鳥を待つ心」が表現されていないことが難じられている。表現以前の問題が取り上げられているのである。その歌と判詞を見てみよう。

十四番　左　持　　　忠見

さよふけてねざめざりせばほととぎす人づてにこそきくべかりけれ

右　　　　　　　　　　　　元真

人ならば待ててふべきをほととぎすふたこゑとだに聞かですぎぬる

左歌、聞かむとも思はでねざめしけんぞあやしき、されど、歌がらをかし、右歌、人なりと今ひとこゑ聞かむとて待てらば、いかがいはんとする、しばし待てなどいふべき心か、言たらぬここちぞする、いずれもおなじほどの歌なれば、持にぞ定め申す

判詞は、左方忠見の歌については、時鳥の声を聞こうとしたのではなく、偶然に目覚めたことを「あやし」と難じている。すなわち、「時鳥の声を持って寝つけない」という心が表現されていないことを、この歌の欠点としている。しかし「歌がらをかし」と歌全体の姿の美しさは賞賛している。一方、右の元真詠については、時鳥の声を聞きたい、という心はあるが、表現する詞が不十分であるという。

和歌作品としての完成度のみを問題にすれば、「言たらぬ」右歌よりも「歌がらをかし」と評された左歌の方が勝っているはずなのである。後述するごとく、後世この判定には異議が多かった。しかし、「天徳内裏歌合」では「寝ずに時鳥の声を待つ」と詠まないことが、「言たらぬ」歌と「おなじほどの歌」として持と判定された。表現以前の心の問題と、表現された歌の姿という二つが、同等に扱われているのである。

そして、『拾遺集』夏部の時鳥を主題とする歌群を見ると、この判詞の主張にかなう歌が多く見られる。

はつこゑのきかまほしさにほととぎす夜深く目をも覚ましつるかな　（九六・読人不知）

みやこ人ねで待つらめやほととぎす今ぞ山べを鳴きて出づなる　（一〇二・道綱母）

さみだれはいこそねられねほととぎす夜ぶかくなかむ声を待つとて　（一一八・読人不知）

ほととぎす松につけてやともしする人も山べに夜をあかすらん　（一二六・順）

時鳥の初声を聞きたさのあまり、夜更けに目を覚ましたと詠む一首目は、まさに「きかむともおもはでねざめしけむぞあやしき」という難に応えた感のある歌である。二首目以降も、時鳥の声を「寝で待つ」、声を待って「いこそ寝られね」、「夜を明かす」と詠まれている。その声を聞こうとする強い思いの表れた歌である。

なお、雑四季部には、時鳥の歌はあるが「寝で待つ」歌はない。「藤波」の場合と同じ弁別意識が、この場合も働いた可能性が考えられる。

そして、後述するごとく、古来、時鳥の声を待つ歌は多く詠まれているが、待つことを強調し、夜も寝ずに待つと詠む歌は、『拾遺集』以前の勅撰集の夏部には採られていない。

（ト）『拾遺集』以前の時鳥詠

時鳥は夏の代表的景物として、万葉以来、夥しい数の歌に詠まれた。時鳥の声を待ち、その声を聞きたいと詠じた歌は非常に多い。『万葉集』には時鳥を詠んだ歌は一五〇余首あるが、時鳥の夜声を聞くと詠む歌には、次のように、物思いに眠れない夜の苦しさを募らせると詠む歌が多い。

ほととぎすいたくな鳴きそひとり居ていの寝らえぬに聞けば苦しも　（巻八・一四八四）

ほととぎす来鳴く五月の短か夜もひとりしぬればあかしかねつも　（巻十・一九八一）

夜中に眠らずに時鳥の声を待つことを詞の上に表現した歌の例としては、次の一首が見当たるのみである。

つね人も起きつつ聞くぞほととぎすこの暁に来鳴く初声　（巻十九・四一七一・家持）

また、『古今集』中に夜の時鳥の声を聞くことを詠じた歌には、次の歌がある。

五月雨にもの思ひをればほととぎす夜深く鳴きていづち行くらむ　（夏・一五三・友則）

わがごとくものや悲しきほととぎす時ぞともなく夜ただなくらむ　（恋二・五七八・敏行）

五月雨の空もとどろにさ夜ふけて山ほととぎす鳴くごとに誰も寝覚めて……　（雑体・一〇〇二・貫之）

一、二首目は、物思いのため眠れぬ夜に偶然に聞いた歌、三首目は、時鳥の声によって目覚めたとする詠みぶりで、いずれも、「聞こうとして目覚めている」とは詠まれていない。

『後撰集』にも、夜目覚めて時鳥を聞く歌がある。

卯の花のさけるかきねの月きよみいねず聞けとや鳴くほととぎす　（夏・一四八・読人不知）

ふた声と聞くとはなしにほととぎす夜深く目をも覚ましつるかな　（同・一七二・伊勢）

ふすからにまづぞわびしきほととぎす鳴きもはてぬにあくる夜なれば　（同・一八一・読人不知）

一首目は、時鳥の寝ずに聞けとばかり鳴く声に眠れないのであり、声を待って眠れないとは詠まれていない。二首目は詞書に「夏の夜、しばし物がたりしてかへりにける人のもとに、又のあしたつかはしける」とあるように、ゆっくり語り合えぬまま夜更けに帰った男を皮肉った歌で、時鳥は男の比喩となり、目覚めたのは男（時鳥）である。三首目は、時鳥が鳴き終わらぬうちに夜が明けたと詠み、夏の夜の短さを嘆いている歌である。

このような例からすれば、忠見の歌に対する難も、大して問題視する必要はなかったといえよう。そのせいか、後の歌学書において、この判定は批判されることが多かった。『俊頼髄脳』は、左忠見詠について「天徳の歌合にも、ねざめざりせばといへる時鳥の歌は、えもいはぬ歌にて侍る」[16]と誉め、一方、右の元真詠については「文字つづきなどてづゝ《ママ》げにて、わろ歌とも申しつべき歌」と酷評している。また『和歌童蒙抄』の歌合判についての記事の中に、「後に人皆左歌ことの外まさりたり。一日の論にあらずと申しけり」[17]と記しているごとくである。

（チ）歌合における時鳥詠

歌合歌においても、古くから「時鳥を待つ心」が夏の関心事として詠まれきた。現存最古の歌合である「民部卿家歌合」以来、夜更けに起きて時鳥を待つ歌はよく詠まれている。

更くる夜に起きて待たねばほととぎすはつかなる音もいかで聞かまし　（民部卿家歌合・六番左）

さよふけて誰かつげつるほととぎす待つにたがはぬ声のきこゆる　（同・七番右）

み山いでてまづ初声はほととぎす夜深く待たむわが宿になけ　（亭子院歌合・四月・左）

後に、村上天皇は「時鳥を待つ」という一題で内裏歌合を主催している。応和二年（九六二）の庚申の夜、殿上侍臣と女房達を集めての即興の歌合であった。そこでも、夜もすがら時鳥を待つと詠んだ歌が多い。

よもすがら待つかひありてほととぎすあやめの草にいまもなかなん　（二）

よもすがら待てどきこえぬほととぎすけふぞあやめのねにもなりぬる　（九）

待ちわびてさよふけぬめりほととぎすあかつきをだにすぐさざらなむ　（一〇）

よもすがら待ち明かしつるほととぎすいつかは声を聞くべかるらむ　（一五）

このような表現が多いのは、庚申待ちの夜であったからだともいえよう。しかし、時鳥を待って夜を明かすことが風雅とされたからこそ、寝ずに明かす庚申待ちの夜に、そのような題が選ばれ、歌合が催されたのである。

「天徳内裏歌合」は、自然に対するゆかしい心を重く見て判定の基準とした。一四番の判詞に見られるごとく、歌全体の姿の美しさ、整った詞の上の完成度のみによって、勝の判定は下らなかった。歌に込められた作者の「心」と、詞によって形象された「歌のさま」の両方が揃っていることが「天徳内裏歌合」では求められたのである。他の番においても七番左の「あしひきの山がくれなる桜花散りのこれりと風に知らすな」を「いとをかしくてさてもありなむ」と絶賛して勝ちと定め、また八番左歌「春霞井手の川波たちかへり見てこそゆかめ山吹の花」に対して「いとをかし、さることなりと聞こゆ」と同じく勝にしている。「天徳内裏歌合」で評価されたこれらの歌は、調べの良さのみならず、花に対する優しい心が評価されたのである。

夜中に聞く時鳥の声は、寝つくこともできず、ひたすらに待って初めて聞けるものでなくてはならなかった。そして、時鳥の声をゆかしく思う心、自然の風物に対する優しい心をあますところなく詞の上に表現することが、求められたのである。(18)そして、そのような歌が、『拾遺集』の夏部にも、重視されて多く入集しているのである。(19)自然に純粋に憧れる心と、その素朴な表白は、『拾遺集』が『拾遺抄』から受け継いだ自然詠の基調ともなっているのである。

五　おわりに

本節では、大半の歌を代々の勅撰集に入集させ、詳細な判詞を持つ「天徳内裏歌合」に注目し、『拾遺集』における評価と影響関係について考察した。

まず、『拾遺集』に入集した「天徳内裏歌合」歌について見ると、他の歌合に比べて歌数も多く、詞書の表記も正確であった。また、『拾遺集』の撰歌は、「天徳内裏歌合」の判定における評価とほぼ同じであった。撰歌する際、その判詞をも勘案していた可能性が認められた。そこで、九番（藤題）および一四番（時鳥題）の判詞と、『拾遺集』歌との関わりを具体的に検討したところ、歌合の判定基準と『拾遺集』の編集方針との一致が見られた。さらに、「天徳内裏歌合」が理想とした歌と『拾遺集』の四季歌の歌風とに、相通うものがあることが認められた。このような例に即して考えるならば、「天徳内裏歌合」は、歌合の典例として仰がれたのみならず、成立時期の最も近い勅撰集である『拾遺集』に高く評価され、その編集に部分的にせよ、影響を与えたと考えられる。

もちろん、勅撰集と歌合の問題は、両者の性格の違いもあり、軽々には結び付けることはできない。『拾遺集』全体の編集方針が、全面的に「天徳内裏歌合」の方針に沿うわけもない。しかし、「天徳内裏歌合」以前において、まとまった歌学書としてあげられるのは、『歌経標式』と『古今集』の仮名序と真名序くらいである。他の歌合も当時は何らかの記録があった可能性もあるが、現存最古の判詞記録を持つ「亭子院歌合」を見ても、その判定は当座の遊宴性を重視したものであった。そのような一〇世紀半ばにおいて、周到に準備され撰歌された歌と、批評形式の整った判詞記録を持つ「天徳内裏歌合」は、まさに具体的な歌論書に匹敵する存在であったと考えられよう。

『拾遺集』は巻頭に歌合歌を配し、歌合歌を多数入集している等、歌合を重視する傾向が顕著である。見てきたように、『拾遺集』にとって「天徳内裏歌合」が単なる採歌源にとどまらなかったことも認めてよいと思われる。『拾遺集』の歌風形成に歌合歌が深く関わっていた事がわかるのである。

注

（1）『私家集大成　中古Ⅱ』（明治書院、昭和四八年）所収の「順Ⅱ」、二三番詞書。
（2）萩谷朴「三代集と初期歌合」（『鑑賞日本古典文学　第七巻』〈角川書店、昭和五〇年〉所収）。
（3）岩津資雄著『歌合せの歌論史研究』（早稲田大学出版部、昭和三八年）、峯岸義秋著『歌合の研究』（三省堂、昭和二九年）に指摘されている。
（4）『拾遺集』所収の「天徳内裏歌合」の歌数については、萩谷朴著『平安朝歌合大成　増補新訂』（同朋舎出版、平成七年）では一三首とあるが、『拾遺集』六五五番歌「よそながらあひみぬほどに恋しなば何にかへたる命とかいはむ」と「天徳内裏歌合」三五番歌「人しれずあふをまつまにこひしなばなにゝかへたるいのちとかいはん」とは、初句と第二句が全く異なるため別歌と考えて除き、一二首とした。
（5）『拾遺集』と「天徳内裏歌合」の本文には若干の異同がある。2や3のように、意識的な改変とみられるものもあるが、今は『拾遺集』の本文のみをあげておく。
（6）島田良二「八代集の雑歌について」（『平安前期私家集の研究』〈桜楓社、昭和四三年〉所収）。
（7）木越隆「表現からみた拾遺集雑四季歌の性格」（『文学・語学』第六二号、昭和四七年三月号）。

（8）『日本歌学大系　第二巻』（風間書房、昭和五二年）所収による。
（9）『日本歌学大系　別巻三』（風間書房、昭和五二年）所収による。
（10）『日本歌学大系　別巻一』（風間書房、昭和五二年）所収による。
（11）小町谷照彦「古今集的表現の継承」（『国文学解釈と鑑賞』至文堂、昭和四五年二月号）、安田徳子「藤詠考―古今歌人の詠歌基盤」（『和漢比較文学叢書　第一一巻　古今集と漢文学』〈汲古書院、平成四年〉所収）。
（12）『新編国歌大観 CD-ROM 版』によって検索すると、「天徳内裏歌合」の次に「歌合の歌云々」の判詞を持つ例は、康平六年（一〇六三）範永判の「丹後守公基朝臣歌合の二例（二番左の判詞「歌合の歌とさしておぼえず」、三番左の判詞「此歌、歌合の歌にしつしつ、いとなだらかなり」）である。「天徳内裏歌合」のほぼ百年後である。
（13）家永三郎著『上代倭絵年表』（墨水書房、昭和四一年）によって検索した。『伊勢集』にも「うみづらなる家に藤の花さきたり」（六五番歌詞書）と屏風絵を記した詞書があるが歌には「藤の花」と詠む。
（14）「水辺の藤波」の表現類型と大和絵の構図との関わりについて、注（11）の安田氏のご論に指摘がある。
（15）「藤波」と同じことが、「天徳内裏歌合」で初めて歌題となった「卯の花」の歌についてもいえる。「卯の花」は『古今集』（一六四）、『後撰集』（一五一）では「憂し」と掛詞にして詠まれることがあった。しかし歌合においては、『拾遺集』以前の歌合、亭子院歌合や定文歌合に卯の花が「憂し」と掛詞で詠まれることはなかった。『拾遺集』においては、夏部の主要な歌題として七首の卯の花詠が収められている（八九～九四）が、「憂」と掛詞になったものは一首もない。それに対して、「憂」と「卯の花」を掛詞に用いた唯一の歌（一〇七一）は雑春に配されているのである。また、「天徳内裏歌合」で春の最初の歌題となった「霞」も、『拾遺集』の春部において巻頭歌群のテーマとなっているが、雑春では冒頭歌群の中心テーマとはなっていない。「首夏」題で詠まれた「更衣」の歌、「柳」の歌等の「天徳内裏歌合」の歌題は、『拾遺集』の四季部にはあるが、雑四季部では主題とはなっていない。
（16）『日本歌学大系　第一巻』（風間書房、昭和五三年）による。
（17）注（16）と同書による。
（18）ただし、『拾遺集』には忠見詠も入集している。「歌がらをかし」との評価は、それだけでも秀歌の条件であり、撰ばれても当然といえよう。

(19)　この問題については、次節以下に論じる。

第二節　貫之歌風の継承と展開

一　はじめに

『拾遺集』の歌風については三代集と一括されて、長らく『古今集』の歌風と同一視されてきた。その一因として、『拾遺集』が前代勅撰集歌人の詠を重んじていること、特に『古今集』の撰者であり、かつ最多入集歌人である貫之の和歌を、『拾遺集』もまた最も多く入集させていることがあげられる。しかし、『拾遺集』を下命・親撰した花山院はさまざまな試みに満ちた文芸本意の歌合を開催するなど進取の気性に富んでいた。その花山院が、前代の勅撰集の撰び残した歌を「拾遺」することとしか目論まなかったとは考え難い。とくに、従来言われているように、貫之の最多入集という事実を、果たして『古今集』以降の貫之歌の「拾遺」とのみ捉えてよいだろうか。

本節では、『拾遺集』の歌風の問題を、貫之の多数入集との関わりの中で考察する。具体的には、『拾遺集』時代においても多大であった貫之の影響力を、『拾遺集』が撰んだ歌と貫之詠との比較によって明らかにし、さらに『拾遺集』における貫之重視の実態の分析を通して、貫之歌の多数入集が『拾遺集』の歌風をどのように特徴づけたのかを考察する。

二 拾遺集時代の貫之評価

まず、『拾遺集』時代における貫之評価について整理しておこう。『拾遺抄』の編纂者といわれる公任が、貫之を高く評価していたことは、その歌論書の記述やさまざまな撰集の採歌状況に示されている。「貫之、躬恒は中比の上手なり。今の人の好むはこれがさまなるべし」と、『新撰髄脳』(1)には、前代歌人として貫之と躬恒を同等にあげているが、秀歌撰(2)においては、僅差ながら貫之詠を一番目に多く採歌している。

『金玉集』――貫之八首、躬恒六首
『深窓秘抄』――貫之八首、躬恒六首(但し三番目)
『和漢朗詠集』―貫之二〇首、躬恒一一首
『拾遺抄』――貫之五六首、躬恒二三首

これらの採歌状況からすれば、公任が貫之を最も重視していたことは明らかである。また、「四条大納言、六条宮被談云、貫之歌仙也。宮云、不可及人丸。納言云、不可然。」という『袋草紙』(3)他に収載された説話にも、公任の貫之への傾倒ぶりが窺われる。

「今の人の好む」さまと、公任が指摘したごとく、当時の大勢として貫之詠はもてはやされた。しかも、単に名声が高いだけでない貫之崇拝の一端を当時の私家集に窺うことができる。次は『恵慶集』の所載歌(一五八～一六二)である。

故貫之がかき集めたる歌を、一巻かりて、返すとて
ひとまきにちぢのこがねをこめたれば人こそなけれこゑはのこれり

くらのすけ時文が返し

いにしへのちぢのこがねは限りあるをあふばかりなき君がたまづさ

周防守元輔が返し

かへしけむむかしの人のたまづさをききてぞそそくおいの涙は

能宣朝臣

水茎のあとにのこれるたまづさにいとどもさむき秋の空かな

第三首目の歌は、『元輔集』にも重出して、「貫之が集を人のかりて返し侍りけるをりに、時文がもとにつかはし」（九三）との詞書が付されている。さらに『安法法師集』にも次の歌（一二三）がある。

貫之よみ集めたる歌の集ども、恵慶かりて返すとて歌よめるに、皆人々よみし

紀の家のくさにのこれる言の葉はかきこそたむれちりの上まで

これらの記載によると、貫之の男時文と交友のあった恵慶を中心に、貫之の詠歌集が回し読みされていたのである。『恵慶集』に元輔を「周防守元輔」と記していることからすると、元輔が周防の守に任命された天延二年（九七四）正月以後、肥後守に任命された寛和二年（九八六）正月以前のこととなる。貫之没後三、四〇年が過ぎ、『拾遺抄』成立よりも約十数年前、『拾遺集』成立よりも約二〇年以前のことである。時文に『貫之集』を返す時に、元輔、能宣、安法法師が、恵慶のもとへ一斉に歌を詠み贈っている。貫之の家集の輪読会のごとき集まりが、恵慶を中心にもたれていたことが推測される。

恵慶、能宣、元輔、安法法師は、いずれも『拾遺集』初出の歌人達である。しかも、『拾遺集』に能宣五九首、元輔は四八首が入集しており、その入集歌数は貫之、人麿に次いで三、四番目に多い。そして、恵慶は一八首、安法法師も三首入集している。彼等の私家集中には、次にあげる例のごとく、貫之の詠歌をほとんどそのまま用いた

歌、貫之の詠歌を下敷にした歌が少なくない。

妻恋ふるしかの涙や秋はぎのした葉の露におきそはるらん　（能宣集・四五）
妻恋ふるしかの涙や秋はぎのした葉もみづる露となるらん　（貫之集・四一七）

たなばたにかせる衣のうちかへし別れてこひむほどのつゆけさ　（能宣集・八八）
たなばたにぬぎてかしつる唐衣いとど涙に袖やぬるらん[4]　（貫之集・一〇）

立ちかへり見れどもあかず春風の名残にこゆる藤浪の花　（元輔集・二）
こぎかへり見れどもあかず別れにし春の名残の藤波の花　（貫之集・四七八）

秋ふかきみぎはのきくのうつろへば浪の花さへ色まさりけり　（公任集・一二六）
紅葉ばのかげをうつして行く水は波の花さへうつろひにけり　（貫之集・四二一）

また、元輔、能宣等は当時流行した屏風歌を多く作っている。彼等にとって、一時代前に屏風歌々人の筆頭として活躍した貫之の詠歌が規範であった。その意味で、貫之の詠歌の享受には実際的な要素も濃かったといえる。

以上のように、公任はじめ『拾遺集』を構成する歌人の最も新しい層が、貫之を尊崇しその詠歌を学んでいたのである。この事実は、『拾遺集』にとっての貫之詠が、単に、前代歌人の代表として採取された歌であることにとどまらず、当代歌人達の和歌に大きな影響を与えていたことを示唆している。まさに「今の人の好むさま」であったという公任の言を裏付けるものである。

三　拾遺集歌にみる貫之歌風の影響

次に、和歌表現の面から『拾遺集』の歌が、如何に貫之の詠歌を意識し継承しているかを具体的に検討したい。

つねよりものどけかりつる春なれどけふのくるるはあかずぞありける　（拾遺集・春・七八・躬恒）
こん年もくべき春とは知りながらけふのくるるはをしくぞ有ける　（貫之集・四一三）

ひこ星の妻まつよひの秋風に我さへあやな人ぞこひしき　（拾遺集・夏・一四二・躬恒）
大空を我もながめてひこ星の妻まつ夜さへひとりかもねん　（貫之集・二八八）

紅葉ばのながるる時はたけ河のふちのみどりも色かはるらむ　（拾遺集・雑秋・一一三一・躬恒）
紅葉ばのながるる時は白波の立ちにし名こそかはるべらなれ　（貫之集・二六五）

ここにあげた『拾遺集』の歌はいずれも躬恒の詠である。『拾遺集』には『古今集』時代の歌人の詠もかなり採られており、貫之以外では躬恒が最も多い。そして、躬恒の詠歌が貫之詠と相似ているのは、元来、両者の詠が同じ場で詠まれているため当然ではあるが、これらの躬恒詠も『拾遺集』を構成する歌に他ならず、よって貫之詠を踏襲する拾遺集歌と見なすことができる。さらに、当代歌人の詠じた拾遺集入集歌には、貫之詠を摂取しているものが多い。前述した、屏風歌において貫之詠が規範とされていたことの反映と考えられるのである。

三条の后宮の裳着侍りける屏風に、九月九日の所　　元輔
我が宿の菊の白露けふごとにいく世つもりて淵となるらん　（拾遺集・秋・一八四）

水のほとりに菊おほかり
　水にさへながれて深き我が宿は菊の淵とぞ成りぬべらなる　（貫之集・五四二）

後者は前歌（五三六）詞書に「同じ八年二月内の御屏風の料二十首」とあるので、いずれも、言祝ぎの意をこめた屏風歌である。元輔詠の第二句にみえる「菊の白露」は、不老長寿のシンボルとして平安時代の和歌に多く詠まれた。『古今集』にも二首の例があるが、言祝ぎの意味で「菊の露」そのものを詠じた例と見なせるのは、次の友則詠のみである。

　露ながら折りてかざさむ菊の花老いせぬ秋のひさしかるべく　（秋下・二七〇）

他の二首は、「菊の露の間」（二七三）や「音にのみ菊の白露」（四七〇）と修辞上の掛詞に重きを置いて詠じている。この友則の詠と元輔の詠を比べても、菊の露が不老長寿に霊験があるという常識的発想の共通性しか見出せない。一方、前の貫之詠は菊水の故事「其山有大菊、水従山上流下、得其滋液、谷中有三十余家、不復穿井、悉飲此水、上寿百二三十、其中百余、下七八十」(5)を彷彿させるべく詠まれたものである。そして、元輔詠は貫之の屏風歌の下句の内容をそのまま一首に詠んだものと考えられる。同様の例は多い。

　かぞふれば我が身につもる年月を送り迎ふとなにいそぐらん　（拾遺集・冬・二六一・兼盛）
　桜花かつちりながら年月は我が身にのみぞつもるべらなる　（貫之集・四三三）

二首とも屏風歌である。兼盛歌は、貫之歌の「年月は我が身にのみぞつもる」を「我が身につもる年月」と成句にして用いている。

　高砂の松にすむつる冬くればをのへの霜やおきまさるらん　（拾遺集・冬・二三七・元輔）
　我が宿の松の梢にすむ鶴は千世の雪かと思ふべらなり　（貫之集・五一）

右の二首は、松の枝にとまっている鶴を、雪あるいは霜と同一視するという発想が同じであるが、この共通性は、屏風の絵様の類型性によるところが大きいともいえよう。ただし、次の例はどうであろうか。

紫の藤さく松のこずゑにはもとの緑も見えずぞありける　（拾遺集・夏・八五・順）

藤の花もとより見ずは紫に咲ける松とぞおどろかれまし　（貫之集・一二九）

「松にかかる藤」は屏風絵の図柄として、ありふれた組み合わせであったが、『古今集』には例がない。『後撰集』に次の一例があるのみである。

水底の色さへふかき松が枝に千歳をかねて咲ける藤波　（春下・一二四・読人不知）

この歌を前引の二首と比較すると、藤の花の咲きかかった松を「紫の藤さく松」「もとの緑も見えず」と詠む『拾遺集』の順の歌が、「藤の花」を「もとより見ずは紫に咲ける松」と見紛うという貫之歌の発想を踏まえていることがよくわかる。すなわち、順と貫之の二首の屏風歌の類似性は、単に題材が屏風絵の図柄に規定されて同じであることのみによるのでないことが明らかである。

以上のように、拾遺集歌における貫之歌の影響を見てゆくと、まず、それらが屏風歌という共通の世界に属していたことがわかる。

『古今集』『後撰集』にはほとんど採られなかった屏風歌が、『拾遺集』に多く採られていることは、既に諸先学の指摘するところである。そして、『拾遺集』の四季部の歌材が『古今集』よりも多彩になっていることも、和歌の題材の拡大に屏風絵の図柄が関与した結果である(6)。

ところで、『拾遺集』四季部の新出歌材のほとんどすべてを『貫之集』に見出すことができる。今その歌材と、それを詠んだ『貫之集』の歌番号を列記すると次の通りである。それぞれ一例のみあげた。

春の田―一四二、子日―三五六、あやめ草―三六、卯花―一四七、川渡り―一五七、五月闇(7)―九、灯し―九、木下蔭―一、夏祓―一三二、駒迎へ―一四、八月十五夜―二三二、小鷹狩―一五、

網代―三三二、千鳥―七一三、仏名―一二六

因みに、『躬恒集』にはこれらの項目中の約半数しか見当たらない。歌集に収められた屏風歌が、必ずしも実際に詠まれた屏風歌すべてを網羅しているとは限らないが、貫之が如何に多様な依頼を受け、それに応じて如何に多様な題材を詠んでいたかは、この一事からも十分窺えるであろう。すなわち、後代の歌人達にとって、類型化された図柄の屏風歌を詠む場合、『貫之集』は一種の屏風歌小百科の如き存在であったと考えられるのである。

そして、貫之詠の影響は、屏風歌の世界内の先蹤としてのみならず、実景の詠歌にも及んでいる。

ともすれば風のよるにぞ青柳の糸はなかなかみだれそめける　（拾遺集・春・三二・読人不知）

よる人もなき青柳の糸なれば吹きくる風にかつみだれつつ　（貫之集・九八）

もみぢばの色をしそへてながるればあさくも見えず山河の水　（拾遺集・秋・一九四・読人不知）

浮きてゆく紅葉の色のこきからに川さへ深く見えわたるかな　（貫之集・三一二）

二首とも『拾遺集』では読人不知になっているが、いずれも『能宣集』に収められている。前の一組は、風に吹かれている青柳を、「青柳の糸」と見て、風が「よる」、風に「みだれ」る、という同じ発想で詠まれた歌である。そして拾遺集歌の「風のよる」「なかなかみだれ」るという表現は、言外に人でなく風が縒るから、人間のように上手に縒れないからという意味が含まれている。すなわち「よる人もなき」「吹きくる風にかつみだれつつ」を前提として詠まれたのである。貫之が詠んだのと同じ景を解釈し直しているといえる。

後の一組は「深く見えわたる」を「あさくも見えず」と置きかえた程度の詞の違いはあるが、紅葉の濃い色が川を染めるので、川も色濃く染まって水かさも深く見えるという貫之の歌の発想・内容をそのままに詠み直したのが拾遺集歌である。

また、季節、景物が異なるが、情景、景物を詠む発想が同じ例も少なくない。

やへむぐらしげれる宿のさびしきに人こそ見えね秋はきにけり　（拾遺集・秋・一四〇・恵慶）

とふ人もなき宿なれどくる春はやへむぐらにもさはらざりけり　（貫之集・二〇七）

浅茅原ぬしなき宿の桜花心やすくや風にちるらん　（拾遺集・春・六二・恵慶）

人もなき宿ににほへる藤の花風にのみこそみだるべらなれ　（貫之集・七一）

前の一組は、秋と春の違いはあるが、訪ねる人のいない八重葎の茂った宿に季節が到来するという貫之歌の情景をそのまま踏襲した拾遺集歌である。後の一組も、藤と桜の違いはあるが、人のいない宿で花だけが風に乱れているという同じ情景である。この二首は歌も似ているが、『拾遺集』六二番歌の詞書がより貫之歌に似ている。「あれはてて人も侍らざりける家にさくらの咲きみだれて侍けるを見て」という記述は「人もなき宿」「みだる」という貫之詠の詞により近く、花の種類は違っても、貫之の歌がそのまま散文になった感がある。想像を逞しくすれば、実景に貫之歌を彷彿して、同じ構成で詠まれたのが『拾遺集』の恵慶歌ではなかったろうか。

このように、『拾遺集』時代の歌人にとって、貫之の詠歌は深く脳裏にあり、眼前の景を貫之的発想で歌にすることが多く行われていたのである。

さらに、『拾遺集』の初出歌人の詠歌の中には『古今集』から変化・展開した表現が少なからず見出せ、しかも、それらが貫之詠を継承しているのである。例えば、『拾遺集』には「花すすき」そのものを詠んだ歌が四例見当たる。いずれも「花すすき」の姿を、何かを「招く」と捉えている。それらの発想のもととなった『古今集』歌と貫之歌を、『拾遺集』の例と比較することにする。

女郎花おほかるのべに花すすきいづれをさして招くなるらん　（拾遺集・秋・一五六・読人不知）

招くとて立ちもとまらぬ秋ゆゑにあはれかたよる花すすきかな　（同・二一三・好忠）

秋の野の草のたもとか花すすきほにいでて招く袖と見ゆらむ　（古今集・秋上・二四三・棟梁）

さとめ《（ママ）》てぞ見るべかりける花すすき招くかたにや秋はいぬらん　（貫之集・五一六）

この四首を比較すると、一首目の『拾遺集』の読人不知の歌は「花すすき」の姿を「招く」ものと詠むことが一首の主眼となっている点で、『古今集』の棟梁詠に近似している。さらに、古来、女郎花が美しい女性の比喩として、また、「花薄穂に出づ」という表現が恋の気持を態度に表すことの比喩として用いられることを考え合わすと、両者は、恋人を招くという恋愛の情緒を漂わせている点においても一致している。このような、『拾遺集』読人不知の詠と『古今集』の棟梁詠との共通性に比べて、『拾遺集』初出歌人好忠の詠は、古今集歌とは少し趣を異にしている。初句「招くとて」は、棟梁詠を前提としているようであるが、好忠詠が『拾遺集』秋の部の巻末から二首目に配列されていることからもわかるように、その主眼は季節の推移にある。好忠詠の花薄が過ぎゆく秋を招くという発想の先蹤は四首目の貫之詠である。この貫之詠以前には、花薄は恋人を招くと詠む歌しか見当たらないからである。

また、『古今集』の恋部で、来ぬ人を待つことの久しさを詠んだ歌が二首あるが、いずれも次の一首のように「待つ」と「松」を掛け、松の長寿のイメージに結びつけ、待つことが久しいと詠まれている。

久しくもなりにけるかな住の江の松は苦しきものにぞありける　（恋五・七七八・読人不知）

そして、この型は『拾遺集』の恋部の歌でも用いられている。

住吉の松ならねども久しくも君とねぬよのなりにけるかな　（恋二・七四〇・清蔭）

なにせむに結びそめけんいはしろの松は久しきものとしるしる　（同・七四二・読人不知）

この二首は、読人不知と清蔭という前代歌人の詠である。しかし、松のイメージを借りてあてもなく待つ長い間を久しいと詠むのではなく、後朝の別れの後、一日の暮を待つ間を久しいと詠む歌が『拾遺集』には見出せる。

逢ふ事をまちし月日のほどよりもけふの暮れこそ久しかりけれ　（恋二・七一四・能宣）

『古今集』の型を意識していない、この一首は、初出歌人能宣の詠であり、次の『貫之集』の歌を下敷にしているのである。

ひととせを待ちつることもあるものをけふのくるるぞ久しかりける　（二五七）

ひととせを待ちはしつれど七夕のゆふぐれまつは久しかりけり　（五四〇）

他に躬恒の詠で、やはり七夕を詠んだ「今日ははやとくくれなん久かたの天の河霧たちわたるべく」[8]（躬恒集・六）という例もあるが、貫之の七夕の屏風歌ほどの共通性は見出せない。

以上のように、『拾遺集』には、貫之詠の発想・表現を継承する歌が多く見出せる。それらの比較の途中、『拾遺集』には『古今集』の発想・表現の型を継承する歌とそこから変化しようとする歌があることが認められた。前者は、前代歌人による詠であり、後者は初出歌人の詠であることが多い。そして古今集歌の発想、表現をはみ出す詠が、貫之の詠歌を先蹤としている点は注目すべきである。換言すれば、『古今集』の類型的表現一色である中で、それに囚われない多様な歌材と表現が『貫之集』に見出せることにこそ注目すべきである。古今集的表現という和歌史上重大な影響力をもつ歌風の形成に大きく参与しつつも、一方で自らはその歌風から自由に、さまざまな歌材と表現を用いて歌を作り得た貫之の多様性を『拾遺集』はあますところなく継承しているといえよう。

四　『拾遺集』の貫之歌

そのように考えてくると、『拾遺集』において、貫之の歌は如何に組み込まれているのかが問題となってくる。

次に、歌集編纂方針が最も如実に表われる配列の面から『拾遺集』における貫之詠を考察したい。

歌集配列の中で、第一巻の巻頭歌が重視されることはもちろんであるが、次いで、各巻頭に誰の歌を配するかが問題にされたであろう。『八雲御抄』作法部にも「巻々一番」にはどのような作者の詠が配されるべきかが言及されている。

『拾遺集』において貫之の詠は、第四巻・冬、第九巻・雑下、第十八巻・雑賀の三巻の巻頭に配されている。二十巻中の三巻というと少ないようであるが、これは二十一代集を通覧しても一つの集に同一歌人が巻頭に立ち得た最高数である。しかも、『拾遺集』の貫之、『千載集』の俊成、『続千載集』の後宇多院と後嵯峨院だけである。

ところで、『拾遺集』がその母胎となった『拾遺抄』の配列を如何に意識しているかについては、『拾遺集』と『拾遺抄』との各巻頭歌を一覧して比較するとわかる。各巻数、部立、巻頭歌の作者の順にあげる。

《拾遺集》

一巻（春）忠岑	二巻（夏）能宣	三巻（秋）安法	四巻（冬）貫之
五巻（賀）朝忠	六巻（別）読人不知	七巻（物名）読人不知	八巻（雑上）具平
九巻（雑下）貫之	十巻（神楽）読人不知	十一巻（恋一）忠見	十二巻（恋二）読人不知
十三巻（恋三）読人不知	十四巻（恋四）人麿	十五巻（恋五）善祐母	十六巻（雑春）躬恒
十七巻（雑秋）順	十八巻（雑賀）貫之	十九巻（雑恋）人麿	二十巻（哀傷）実資

《拾遺抄》

一巻（春）忠岑	二巻（夏）順	三巻（秋）安法	四巻（冬）遍昭
五巻（賀）朝忠	六巻（別）読人不知	七巻（恋上）忠見	八巻（恋下）惟成
九巻（雑上）円融	十巻（雑下）具平		

『拾遺抄』の巻一（春）、三（秋）、五（賀）、六（別）、七（恋上）、十（雑下）の巻頭歌が各々『拾遺集』の巻一（春）、三（秋）、五（賀）、六（別）、十一（恋一）、八（雑上）の各巻頭歌として踏襲されている。

雑の部という、増補・部立の変動が甚だしい巻においても、『拾遺集』巻八雑上の巻頭歌は、『拾遺抄』巻十雑下の巻頭歌を用いている。このように、『拾遺集』は『拾遺抄』の巻頭歌をかなり意識して受け継いでいる。にもかかわらず、『拾遺抄』の巻頭歌一〇首中の四首が、『拾遺集』では巻頭に配されなかった原因は、配列の方針に修正が加えられたからである。そして、その四例中の三首の配列変更に、貫之詠が関わっているのである。『拾遺集』が巻頭歌を変更した冬部の冒頭部分を考察するために、まず『拾遺抄』冬部巻頭の三首を次にあげる。

のこりの紅葉を見侍りて　　僧正遍昭

① からにしき枝にひとむらのこれるは秋のかたみをたたぬなりけり　（一三四）

百首歌の中に　　重之

② あしの葉にかくれて見えし我が宿のこやもあらはに冬ぞきにける　（一三五）

屏風に　　貫之

③ あしひきの山かきくもりしぐるれど紅葉はいとどてりまさりけり　（一三六）

以下、時雨を詠んだ歌が続き、さらに紅葉を主題にした歌群が続く。そのような『拾遺抄』の配列において、③の貫之詠の存在はあまり目立たない。ところが、『拾遺集』では③の貫之詠を冬の部の巻頭に配列し直している。『拾遺集』冬の部の冒頭も、やはり紅葉をテーマにした歌群であり、次の九首の歌（二一五〜二二三）により構成されている。歌頭に『拾遺抄』冬部における歌順を示す。（☆印は増補歌である）

延喜御時内侍のかみの賀の屏風に　　紀貫之

③ あしひきの山かきくもりしぐるれど紅葉はいとどてりまさりけり　（二一五）

寛和二年清涼殿のみ障子に、網代かける所　よみ人知らず

⑥網代木にかけつつ洗ふ唐錦日をへてよする紅葉なりけり（二一六）

時雨し侍りける日　貫之

⑤かきくらししぐるる空をながめつつ思ひこそやれ神なびのもり（二一七）

題知らず　よみ人知らず

☆神な月時雨しぬらしくずのはのうらこがるねに鹿もなくなり（二一八）

奈良の帝竜田河に紅葉御覧じに行幸ありける時、御ともにつかうまつりて　柿本人麿

☆竜田河もみぢ葉ながる神なびのみむろの山に時雨ふるらし（二一九）

ちりのこりたるもみぢを見侍りて　僧正遍昭

①唐錦枝にひとむらのこれるは秋のかたみをたたぬなりけり（二二〇）

延喜御時女四のみこの家の屏風に　貫之

⑬流れくるもみぢ葉見ればからにしき滝のいともておれるなりけり（二二一）

屏風に　平兼盛

④時雨ゆゑかづくたもとをよそ人は紅葉をはらふ袖かとや見ん（二二二）

百首歌の中に　源重之

②あしのはにかくれてすみしつのくにのこやもあらはに冬はきにけり（二二三）

『拾遺抄』冬の部の冒頭部分を構成していた①以下の歌の配列を変えているが、ほとんど歌の出入りはない。すなわち、同じ歌を用いているのだが、その配列はより巧妙になっている。前引した『拾遺抄』③の貫之詠を巻頭に

もってくることで、時雨によって散る直前の紅葉の照り輝く情景で冬の巻を始めるのである。そして時雨で散った紅葉が網代に流れ寄り（二一六）、時雨の降る空をながめ神なび山の紅葉を思い（二一七）、鹿の鳴き声に時雨の音を思い（二一八）、河に流されてくる紅葉を見て山に時雨の降ったことを知る（二一九）。そして、散りはててゆく中に枝にひとむら残る紅葉を詠んだ歌として前引『拾遺抄』巻頭歌の遍昭詠（二二〇）を配列する。その紅葉も散り果て滝に流れ落ち（二二一）、もはや時雨が降るだけなのに「かづくたもと」は「紅葉をはらふ袖か」（二二二）と思う。そして「冬はきにけり」（二二三）と結ぶのである。巻頭が「紅葉はいとどてりまさりけり」と始まり、次第にかつ散りかつ流されてゆく紅葉に、秋が去り冬が到来するという季節の推移が鮮やかに二重写しされた効果的な配列法といえる。

『拾遺抄』の中で、単に紅葉詠歌群中の一首として置かれていたことと比較すると、『拾遺集』に配列され直した貫之詠の、冬部さらには集全体における役割の重要度は格段に増している。

もう一例の『拾遺集』雑下の巻頭に配列された貫之詠が『拾遺抄』ではどのように配置されているかを比較すると、同じ歌が配列の違いによって撰者にどう生かされたかがよくわかる。次に『拾遺集』雑下の巻頭歌（＊を付した）の『拾遺抄』での配列を見ると、雑下の一八首目（五一一）に置かれ、躬恒詠となっている。(9)

（題知らず）　　　　躬恒
大空をながめぞくらすふく風の音はすれども目にし見えねば　（五一〇）
　ある所に、春と秋とはいづれかまさるととひ侍りければ
＊春秋に思ひみだれてわきかねつ時につけつつうつる心は　（五一一）
　草合し侍りける所に
たねなくてなきもの草はおひにけりまくてふことはあらじとぞ思ふ　（五一二）

二首目の「春秋に」の歌は、このような『拾遺抄』雑部下の配列においては、さほど重要な位置にあると思えない。ところが、同じ詠歌が『拾遺集』では、貫之詠となって雑下の巻頭に置かれているのである。

或所に春秋いづれかまさるととはせ給ひけるに、よみて奉りける　紀貫之
春秋に思ひみだれてわきかねつ時につけつつうつる心は　（五〇九）
元良のみこ承香殿のとしこに、春秋いづれかまさるととひ侍りければ、秋もをかしう侍りといひければ、おもしろき桜を
これはいかがといひて侍ければ
おほかたの秋に心はよせしかど花見る時はいづれともなし　（五一〇）
題知らず　よみ人知らず
春はただ花のひとへにさくばかり物のあはれは秋ぞまされる　（五一一）

この後に、さらに「うぐひすとほととぎすといづれかまさる」と詠まれた歌が続き、その後に、伊衡、躬恒、忠岑らが行った問答歌一一首が続く。貫之の巻頭歌が発端となって、以後さまざまな景物の対比を面白がる歌々が続くのである。また、次のごとき歌のやりとりがある。

能宣に車のかもをこひに遣はして侍りけるに、侍らずといひて侍りければ　藤原仲文
かをさしてむまといふ人ありければかもをもをしと思ふなるべし　（五三五）
返し　能宣
なしといへばをしむかもとや思ふらんしかやむまとぞいふべかりける　（五三六）

いずれも言葉遊びの要素の強い歌である。雑下巻にはこのような歌が多く収載されている。すなわち、貫之詠を中心とする冒頭歌群の遊戯性を重んじる傾向は、この巻全体の性格を規定しているといえよう。雑上巻において「憂き世」や「沈淪」を嘆く歌が多いことと対照的である。

一方、『拾遺抄』雑部は上下巻が対照的な歌で構成されてはいない。『拾遺集』雑部の上下巻は『拾遺抄』雑下巻をもとに成っているが、(10)『拾遺抄』を二分する時、巻頭の具平親王の詠歌をそのまま『拾遺集』雑部上巻の巻頭に置き、もう一首は前引の貫之の詠歌に注目して下巻々頭に置いたのである。

『拾遺抄』においても、貫之の入集歌数は第一番目に多い。しかし、十巻中一度も巻頭に配されていない。貫之の詠歌を最も多く採歌する方針は『拾遺抄』から受け継いだものであるが、配列の点においてまでも貫之詠を重視する方針をとったことは『拾遺集』の新機軸といえる。

また、能宣、元輔等の『拾遺集』初出歌人達が、貫之詠歌を先蹤とする屛風歌の流れを継承していることが、配列の上に示されているのである。

例えば、『拾遺集』冬部の新出歌題「仏名」を構成する歌群中に次の二首がある。

屛風の絵に、仏名の所　　能宣

おきあかす霜とともにやけさはみな冬の夜ふかきつみもけぬらん　(二五七)

延喜御時の屛風に　　貫之

年の内につもれるつみはかきくらしふる白雪とともにきえなん　(二五八)

「仏名」は勅撰集においては『拾遺集』初出歌材ながら、貫之が既に詠んでいることがわかる。そして、題材が同じであるだけでなく、この二首は発想・表現も同じである。すなわち、罪が白雪とともに消えるという貫之詠と、罪が白霜とともに消えるという能宣詠は、ほとんど同発想である。同じ「仏名」の屛風歌を詠むのに、後代の能宣が貫之詠を継承したことが、『拾遺集』の配列の中に明示されているのである。
同じことが秋部「駒迎へ」のテーマを構成するのは次の二首についてもいえる。

少将に侍りける時、駒迎へにまかりて　大弐高遠
相坂の関のいはかどふみならし山たちいづるきりはらのこま　（一六九）
延喜御時、月並御屛風に　貫之
あふさかの関のし水に影見えて今やひくらんもち月のこま　（一七〇）

これらは同じ情景を詠んだ類歌といえるが、詠作の事情は異なっている。高遠の詠は、詞書によると、実際に自らの駒迎えの体験を詠んだものである。それが、貫之の屛風歌と並列されている。前述のごとく「駒迎へ」は屛風絵、屛風歌を通して定着した歌材であること、さらに『拾遺集』初出歌人高遠の実詠歌は、貫之の屛風歌の状況そのままを詠み直したものであることが、この配列に示されている。夏部の「木下蔭」のテーマにおいても同じ事が示されている。

延喜御時御屛風に　貫之
夏山の影をしげみやたまぼこの道行く人も立ちとまるらん　（一三〇）
河原院のいづみのもとにすずみ侍りて　恵慶法師
松影のいはゐの水をむすびあげて夏なきとしと思ひけるかな　（一三一）

「延喜御時屛風に」詠まれた貫之歌が、「河原院のいづみのもとにすずみ侍りて」詠まれた恵慶の実詠歌と並べて配列されているのである。
『拾遺集』は、その配列構成において貫之詠歌を重視するのみならず、初出歌人に代表される『拾遺集』時代の和歌は貫之歌風を継承するものであることを配列上に示していると考えらるのである。

五　おわりに

従来、『拾遺集』を論ずる場合、つねに問題とされてきたのは『古今集』との関わり方であった。確かに、本節に引用した拾遺集歌にも『古今集』において既に常套である歌語や技巧、表現を用いている歌が多いことは明らかである。しかし、古今集歌と拾遺集歌との間に貫之の詠歌を介在させて、個々の歌を具体的に検討した結果、『拾遺集』は、また、貫之詠歌の影響をもさまざまに受けているると考えられるのである。すなわち『拾遺集』は、『古今集』撰集以後、屛風歌を媒介として多様な歌材表現を獲得した貫之歌風の継承をぬきにしては論じ得ないのである。『古今集』以後に展開した貫之詠歌が、古今集歌の発想表現の類型から変化しようとする拾遺集歌の展開の契機となっており、『拾遺集』初出歌人たちの歌風形成の要因となっているのである。さらに、貫之歌風を継承することによって成立した『拾遺集』歌風の先鋭とも言える初出歌人の詠風については、次節で論じたい。

注

（1）『日本歌学大系　第一巻』（風間書房、昭和五三年）所収。
（2）久曾神昇「西本願寺本三十六人集の研究」（『西本願寺本三十六人集精成』〈風間書房、昭和五七年、所収〉）による。
（3）『日本歌学大系　第二巻』（風間書房、昭和五二年）所収。
（4）『新編国歌大観　第七巻』所収の「第二類伝二条為氏筆本」による。
（5）『芸文類聚　下巻』巻八十一、薬香草部（中文出版社、昭和五二年）。
（6）片桐洋一「『拾遺抄』の歌材と表現」（『国語国文学論集　谷山茂教授退職記念』〈塙書房、昭和四七年〉。後に、片桐洋一著『古今和歌集以後』〈笠間書院、平成一二年〉所収）に指摘されている。『拾遺抄』の歌は『拾遺集』に含まれているので『拾遺抄』に対してなされた指摘は『拾遺集』にもあてはまる。

（7）『新編国歌大観　第七巻』所収の書陵部蔵御所本（五一〇・一二）による。

（8）注（7）と同じ本文による。

（9）「春秋に」の歌は『拾遺抄』は躬恒の詠とするが、『躬恒集』にはなく、『貫之集』にある。

（10）片桐洋一「拾遺集の組織と成立―拾遺抄から拾遺集へ―」（『和歌文学研究』第二三号、昭和四三年一月。後に、片桐洋一著『古今和歌集以後』〈前掲〉所収）に指摘されている。

第三節　初出歌人の詠風

一　はじめに

本節では、『拾遺集』初出歌人の詠風を中心に取り上げて、『拾遺集』が『古今集』で達成された表現・歌風を如何に継承し変化させ、『拾遺集』歌風を形成しているかを考察したい。

『古今集』の歌を詠者によって、(イ) 読人不知時代、(ロ) 六歌仙時代、(ハ) 撰者時代に三区分[1]して比較すると、(イ) から (ハ) になるに従って『古今集』らしい、いわゆる知巧的な歌が多くなる。『古今集』のどの歌題をとってみても、詠者に目を遣りつつ歌群を読みすすめてゆくと、読人不知詠から撰者達の詠歌へと一つの歌風形成の跡が明瞭に辿れる。「歌風」とは、「表現内容の全体的な特性[2]」であり、「時代なり歌集なり歌人なりのある和歌の集合体に共通した表現形式[3]」といわれるのであるが、一歌集における歌風を、時間的にも空間的にもさまざまに異なる状況で詠まれた歌を貫く一つの方向性と捉えることはできないだろうか。そして、一歌集の最先端にあって歌風形成の方向を示すのは、『古今集』においては (ハ) の貫之等撰者の詠風であったように、『拾遺集』の場合は、公任をはじめとする初出歌人の詠風であると考えられないだろうか。というのは、『拾遺集』の作者を時代によって区分し、前代歌人の詠風と初出歌人の詠風を比較すると、『古今集』とは方向を異にする『拾遺集』の志向する歌風を見出すことができるからである。

そこで、まず『拾遺集』の作者一九五名について前代集入集状況により四区分すると、次のようになる。

1　万葉集歌人群―柿本人麿、坂上郎女、大伴家持、山辺赤人等―一三名
2　古今集歌人群―紀貫之、凡河内躬恒、壬生忠岑等―一六名
3　後撰集歌人群―平兼盛、村上天皇、壬生忠見、中務、藤原実頼等―二六名
4　拾遺集歌人群―大中臣能宣、清原元輔、藤原相輔、源順等―一四〇名

作者数からすると、4に分類した『拾遺集』初出歌人が最も多いのである。『拾遺集』の歌風形成に重要な役割を果たしている初出歌人の内、五首以上入集している歌人は次の通りである。

大中臣能宣（五九首）、清原元輔（四八首）、藤原輔相（三七首）、源順（二七首）、恵慶（一八首）、藤原公任（一五首）、源重之（一二首）、曾禰好忠（九首）、藤原実方（七首）、藤原長能（七首）、源景明（六首）、藤原為頼（五首）、道綱母（五首）

五首以内の作者中にも、『後拾遺集』以後の勅撰集に百首以上も採歌された歌人である和泉式部（一首）や赤染衛門（一首）がいる。他にも、斎宮女御徽子（四首）、馬内侍（四首）、藤原高光（四首）、大江嘉言（三首）、藤原朝光（三首）、具平親王（四首）、藤原道長（二首）、藤原高遠（二首）、大中臣輔親（一首）、源道済（一首）、大斎院選子（一首）等、後代の勅撰集に多数入集を果たしている歌人は多い。

このように、主な初出歌人を概観すると、次の二グループが目立つ。

（1）能宣、元輔、順等の『後撰集』撰者と彼らをとりまく恵慶法師、重之等のグループ
（2）『拾遺集』時代の歌壇の主導者公任をとりまく実方、長能、道長、円融院、和泉式部等のグループ

この歌人たちが中心となっていることがわかる。

いうまでもなく『後撰集』は撰者の詠歌を一首も収めない。専門歌人の詠歌よりも、権門貴紳の日常の贈答歌を

集成する方針によるものである。『古今集』に次ぐ勅撰集の編纂の栄を得た専門歌人達の歌は、『拾遺集』になって初めて採歌されたのである。すなわち、『古今集』の次期歌壇の中心歌人達と、『拾遺集』時代の宮廷歌壇の中心歌人、さらに『後拾遺集』以後に多出する、いわば後代を担う歌人達が、『拾遺集』初出歌人としてあげられるのである。

以上見てきたように、人麿から公任に至る広範な作者の詠を収めている『拾遺集』の歌風を解明するにあたって、前代集既出歌人と初出歌人との間に生じる詠風の差異を考慮する必要があろう。長らく『古今集』の歌風と同一視されてきた『拾遺集』歌風であるが、その詠者別に、とりわけ初出歌人に注目して両集の歌を具体的に比較するとき、『古今集』歌風からの変化・展開の側面をも見出し得ることが予測されるのである。

二　『拾遺集』四季歌の考察

代々の勅撰集において、数量的にも質的にも大きな比重をもつのは四季の歌と恋の歌である。よって、四季と恋の歌を中心に考察を行うことにする。

まず、四季の歌を取り上げて、『拾遺集』における『古今集』歌風の継承の有り様を、とりわけ初出歌人詠においてはどの様であるかを、具体的に見てゆきたい。例えば、花と雪をオーバーラップさせる歌を次にあげる。『古今集』の表現技巧の特色、いわゆる「見立て」(4)の一例である。

《古今集》

心ざしふかくそめてしをりければ消えあへぬ雪の花と見ゆらむ　（春上・七・読人不知）

三吉野の山べにさけるさくら花雪かとのみぞあやまたれける　（同・六〇・友則）

霞たちこのめもはるの雪ふれば花なきさとも花ぞちりける　（同・九・貫之）

《拾遺集》

さくらちるこのした風はさむからでそらにしられぬ雪ぞふりける　（春・六四・貫之）

白雪のふりしく時はみよしのの山した風に花ぞちりける　（冬・二五三・貫之）

梅がえにふりつむ雪はひとゝせにふたたびさける花かとぞ見る　（同・二五六・公任）

両集とも詠者または詠作年次の古い順に並べた。『古今集』歌を見てゆくと、まず「雪が花と見えたのだろう」という素朴で直接的ないいまわしで詠まれており、そのような見方が一般的先入観となって「見あやまってしまった」と詠まれるようになる。そして、貫之の詠になると「そのように見えた」という主観の働きは、もはや詞の上に表現されない。「花ぞ散りける」と、眼前の雪が心には花と映った、その心に映じた風景をあたかも実際の景を描写するごとく詠じるのである。すなわち、景を主観的に如何に把握したかを詠む段階から、把握した景を如何に美的に構図化したかを詠む段階へと移ってゆく、『古今集』歌風の形成の軌跡が看取できるのである。

『拾遺集』に同じ趣向の歌は多く、他にも一一首の例がある。因みに、それらの作者を見ると、貫之詠が四首、読人不知詠が三首、躬恒詠が二首、人麿と公任の詠が各一首である。『拾遺集』に多出する『古今集』の常套表現を用いた歌の詠者に、前代集既出歌人が多いという点は注意すべきである。例として、前代歌人の代表として貫之、『拾遺集』時代の歌人として公任の詠歌をあげた。『拾遺集』の貫之詠は、散る花に、あるいは降る雪に属目して、木の下に雪が降り、花が散っているという心に映じた美的構図として詠じている。ことに六四番歌は「さむからで」という感覚を表す一語を詠み込むことで、眼前の景と心中の景の間隙を微妙な感覚で融合させている。いずれの歌も『古今集』における同趣の歌の一層洗練された詠風といえよう。ところが、公任の歌は、『古今集』の七、九番歌と同工異曲である。調べのよい歌ではあるが、『古今集』以来の常套句を切り継いで無難にまとめた歌である。すなわち、初句、第二句と結句は、次の『後撰集』の歌「むめが枝にふりおける雪を春ちかみめのうちつけに花かとぞ見る」（冬部・四九七・読人不知）と、全く同じであるし、第三、四句は、やはり『後撰集』の歌「ひととせにふたたびさかぬ花なればむべちることを人はいひけり」（春下・一〇九・元方）、または、『古今集』の歌「いろかはる秋のきくをばひととせにふたたびにほふ花とこそ見れ」（秋下・二七九・読人不知）の歌句を切り継いだ歌である。発想・表現ともに『古今集』読人不知詠に類似する詠である。

この一例に端的に示されているように『拾遺集』における『古今集』歌風の継承のあり方は、貫之等の古い層の歌人が発展的に受け継ぎ、公任等の新しい層の歌人は類型的表現をそのままに用いる形で受け継いでいると考えられるのである。さらに、同一歌材に限定して両集の比較を続けたい。次は「山吹の花」を詠んだものである。

《古今集》

今もかも咲きにほふらむ橘のこじまのさきの山吹の花　（春下・一二一・読人不知）

春雨ににほへる色もあかなくに香さへなつかし山吹の花　（同・一二二・読人不知）

かはづなくゐでの山吹ちりにけり花のさかりにあはましものを　（同・一二五・読人不知）

吉野河岸の山吹ふくかぜにそこの影さへうつろひにけり　（同・一二四・貫之）

《拾遺集》

春ふかみゐでのかは浪たちかへり見てこそゆかめ山吹の花　（春・六八・順）

山吹の花のさかりにゐでにきてこの里人になりぬべきかな　（同・六九・恵慶）

物もいはでながめてぞふる山吹の花に心ぞうつろひぬらん　（同・七〇・元輔）

さは水にかはづなくなり山吹のうつろふ影やそこに見ゆらん　（同・七一・読人不知）

「山吹」は、両集において晩春の一テーマとなっている。『古今集』では、読人不知の歌をまとめてあげたが、その三首は、「咲きにほふらむ」「香さへなつかし」「花のさかりにあはまし」等、山吹の花に対する期待や心情をストレートに表出した、いずれも素朴な詠である。四首目の貫之詠の結句「うつろひにけり」には、水底に花影が「映る」意と、その花影までが「移って」散りかけている意とが掛けられている。そして、晩春の風に散りかけた河辺の山吹の花と、川に映った花影移ろうとを対照的に詠む中に、行く春を惜しむ気持を滲み出させている。前の読人不知の三首と比べると、より知巧的に美的に構成しようとして詠作された歌であるといえる。(5)

これらの古今集歌と拾遺集歌とを比較すると、まず、古今集歌（一二四・貫之）と拾遺集歌（七一・読人不知）の類似性が目にとまる。他の『拾遺集』初出歌人達は「見てこそゆかめ」「この里人になりぬべきかな」「ながめてぞふる」等、山吹の花に対して感じた心情を素直に詠じており、『古今集』読人不知詠の素朴な詠風に通う趣がある。『拾遺集』歌風の最先端の詠風を担っていた歌人達が目指した詠風は、『古今集』撰者達とは、その方向を異にすると考えられるのである。

同様に、「散る花」をテーマにした歌群を比べても、『拾遺集』の初出歌人詠は次のごとき歌が多い。

身にかへてあやなく花を惜むかないけらばのちのはるもこそあれ　（春・五四・長能）

ちりそむる花を見すててかへらめやおぼつかなしといもはまつとも　（同・五九・能宣）

これらは技巧臭の全くない、散る花に対する惜情を素朴に詠んだ歌といえよう。一方、読人不知および前代集既出歌人詠には次のごとく、花の散る光景を雪に見立て、知的に構図化して提示した歌が多い。

春ふかくなりぬと思ふをさくら花ちるこのもとはまだ雪ぞふる　（春・六三・貫之）

花の色をうつしとどめよ鏡山春よりのちの影や見ゆると　（同・七三・是則）

同じ傾向が、景物ごとに、例えば次に挙げた女郎花や時鳥や雪を詠む歌についても見出せるのである。

「女郎花」

女郎花おほかるのべに花すすきいづれをさしてまねくなるらん　（秋・一五六・読人不知）
くちなしの色をぞたのむ女郎花はなにめでつと人にかたるな　（同・一五八・実頼）
日暮らしに見れどもあかぬ女郎花のべにやこよひ旅寝しなまし　（同・一六一・長能）

「時鳥」

ほととぎすをちかへり鳴けうなゐこがうちたれ髪の五月雨の空　（夏・一一六・躬恒）
あしひきの山ほととぎすけふとてやあやめの草のねにたてなく　（同・一一一・醍醐天皇）
みやこ人ねで待つらめやほととぎすいまぞ山辺をなきて出づなる　（同・一〇二・道綱母）

「雪」

夜ならば月とぞ見まし我が宿の庭しろたへに降れる白雪　（冬・二四六・貫之）
年ふれば越の白山おいにけりおほくの冬の雪つもりつつ　（同・二四九・忠見）
我が宿の雪につけてもふるさとの吉野の山は思ひやらるる　（同・二四七・能宣）

いずれの例においても、『古今集』の特性である表現の巧妙さや景を主観的に解釈し、知的に構成する面白さに主眼をおいた詠は前代集既出歌人詠であるのに対し、そのような傾向から一歩離れた平明で淡々とした詠風を帯びた歌は初出歌人の詠となっているのである。

以上見てきたように、『拾遺集』を歌題ごとに、読人不知や前代既出歌人詠から初出歌人詠へと辿ると、『古今集』で撰者達が到達した詠風、あるいは目指した方向とは異なる詠風が志向されていることがわかるのである。

次に、両集の恋の歌の比較を通して、『拾遺集』初出歌人達の目指した歌風をさらに明らかにしたい。

三　『拾遺集』恋歌の考察

『古今集』恋部の歌の特色は、[1]恋の感情を四季の景物に結びつけ、心中に作り上げた一つの具体的な景やイメージに託して詠んでいる点にある。それは、四季部において眼前の景そのものよりも、自然に対する主観的見方、すなわち、心中に自然をどのように映して歌に再構成するかが主眼であったことと同質の特色である。そして、恋部の冒頭と結末に配列された二首の歌に、その特色は端的に示されている。

『拾遺集』の恋部の歌の特色もまた、恋部の冒頭と結末の二首に示されていると考えられる。次に、両集の恋部の冒頭歌と結末歌を比べてみよう。

《古今集》

ほととぎすなくやさ月のあやめ草あやめも知らぬ恋もするかな　（恋一・四六九・読人不知）

流れては妹背の山のなかにおつるよしのの河のよしや世の中　（恋五・八二八・読人不知）

《拾遺集》

恋すてふわが名はまだき立ちにけり人しれずこそ思ひそめしか　（恋一・六二一・忠見）

かしまなるつくまの神のつくづくとわが身ひとつに恋をつみつる　（恋五・九九九・読人不知）

両集の恋部巻頭歌を比べてみると、古今集歌は中心にある鬱々たる恋の思いが、梅雨時の景物のあやめ草と時鳥とともに詠まれている。この歌における序詞中の自然は、単に「あやめも知らぬ」を導き出すための詞遊び的序詞としての役割を果たしているのみならず、恋情が投影され、その表白と渾然と関わり合っている。拾遺歌六二一番歌は全く縁語や掛詞等の詞遊び的要素のない自らの心情表白のみを詠じている。また、拾遺歌九九九番歌が序詞を用いながらも「対自的」[6]傾向が強いことも古今集歌とは対照的である。

また、巻末歌を比べてみると、古今集歌は、それまで、さまざまに歌われてきた恋の諸相をすべて妹背山の間に流れる吉野川に放擲し一体化させて、なにもかも「よしや世の中」とおおらかに肯定して恋部を結んでいる。第一句から第四句までは、結句の主張を具体的な景物に表現したものである。『古今集』恋部においては、自然の景物に触発されてはじまった恋情が自然の風景の中に帰結されて終わるのである。『拾遺集』恋部では自然の景物に心情を託すことなく、心の動きと人事を詠ずることに徹していることと対照的である。

恋部全体を見ても、『古今集』では、恋部の三五九首中自然の景物が恋の思いと渾然一体となって詠まれた歌が多く[7]二八九首、八割以上を占める。さらに詠者別に見ると、撰者詠に最もこの傾向は顕著にあらわれており、六七首中六〇首、九割もある。最も少ない読人不知詠でも一七五首中一三三首、七割余である。

『拾遺集』の場合、自然の景物のイメージを用いない歌が三七八首中一四〇首と四割近くを占めるようになる。初出歌人詠に限っても、四六首中一九首で同じく四割余りを占める。前代集既出歌人のみは一三一首中二一首と二割弱で、『古今集』と同じ傾向を示している。

すなわち、『拾遺集』恋部では、『古今集』ほど自然の景物のイメージが重用されない傾向にあるといえる。そして、前引の二首に見られるごとき、心の動きを詠ずることに徹する詠風が、『拾遺集』が志向する傾向であると考えられるのである。

例えば「心が空になる」という表現を取り上げて比較すると、次の例が両集に見出せる。

秋風は身をわけてしもふかなくに人の心の空になるらむ　（古今集・恋五・七八七・友則）

春霞たつあか月を見るからに心ぞ空になりぬべらなる　（拾遺集・別・三〇一・読人不知）

雲井なる人を遥かに思ふにはわが心さへ空にこそなれ　（同・恋四・九〇九・経基）

時のまも心は空になるものをいかですぐしし昔なるらむ　（同・同・八五〇・実方）

『拾遺集』の三首はいずれも『古今集』の友則詠の結句をふまえて詠まれていると考えられるが、詠者が新しくなるにつれて、その詠法が変化していることがわかる。

『古今集』の友則詠は、恋人の心がうわの空で自分のもとへ寄りついてくれないことを嘆いた詠である。そして、その原因を説明するために自然の景物を詠み込み、秋風が吹いて人の心と身をばらばらにしたわけでもないのに、と「空」との縁語で「秋風」を持ち出して比喩的に説明しようとする点にこの歌の面白さがある。(8)

『拾遺集』三例のうち、三〇一・九〇九番歌は「心が空になる」原因を説明することに主眼がおかれ、説明に「空」の縁語として「春霞」や「雲居」等の自然の景を用いている点で『古今集』友則詠と似た詠風といえる。ただ、それらの景を「見るからに」「思ふには」という行為や心理の働く対象として詠んでいる点で、友則詠のごとく意外な因果関係を説明する面白さが減少し、その分だけ「心が空になる」という心情を詠嘆することに、より重点が移りつつある。

さらに、八五〇番歌、三首の中で最も新しい歌人実方の詠歌になると「心が空になる」原因の説明は全くなされていない。また「空」の縁語として何一つ自然の景物を引いてもこない。「心が空になる」という虚ろな心情を、そのまま表白している。実方は友則の歌を当然知っていたはずであるが、その結句と同じ表現を用いつつも、それに付随した『古今集』らしい詠法はとらなかったのである。ここに『拾遺集』初出歌人の新詠風を見出すことができよう。同様に、次にあげる『拾遺集』初出歌人の歌もまた、すべて素直な心情表白に徹した詠歌である。

あはれとし君だにいはば恋ひわびて死なんいのちもをしからなくに　（恋一・六八六・経基）

恋しきを何につけてかなぐさめむ夢だに見えずぬる夜なければ　（恋二・七三五・順）

歎きつつ独ぬる夜のあくるまはいかにひさしき物とかはしる　（恋四・九一二・道綱母）

いかでいかで恋ふる心をなぐさめてのちの世までの物をおもはじ　（恋五・九四一・能宣）

いずれの歌も、『古今集』恋の歌の特色、心情をどの様な景物に託すか、あるいはどの様な自然景として心象風景を構築するかに主眼を置く詠風を脱した詠風である。心の動きをそのままに表白する素直な抒情性が、『拾遺集』初出歌人の目指した詠風であるといえるのである。

もちろん、初出歌人詠の中に、『古今集』に見られる自然景による比喩や技巧的な表現が全く見当たらないというわけではない。しかし、初出歌人達の目指す詠風が前述した様なものであるとするならば、『古今集』と共通の修辞・表現が用いられているものについても、詳細に見ると何らかの変化を見出し得るのではないだろうか。

次に『古今集』に既出の修辞を用いている『拾遺集』初出歌人詠を検討したい。

人を思ふ心はかりにあらねどもくもゐにのみもなきわたるかな　（古今集・恋二・五八五・深養父）

草枕我のみならずかりがねもたびの空にぞなきわたるなる　（拾遺集・別・三四五・能宣）

二首とも、切ない心境を、空を鳴き渡る雁のイメージを用いて表現したものである。前者の古今集歌が「あらねども」という語で両者を結びつけている点に注意したい。「雁であるというわけではないが、まるでそのようにと、現実と比喩の世界の齟齬をも言葉にして表現するのである。

一方、後者の拾遺集歌は「も」によって両者を心情的にオーバーラップさせている。「わたしのように雁も」という素直な喩え方である。

また、次のごとき、同じ対象を同じ様に比喩した例を見ても、同様のことがいえる。

ひとりぬる床は草葉にあらねども秋くるよひは露けかりけり　（古今集・秋上・一八八・読人不知）

思ひしる人に見せばやよもすがらわがとこ夏におきゐたる露　（拾遺集・恋三・八三一・元輔）

古今集歌は、涙を草葉に置く露に「見立てる」ことに主眼があるために「あらねども」と比喩であることを強調するのに対し、拾遺集歌は「わがとこ（床）夏にお」く露を恋人に「見せばや」という心情の表白に重点があり、比喩である語をそのままに提示しているという違いがある。さらに次の例を見てみよう。

篝火にあらぬわが身のなぞもかく涙の河にうきてもゆらむ　（古今集・恋一・五二九・読人不知）

なみだ河そこのみくづとなりはててこひしきせぜに流れこそすれ　（拾遺集・恋四・八七七・順）

前者が、比喩の説明に終始する、いわゆる「理屈っぽい」歌であるのに対し、後者は、比喩の世界に浸りきった心情をそのままに表現している。比喩をそのまま、詠嘆をこめて心情的事実として表白するのである。『古今集』の表現の特性である「理屈っぽさ」が消失しているといえよう。

このように、同じ表現技巧、共通の比喩を用いていても、『古今集』から『拾遺集』初出歌人詠になると、心情により重心が移る傾向が認められるようになるのである。

四　『古今集』以後の貫之詠と『拾遺集』初出歌人詠

このような『拾遺集』初出歌人達の詠風は、単に『古今集』の古い層の詠風への逆行あるいは『古今集』歌風の朧化といった消極的なものにすぎないのであろうか。一見すると一々の詞が平明で、詠む者を眩惑させる様な技巧をほとんど用いない彼等の詠歌には、歌風形成の原動力や方向性を見出し難く思える。

しかし、貫之の詠風を考察することが解明の糸口となろう。なぜなら、貫之は『拾遺集』の最多入集歌人であり、各巻頭巻末という配列上重要な位置に配されることが最も多く、初出歌人等の詠作の規範となっていたからである。前節および本節前半で述べた『拾遺集』時代における貫之の影響力、『拾遺集』編纂における貫之重視、初出歌人等の貫之崇敬を考え合わすならば、「理屈っぽい」という『古今集』歌風の特性から「理」をとり去ることを志向させた原動力、心情の素朴な表白、素直な詠嘆調の『拾遺集』歌風形成の原動力をも貫之の詠歌中に求めることは、あながち的はずれな探求ではないと考えられる。

ここで貫之の詠歌に視点を転じたい。『古今集』の撰者であり、自らの歌百余首を『古今集』に入集させている貫之の詠風を、古今風の典型・代表と考えることも当然である。

しかし、小西甚一氏は「貫之晩年の歌風」(9)において「およそ五十年あまりの作歌活動を通じ、歌風にすこしも変化が無いということは、おそらく考えにくいであろう。十年ぐらいの単位で句風にいちじるしい変化を見せた芭蕉を比較の相手に持ち出すのは如何と思われるけれども、何か新しい境地を開拓した作者が、その後ずっと作風を変えなかったとは、むしろ想像もつかない」という観点から、貫之の歌風が変化していることを論じられた。すなわち、貫之晩年の延長末年頃を境に、『古今集』の「予期しない事物の提示とその解決による興趣をねらう『計算された意外性』」という特質から離脱する作風へと変化するといわれる。古今風にかわる新しい歌風は『土左日記』に記される「思ふことに耐へぬときのわざ」(二月九日の条)としての「只言」(二月一日の条)を重視する新しい批評規準によって「意識的に試みた結果」生まれたと論じられるのである。

韜晦に満ちた『土左日記』の記述を、そのまま貫之の和歌に対する新たな批評規準の主張という重要かつ深刻な意味に解される点には疑問を感じる。とくに『土左日記』において貫之が「思ふことに耐へぬときのわざ」をすなわち技巧を用いない「只言」の歌であるとして歌を評価する際の規準としているとは解し難い。しかし、貫之の詠歌中における古今的表現の特性から離脱した歌の存在をクローズアップされた点は傾聴すべきである。両様の歌の存在を、一方から一方への変化、批評規準の変化の結果と捉えることはさておき、ここでは貫之の残した和歌表現の多様性を問題にしたい。

『古今集』撰集以後の歌をも収めている『貫之集』から、例えば涙に袖をぬらすという同一の内容を詠んだ歌を

ひろうと、次のごとく多彩な詠法で詠まれていることがわかる。(10)

①　秋の野の草葉もわけぬ我が袖の物思ふなべに露けかるらん　(六一七)
②　わび人は年にしられぬ秋なれば我が袖にしも時雨ふるらん　(六三七)
③　夢路にも露ぞおくらし夜もすがらかよへる袖のひちてかわかぬ　(六二五)
④　たなばたにぬぎてかしつるから衣いとど涙に袖やくちなむ　(一一一)
⑤　ふる雨に出でてもぬれぬ我が袖のかげに居ながらひちまさるかな　(六四七)
⑥　みちすらに時雨にあひぬいとどしくほしあへぬ袖のぬれにけるかな　(一一三六)
⑦　君によりぬれてぞわたるから衣袖は涙のつまにざりける　(六二二)

①から⑦に至る貫之詠の多様性の中に、『古今集』から『拾遺集』初出歌人の詠風に至る変化の諸段階を辿ることができるのである。

まず、①、②、③は袖のぬれることの原因・理由を推量することが詞の上に明らかであり、それを如何に説明するかに主眼がおかれている。三首とも、恋人を思って涙を流すことを、どの様な自然の景物のイメージに結びつけて詠むかという所に重点がある、『古今集』らしい歌風である。因みに③は『古今集』入集歌（恋二・五七四）でもある。次に、④、⑤になると、何故袖がぬれたかの説明よりも、袖がぬれた状況や七夕の衣のイメージをそのまま提示することに重心が移っている。いずれも『拾遺集』入集歌であり、④は秋（一四九）に、⑤は恋五（九五八）に入集している。

さらに、⑥、⑦に至っては、涙を如何に比喩し、如何に解釈して見せるかは、もはや主眼とはなっていない。⑥は道中時雨に逢ったことを、さらりと詠む中に「ほしあへぬ」の一語によって、別れの悲しみのため袖がぬれていたことを暗示している。⑦は、恋人のせいで袖が涙でぬれたという全く素朴な詠風である。

この七首中で詠作年次が限定できる歌は③、④、⑥の三首である。③は『古今集』入集歌であることから延喜五年（九〇五）以前、④は『貫之集』の詞書によると延喜六年、⑥は同じく詞書によって延喜一九年（九一九）の詠作とわかる。この三首のみを比べてみても、『古今集』撰集以後に古今風から詠風が変化したこと、さらに、その変化は『拾遺集』初出歌人の目指した詠風と方向性を一にしていることが見て取れるのである。

とくに、『古今集』と『拾遺集』に収められた貫之詠を比較してみると詠風の変化が一層明らかである。例えば、四季の同じ景物を詠んだ歌を比べてみよう。

「時鳥」

ほととぎす人まつ山になくなれば我うちつけにこひまさりけり　（古今集・夏・一六二）

山ざとにしる人もがなほととぎすなきぬときかばつげにくるがに　（拾遺集・夏・九八）

「女郎花」

たが秋にあらぬものゆゑ女郎花なぞ色にいでてまだきうつろ　（古今集・秋上・二三二）

かりにとて我はきつれど女郎花見るに心ぞ思ひつきぬる　（拾遺集・秋・一六五）

「時雨」

しらつゆも時雨もいたくもる山はしたばのこらず色づきにけり　（古今集・秋下・二六〇）

かきくらししぐるる空をながめつつ思ひこそやれ神なびのもり　（拾遺集・冬・二一七）

技巧の勝った『古今集』の歌と並べてみると、『拾遺集』の貫之詠が、いずれも景に対する感情を素直に詠んでいる、一見無造作で、しかし洒脱な『拾遺集』初出歌人詠に通う詠風になっていることが明らかであろう。

『拾遺集』恋部における貫之詠も、ほとんどが次のごとき直截的な心情表白、心理を詠むことに徹した詠であり、やはり初出歌人に似通う詠風といえる。

行末はつひにすぎつつ逢ふ事の年月なきぞわびしかりける　（恋一・六八三）

あひ見ても猶なぐさまぬ心かないくちよねてか恋のさむべき　（恋二・七一六）

おほかたのわが身ひとつのうきからになべての世をも怨みつるかな　（恋五・九五三）

これらに対して、『古今集』恋部の貫之詠は、自然の景物のイメージを多用し、恋の思いをそこに投影する詠が大半である。両集の恋部における貫之詠風の違いを端的に示す例を一例だけあげておこう。

秋ののにみだれてさける花の色のちくさに物を思ふころかな　（古今集・恋二・五八三）

あさなあさなけづればつもるおちかみのみだれて物を思ふころかな　（拾遺集・恋一・六六九）

いずれも、同じ内容、さまざまに物を思い乱れることを、同様に序詞を用いて詠んだ歌である。しかし、前者が、「詞」と、心中の思い乱れる様を自然の景のイメージに再構築することに重心があるのに対し、後者は「心」と、自らの行為の表白に徹することに重心がある、という詠風の差が明らかである。

このように『古今集』と『拾遺集』に収められた貫之詠を比較すると、その詠風が変化していることがわかるのである。そして『拾遺集』が『古今集』成立以降に詠風の変化した貫之の歌を多数入集させている点からしても、『拾遺集』入集歌に見られる貫之が晩年に到達した歌風こそ、公任をはじめとする『拾遺集』初出歌人達の目指した歌風であったと考えられる。

五　おわりに

以上、『拾遺集』初出歌人の詠歌を中心に取り上げて、『古今集』の歌風が『拾遺集』において如何に継承され、如何に変化しているかを考察してきた。その結果、『古今集』で撰者達が到達した表現の方法やあり方が、『拾遺集』初出歌人詠には積極的発展的に受け継がれることが少ないこと、『古今集』の特色である「理屈っぽさ」やさまざまの表現技巧が消失する傾向が見られること、さらに、折々の自然や思いを心中に美的景として再構築して詠ずる『古今集』の詠法から離脱した、見たままの景や思いそのものを素直に詠嘆する詠風へと変化していることがわかった。

なお、前節で述べたように、初出歌人達の変化の原動力は『古今集』撰集以後も多様な詠歌方法を試み、歌壇を主導した貫之の詠風の変化であった。このことは、『拾遺集』撰集時代における貫之崇拝の風潮、初出歌人達の私家集に見られる貫之歌の影響、『拾遺集』編纂上、貫之が数量的にも質的にも最も重視された歌人である等の『拾遺集』の外的内的状況からも頷ける。換言すれば、当時絶大な影響力をもつ『古今集』歌風を主導した貫之が変化したからこそ、初出歌人達の変化も可能であったのである。

さらに付言するならば、『古今集』以後の歌材の拡大や詠法の変化の背景には、平安時代の新たな文学事象である屏風歌の盛行があった。延喜・延長年間における大和絵に付す和歌の出現が、従来の和歌のあり方を少なからず変容させたことは周知のことである。そして、『古今集』撰集以後の貫之詠は大半が屏風歌であり、『拾遺集』初出歌人の中心的存在の公任、能宣、元輔、順等もやはり屏風歌歌人であった。『拾遺集』時代になって次第に類型化が進んだ屏風歌の詠作にあたり、初出歌人達は、前代に屏風歌歌人として活躍し夥しい屏風歌を家集に残した貫之の詠歌を、実作の規範としたのである。『古今集』から『拾遺集』への歌風展開は、貫之歌風の展開を軸として捉えられるのである。

注

（1）小沢正夫氏による古今時時代の三期区分（『古今集の世界　増補版』塙書房、昭和五一年）。

（2）鈴木日出男氏による「歌風」の説明（『和歌大辞典』明治書院、昭和六一年）。
（3）鈴木日出男「古今和歌集の歌風」（『一冊の講座　古今和歌集』有精堂、昭和六二年）。
（4）片桐洋一氏は「『見立て』とその時代―古今集表現史の一章として―」（『和歌文学の世界　第一〇集』（笠間書院、昭和六一年）で、見立ての典型「とぞ見る」から「なりけり」へと観念化が進むと捉えている。また、鈴木宏子「〈雪と花の見立て〉考　万葉集から古今集へ」（『国語と国文学』第六四巻第九号、昭和六二年九月。後に、『古今和歌集表現論』笠間書院、平成一二年）にも詳しい。
（5）小町谷照彦著『古今和歌集と歌ことば表現』（岩波書店、平成六年）第三章「紀貫之の表現美学」に、貫之の「山吹」を詠んだ歌を取り上げて、「類型の表現効果を認識しつつ」「変幻自在」な歌の世界を形成する様が詳述されている。
（6）佐藤和喜氏は「拾遺集歌の生成」（『国語と国文学』第五六巻第二号、昭和五四年二月、『平安文学表現論』有精堂、平成五年）において、「自らへと向かう拾遺的精神」すなわち「対自的傾向」を『拾遺集』の特質とする。
（7）恋の贈答と四季の景物との深い関わりについては、島田良二「四季と恋歌」（『論集　古今和歌集』笠間書院、昭和五六年）にも指摘がある。『拾遺集』の恋歌の表現の特色については、小町谷照彦「『拾遺集』恋歌の表現構造」（『国語と国文学』第四七巻第四号、昭和四五年四月）に詳しい。
（8）鈴木日出男「古今集の比喩」（『古今和歌集研究集成　第二巻』風間書房、平成一六年）に、『古今集』の表現の特色について「物象を表す文脈と人間（心情）を表す文脈を対応させるしくみ」「心物の対応形式」と規定される。
（9）『文学』第四三巻八号、昭和五〇年八月号。小西氏の説に対して、菊池靖彦氏は『古今集以後における貫之』（桜楓社、昭和五五年）において、晩年の貫之歌の変容を歌風の変遷と見ることは「そもそも無理であり、的はずれ」であるとし、貫之の表現は「晩年に近づくに従って陳腐、平板になっていく」と捉えている。ただし、「『古今集』が庶幾した歌のあり方とはおよそ逆」との捉え方は本論に通じる見方である。
（10）「斬新な感覚に依って奇抜な発想や表現の歌を生み出していった」貫之歌の表現の多彩性については、注（5）と同書、同章に詳しい。

第四節　物名歌とその表現

一　はじめに

物名歌の生成については和歌が仮名で表記されるようになったこととの関係が指摘されているが[1]、ある詞の文字の連なりから、本来の意味と関係のない意味をもった詞が浮かび上がってくる面白さによって物名歌は盛行した。しかし、四季の歌や恋の歌を抒情の和歌として主流とすれば、言語遊戯的な性格の強い物名歌は、和歌史においては常に傍流であった。

物名は『古今集』においては部立名称の一つとなったが、その後の勅撰集においては、僅かに『拾遺集』『続後拾遺集』の二集が物名巻を持っているのみである。ただし、一巻をなさないまでも、例えば『千載集』の雑下には雑体の歌として旋頭歌や折句歌に並んで物名歌一一首が収載されている。同様に物名歌群を持つものは少なからずある[2]。『後撰集』においては物名巻も物名歌群もないのであるが、読みようによっては物名歌といえる歌も少なくない。例えば雑三には次のような読人不知の歌がある。

思ふ事侍りける頃、志賀に詣でて

世の中を厭ひがてらに来しかども憂き身ながらの山にぞ有ける　（一二二三）

この歌なども、「志賀、長等の山」を詠み込んだ物名歌として収載することもできたであろうが、しかし、『後撰集』は物名歌としては収載しなかったのである。

ところが『拾遺集』は、『後撰集』においては引き継がれなかった物名巻を、ふたたび復活させたのである。しかも、『拾遺集』においては物名歌が一巻をなすのみならず、その歌数は七八首の多きに及んでいる。この歌数は『古今集』の物名巻の四七首と比べても格段に多い。因みに『続後拾遺集』の物名巻は二七首である。しかも、『拾遺集』における物名歌の数は、春・秋の巻の歌数（いずれも七八首）に拮抗するものとなっているのである。このような『拾遺集』における物名歌重視は、単に『古今集』への回帰であり継承であると捉えられるのであろうか。さらには、『拾遺集』全体の性格や歌風とは如何に関わり合うのであろうか。

本節では、まず『拾遺集』以前の物名歌の流れをたどり、『古今集』所収の物名巻との比較・考察を通して、『拾遺集』において物名歌が重視された意味を探り、その表現が『拾遺集』歌風と如何に関わるかを考察したい。

二　『拾遺集』以前の物名歌

物名歌の濫觴は『万葉集』の巻十六に収められた歌に求められる。そこでは何が如何に詠み込まれているのであろうか。例えば「詠㆓行騰蔓菁食薦屋梁㆒歌」と題する次の長忌寸意吉麻呂の歌（三八二五）を見てみよう。

すごも〈食薦〉しきあをな〈蔓菁〉にてこむうつはり〈梁〉にむかばき〈行騰〉かけてやすめこのきみ

このように、行騰、蔓菁、食薦、梁等を一首中に詠み込んでいる。「食薦を敷いて、青菜を煮てきましょうよ、屋根の梁に行騰を懸けて休んでいて下さい、あなた」と、なんとか意味の通じる歌になっているもののこじつけの感が強い歌である。また、意吉麻呂の「饌具雑器狐声河橋等物」を詠んだ歌もある。

さし鍋に湯わかせ子どもいちひつの檜橋より来む狐にあむさむ　（巻十六・三八二四）

「さし鍋に湯を沸かしなさい、子供たちよ。櫟津の檜の橋からやってくる狐に浴びせてやろうよ」と詠むこの一首は、宴席で耳目に触れた物の名に「関けて詠め」との声に応じて詠まれたものである。「さし鍋」はつぎ口と柄のある饌具、「いちひつ〈櫟津〉」は現在の天理市櫟本付近の川津の名であると同時に、雑器「ひつ〈櫃〉」の語が含まれている。「橋」「狐」が詠み込まれ、さらに「来む」には狐の鳴き声「コン」が響かせてあるという凝りようである。他の語と擬声語、事物名の一部を掛詞として用いている点は、単に事物名を並べた前引の詠に比べると、より技巧が凝らされている。また、次の歌には「梨、棗、黍、粟、葛、葵」等の植物名が詠み入れられている。

　　作主未ㇾ詳歌一首

なしなつめきみに粟つぎ延ふ葛の後もあはむと葵花咲く　（巻十六・三八三四）

掛詞を駆使して、六種類もの植物名を関連させ一首にまとめ上げた歌である。また、次の一首を見てみよう。

　　詠㆓荷葉㆒歌

蓮葉はかくこそあるもの意吉麻呂が家にあるものは芋の葉にあらし　（巻十六・三八二六）

自家の蓮の葉を芋の葉のようだと詠み、芋には妹を、蓮には美女を譬えて、対比させたところに面白さがある。「蓮葉」自体はめずらしい歌材ではなく、後にあげるように相聞歌にも用いられている。この歌が題材の面白さよりも発想における滑稽味を眼目としていることは明らかである。

次の一首も酒席での詠で、饌食を盛るのに用いていた蓮葉を題材にして作られた歌である。

ひさかたの雨も降らぬか蓮葉にたまれる水の玉に似たる見む　（巻十六・三八三七）

ここでの「蓮葉」は相聞歌中にも使われている序詞、例えば「御佩を劒の池の蓮葉にたまれる水のゆくへなみ……」（巻十三・三二八九）と同じ発想であり、その光景が一首に成った感がある。物の名称を詠み込んだ歌と他の歌との区別は曖昧でもあった。

『万葉集』の同歌群中には、他に「詠㆓双六頭㆒歌」（三八二七）、「詠㆓香塔厠屎鮒奴㆒歌」（三八二八）、「詠㆓酢醤蒜鯛水葱㆒歌」（三八二九）、「詠㆓玉掃鎌天木香棗㆒歌」（三八三〇）、「詠㆓白鷺啄㆑木飛㆒歌」（三八三一）等があり、また「枳、茨、倉、屎、櫛、刀自」（三八三二）、「虎、古屋、青淵、鮫龍、剣太刀」（三八三三）等をそれぞれ組み合わせて詠まれた「詠㆓数種物㆒歌」がある。

これらの万葉歌は、一様に物の名称を詠み込んだ歌であるが、二つの特徴が指摘できる。一には「醬」「酢」等の食材を始め、「屎」や「厠」等、従来の歌に詠み込まれることがない題材を用い、題材そのもの、また題材の組み合わせが意外なものを如何に一首にまとめあげるかに主眼がある点である。二には、逆に、よく歌材となり得る景物「蓮」や「葛」を通常とは異なる滑稽味をもって詠じている点である。後者の特徴をもつ歌は、題および発想における意外性に興味の中心がおかれている歌である。事物名が詠み込まれる際には掛詞の技巧も目立つ。これらの万葉歌の中には、『古今集』以降の物名歌にもあてはまる特徴に通うものがすでに見出せるのである。

『古今集』においては、和歌が仮名によって表記されるようになったことと相俟って、物名の部立が設けられた。『古今集』の物名歌を一覧すると、和歌に全く無関係な物を詠み込む面白さや物名そのものの意外性のみならず、和歌に縁の深い事物が文字の連なりこそ同じながら、あらぬものと化す意外性が重視されている。そして後者の物名歌にこそ『古今集』物名歌の開拓した新しい知巧的な歌が多く見出せる。物名巻は、鶯、時鳥といった春夏の景物を代表する鳥の名を詠み込む歌で始まる。巻頭歌をあげておこう。

うぐひす　　　　藤原敏之朝臣

心から花の雫にそほちつつうくひずとのみ鳥のなくらむ　（四二二）

雅びやかな鳴き声で春を告げる鶯が、梅の花の雫にぬれながら「うくひず（憂く干ず）」と鳴くのだと空想する面白さは従来の自然詠にはなかった発想の歌である。

四季や恋の歌と同じ歌材を詠じながら、物名歌であることの定義については次の顕昭『古今集註』の説明[3]が簡略ながら要を得ている。

モノノナトイフハ、例ノ歌ニ鶯・郭公・梅・桜ナドヲヨミタルヲバイハズ、其名ヲバヨミスヱナガラ、コトザマニイヒナシタルヲ云ナリ。但、ソノヨミヤウ二様ナリ。一ニハ歌ノココロ、ヤガテソノ物ゲニヨミナガシテ、サスガニアラハニ、ソノ名ヲヨマズシテカクセリ。（中略）一ニハ、ソノモノノナヲバスヱナガラ、アラヌサマノコトニヨミナセリ。

後に「隠題」の異称が生まれるが[4]、真淵は「かくし題といふ人もあれど題とはあらはに云意なれば叶はず、かくし詞などはいひもすべし[5]」と、歌の内容と無関係な語を題というのは不自然としてむしろ「かくし詞」と呼ぶことを提唱している。

しかし、平安時代において題の概念は未だ確立していなかったといえる。『古今六帖』の和歌の分類項目を題とすれば、例えば第六帖の「きちかう」「りうたむ」「しをに」「くたに」「さうび」「かにひ」「からもも」「くるみ」等の題のもとに集められている歌は、すべて物名として詠み込まれたものであり、それぞれの花そのものは詠まれない。その一方で、「らに」のもとに収載された歌には「らに」の語は詠み込まれず、すべて「ふぢばかま」とその風情が詠まれている。『古今六帖』においては、物名歌と自然詠との区別は行われてはいないといえよう。ある題の景物の名称を文字の連なりとしてのみ詠み込んだ歌も、その景物を詠じた歌と同列に並べられているのである。

これは、歌合においても見られる現象である。例えば、天禄三年（九七二）の秋に、庭の草花や虫を歌題にして行われた「女四宮歌合」の「女郎花」題の勝負を見ると、女郎花そのものを詠じた歌と「玉の緒をみなへし人の……」のごとく物名として詠み込んだ歌とが番わされている。物名も題のひとつであった。そこで、物名巻において物名歌に付された題を、いわゆる題の下位分類として物名題と呼ぶことにする。

『古今集』の物名題を一覧すると四季折々の、あるいは恋の風情を担う景物が主となっている。空蟬、しのぶ草、女郎花、葵、わらび等も恋の歌に常用された歌材である。最も多い物名題は前栽合の題となることの多かった植物名である。また、地名は唐崎、淀川、交野等の歌枕ともなる景勝地、からこと、かみや川等の「唐琴」や「和紙」等の雅な風情に通じる名称が並ぶ。巻末には、いわゆる雑名と分類される食物名や調度品名が並ぶ。しかし、単なる日常生活において用いる道具、日常の食物ではない。百和香、すみながし、おき火、ちまき等は、いずれも香や墨(炭)、五月の節句という和歌に縁のある、和歌を贈る折とその際の風流に関わり深いものであるものである。

また、「をみなへしといふ五文字を句のかしらにおきてよめる」(四三九詞書)、「はをはじめ、るをはてにて、ながめをかけて時の歌よめ」(四六八詞書)といった、むしろ折句、沓冠の歌というべきものも含んでいるが、やはり「女郎花」や「春」の語を詠み込んだものと認識されていたのであろう。

このように、『古今集』の物名題は、物名歌にのみ詠まれる詞もあるとはいえ、実際に目にする美しい花の名、四季を告げる自然の景物であり、地名も雑名も和歌に縁の深い語を含むものが中心となっているのである。

三　『古今集』と『拾遺集』の物名歌

『古今集』物名巻の四八首は『拾遺集』では七八首へと増加している。歌数のみからしても、詠み込まれた物名の内容・種類が多様化しているであろうことが推測される。『拾遺集』の物名歌においては、どのような事物の名が詠み込まれたのかについては、従来『拾遺集』には、『古今集』には「ちまき」のみであった食物名が多いこと、[(6)]また通俗的な事物が増加してきた上に歌自体も日常詠が多く、滑稽味が増していること等が指摘されている。[(7)]

しかし、『拾遺集』の物名題のうち最も多いのは植物名で、その点では『古今集』の枠組みを出るものではない。

ただし、『古今集』の植物名と比べると、全く同じものは「けにごし」のみである。ほぼ同じ物としては（以下の括弧内に『拾遺集』の題をあげた）、梅（紅梅）、樺桜（桜）、りうたむの花（りうたむ）、きちかうの花（きちかう）、さがりごけ（すはうごけ）、かきつばた（かいつばた）が共通するものである。

『拾遺集』では次に食物や調度品の名が多い。『古今集』にも、一、二例ながら食物、調度品の名もある。『古今集』で取り上げられることの少なかった事物に注目したと考えられる。そもそも、物名の歌を見ていくと、同じ物名題が複数以上の歌に詠み込まれることはあまりない。一度しか詠み込まれないものがむしろ多い。

例えば、「宇多院歌合」の歌々がその理由を物語っている。物名歌を合わせたこの歌合では、次のように左右ともに同じ語に置き換えている場合が多い。

　春花　左　持　　　貫之
年変はる野はなほことになりぬらし鹿の子まだらに雪も消にけり　（三）
　右　　　忠岑
白雪の消えて緑に変はる野はながれて色のうつらざらなむ　（四）
　子の日を惜しむ　左　　　貫之
胸の火を惜しもぬかねば乱れ落つる涙の玉にかつぞ消ちつる　（一一三）
　右　勝　　　忠岑
暗き夜にともす螢の胸の火を惜しもとけたる玉かとぞみる　（一一四）

『古今集』の撰者達が中心となって行った、高度な技巧を凝らしたといわれる物名歌合であれば、同じ名をどのような語に置き換えるかを競ったと思われるのであるが、実際には、部分的に共通の文字を含む語が多く、全く違う語として詠んだものは一組にすぎない。左右の歌とも、ほとんど同じ語に置き換えている場合が多い。詠み込もうとする詞を別の意味のある語に置き換えることができる可能性は、おのずと限られてくる。同じ物名を詠み込んだ歌が、たいてい一、二首しか見あたらないことは、このあたりの事情によるものであろう。

『古今集』と『拾遺集』とに共通する物名題は「けにごし」しかないが、両集ではそれぞれ次のように詠まれている。

うちつけに濃しとや花の色を見むおく白露の染むるばかりを　（古今集・四四四・名実）

忘れにし人のさらにも恋しきかむげに来じとは思ふものから　（拾遺集・三六五・読人不知）

「けにごし」が「うちつけに濃し」「むげに来じ」と別の語に置き換えられている例が、一例のみある。また、全く同じではないが、「きちかうの花」と「きちかう」、「りうたむの花」と「りうたむ」を詠む歌の例を比べて見ると次のようである。

きちかうの花

秋ちかうのはなりにけり白露の置ける草葉も色変りゆく　（古今集・四四〇・友則）

きちかう

あだ人のまがきちかうな花植ゑそにほひもあへず折りつくしけり　（拾遺集・三六三・読人不知）

りうたむの花

わが宿の花ふみしだくとりうたむのはなければやここにしも来る　（古今集・四四二・友則）

りうたむ

河上に今よりうたむ網代にはまづもみぢ葉や寄らむとすらん　（拾遺集・三六二・読人不知）

「きちかう」は「秋ちかう」、「まがきちかう」と、いずれも「近き」のウ音便が用いられ、「りうたむ」は「とりうたむ」「今よりうたむ」といずれも「打たむ」という語が用いられている。『拾遺集』では「……の花」という題ではなかったために、違う詞を用いる可能性が広がったといえよう。

このように、物名を詠み込むために使用し得る詞が限られてくることによって、今まで詠み込まれたことのない語彙の中から、新しく物名題が探されたのであろう。『古今集』が一例しかあげなかった「ちまき」（四六七）に準じる食品名や、「百和香」（四六四）等の調度品の類に新しい物名が探索され、それらを『拾遺集』は掬い上げたのである。

四 『拾遺集』物名巻の構成

『拾遺集』物名巻の配列は『古今集』をもとに考えられてきた。すなわち、『古今集』の物名巻は鳥虫名・植物名・地名・雑名等、物名の分類によって歌は配列・構成されている。同様に『拾遺集』の物名題を分類して示すと次のようになる。数字は歌番号、「　」内は詞書に書かれた物名題、（　）内は作者である。

①植物名を詠む歌――三五四「紅梅」（読人不知）～三六八「萩の花」（忠岑）
②虫名を詠む歌――三六九「松虫」（忠岑）～三七二「ひぐらし」（貫之）
③植物名を詠む歌――三七三「一本菊」（輔相）～三七四「蘇芳苔」（輔相）
④地名を詠む歌――三七五「大和」（輔相）～三八八「つつみの岳」（輔時）
⑤植物名を詠む歌――三八九「むろの木」（草春）～三九三「はしばみ」（読人不知）
⑥雑名を詠む歌――三九四「ねりがき」（輔相）～四三一「四十九日」（輔相）

植物名の歌が分散して置かれており、植物名を詠み込む歌の間に虫名や地名が置かれていることがわかる。この事象については、既に『拾遺集』の基となった『拾遺抄』の歌を増補する際に、同じ作者の詠をまとめたために起こった配列の乱れであるとの指摘がなされている。[8] すなわち、①③の植物名を詠む歌群中に②虫の歌が二首置かれている箇所において植物・虫いずれの名をも詠んでいるのは忠岑である。また、③⑤の植物名を詠む歌群中に④地名を詠む歌群が置かれているが、植物名を詠む歌から地名を詠む歌への変わり目には輔相の作が並んでいるのである。

因みに、『拾遺抄』雑上の巻末部（四七四〜四九六）の物名歌群では、次のようにほぼ分類されて配列されている。

①　地名を詠む歌　　四七四〜四八一
②　植物名を詠む歌　四八二〜四八四
③　鳥虫を詠む歌　　四八五〜四八八
④　雑名を詠む歌　　四八九〜四九六

地名から始められているのは、この物名歌群の直前に「稲荷」にまつわる歌が配列されているので、その連想から地名の歌が続けられたのであろうと推測される。

『拾遺集』物名巻においては、物名ごとに分類・配列される一方で、同じ作者の歌をまとめたと見られる箇所が少なくない。物名の分類とは無関係に、同じ作者の歌が配列されることが二度もある。また、複数以上物名巻に歌を撰ばれている歌人は三名で、忠岑四首、貫之三首、重之二首であるが、その内、忠岑の三首、貫之の二首が並べて配列されている。「同じ作者の歌を一まとめにする方法[9]」は確かに認められる。とはいえ、『拾遺集』においては物名の分類のみによって配列・構成されてはいないことを、類題的な配列が乱れた結果とのみ考えてよいであろうか。

物名を如何に詠み込むかのみに腐心した物名歌を配列するにあたっては、四季や恋の部が、自然の推移や恋の進展により配列し得るのとは異なり、歌の内容的な配列の原理は見出し難いといわれている。しかし、一見、無関係に配列されているように見える物名歌の巻であるが、物名題のみならず、隣り合う歌の内容やことばを詳細にたどってゆくと、配列の意図を窺い得る箇所が少なくない。次に、配列上、何らかの意図を見出せる箇所について考えてみたい。

まず、物名巻は春の花を代表する梅と桜の歌に始まる。巻頭歌の物名題は百花の魁といわれる梅、なかでも平安時代に渡来した紅梅である。「梅」ではなく「紅梅」という音読みは『古今六帖』においても題として立てられている。清少納言が「木の花は濃きも淡きも紅梅」(10)と真っ先にあげた花である。平安後期の新しい好みを反映した物名題といえよう。因みに、清少納言も二番目に桜をあげている。『古今集』物名巻が代表的な鳥名で始められたのに対して、『拾遺集』は代表的な花の名で始めたのであろう。

その後には、岩柳、さるとりの花、かにひの花、かいつばた、さくなむさ、しもつけ、りうたむ、きちかう、あさがほ、けにごし、らに、刈萱、萩の花等々、『古今集』や歌合でも取り上げられることの多い花の名が続く。そして、植物名（「萩の花」）を詠む歌の次に、虫の名（「松虫」と「ひぐらし」）を詠む歌が置かれている。いずれも忠岑の歌であり、同じ作者の歌が並んでいるといわれる箇所である。しかし、この箇所は作者により分類が乱れた箇所としか解釈できないであろうか。

萩の花　　　　　　　　　　　　　　　　　　　　（忠岑）

山河は木の葉流れず浅き瀬をせけば淵とぞ秋はなるらん　（三六八）

松虫

たきつ瀬の中にたまつむ白波は流るる水を緒にぞぬきける　（三六九）

ひぐらし

今こむといひて別れしあしたより思ひくらしのねをのみぞなく　（三七〇）

この二首は、いずれも川の流れを詠じており、「瀬」「流る」という同じ詞が用いられている。前者は、萩の花自体は詠んでいないが、萩に全く無関係とはいえない内容である。萩は恋の歌に多用された歌材で、色付いた下葉は恋人の心変わりを知らせる景物として詠まれる。また、松虫は恋人を待つ気持ちを託して詠まれる秋の虫である。夕暮れ時に響くひぐらしの声は、恋人を「思ひくらし」て泣きたい気持ちを託す秋の虫である。このように、秋の花と秋の虫は、いずれも移ろう恋の情緒を表現する歌材であるという共通点を持っているのである。そして、虫名に続く次の物名題「一本菊」も秋の花である。歌の内容も「あだなりとひともどきくる……」（三七二）と、不誠実な恋人を非難するものである。植物名と虫名という分類意識よりも、むしろ、秋の草花の陰で鳴く虫として、秋の草花とともに配列されたと考えられるのである。

植物名の一旦の区切りは「蘇芳苔」で、その後には地名が続く。「苔」は『古今集』の物名にも「さがり苔」があり、『古今六帖』にも「苔」題がある。「蘇芳苔」は赤い色の苔であるが、最初の植物名が「紅梅」であったことが思い合わされる。地名歌群の後には再び植物名が続く。しかし、何故ここに地名歌群が挿入されたのかが問題にされる箇所である。この箇所も、隣り合う歌の内容が何らかの関わりがあるとして配列されたのではないかと考えられる箇所である。

すはうごけ　輔相

鶯の巣はうごけども主もなし風にまかせていづちいぬらん　（三七四）

やまと

古道に我やまどはむいにしへの野中の草はしげりあひにけり　（三七五）

二首の歌の内容を見ると、一首目が、風に誘われて、いずこへか飛び去った、鶯の行方を気にする歌、二首目が大和の古道に惑う旅人の歌である。この二首は、鳥と人との差はあるのだが、旅の風情が窺われる。植物名から地名にかけては、歌の内容と歌の詞が連想によって関わり合っているのではないだろうか。

また「つつみのたけ」という地名に続けて「むろの木」が置かれている。ここも、地名と植物名が混乱していると見られる箇所である。ただし、この二首は作者によってまとめられてはいない箇所である。

つつみのたけ　　紀輔時

かがり火の所さだめず見えつるは流れつつのみたけばなりけり　（三八八）

むろの木　　高向草春

神なびのみむろのきしや崩るらん竜田の河の水のにごれる　（三八九）

地名の最後の一首にも「所さだめず」と旅人を連想させる詞が用いてあり、前引の「鶯の巣」を詠じた歌の「いづちいぬらん」に対応するかのようである。また、次の木の名「むろの木」の歌（三八九）には「神なびのみむろ」の地名が詠み込まれている。また「竜田の河」は、前歌の「流れ」に通じるといえよう。

以後の物名題と歌の詞とを辿ると、地名「つつみのたけ」、地名「神なびのみむろ」を詠じた木の名「むろの木」の歌、木の名「きさの木」、実のなる花の木「花柑子」「桃」、木の名「はしばみ」、食用の木の実「練り柿」、食物名「尾張米」が置かれ、以下食物が続く。このように、物名題と歌ことばの中に一部関わり合う語を含むものを、順次配列していることがわかる。

食物名は最も多様で数も多いが、「そやしまめ」の後に置かれる鳥の名「きじのをどり」によって中断される。

そやしまめ　　高岳相如

いさりせし海人の教へしいづくぞやしまめぐるとてありといひしは　（四〇〇）

きじのをどり　　輔

河ぎしのをどりおるべき所あらば憂きに死にせぬ身は投げてまし　（四〇一）

この二首にも、内容的な連続性が見出せるのではないだろうか。すなわち、一首目の内容は「都からやってきて、配流の人を訪ねる、という設定[11]」と考えられるが、『古今集』の、小野篁が流される時の詠「わたの原八十島かけて漕ぎ出でぬと人にはつげよ海人のつりぶね」（四〇七）を彷彿させる詠である。そして二首目の憂き身を投げる河岸を求めてさまよう歌は島をめぐる流人の心情とも解せる。

そして、多彩な食物名が続いた後は、食器の「折敷」、「足鼎」へと続く。その後は、「むな車」、「いかるがにげ」、「ねずみの……」と続くが、ここでは、「足」から「車」「馬」という乗り物が連想され、次いで「馬」と「鼠」と動物名を並べたと考えられるが、題のみならず歌の内容も関わり合うものと思われる。

いかるがにげ　　　　　躬恒

ことぞとも聞きだにわかずわりなくも人のいかるかにげやしなまし　（四二〇）

ねずみの、琴のはらに子をうみたるを　　　　　輔相

年をへて君をのみこそねずみつれことはらにやはこをばうむべき　（四二一）

後者は、他の物名題と比べると異例な書き方である。二首目の歌については「妻の恨み言に対して、夫が弁解するという設定[12]」であろう。そして、一首目の歌の内容—事情を聞き分けることもなく、怒り狂う妻に驚き逃げ出そうとする夫の心情が読み取れる—と合わせ読むとき、一層の可笑しさが生まれる。この二首は、まさに夫婦喧嘩のひとコマを想像させる面白さがある。

調度品の最後に置かれるのは「かのかはのむかばき」で、その後には、干支「かのえさる」が置かれる。「かのえさる」は庚申待ちの習慣により、歌合の題になることが多い。この二首の歌の内容を見ると、やはり、読み手に、ひとつの場面を思い描くことを意図した配列であるといえよう。

かのかはのむかばき　　　　　　　　　　輔相
かのかはのむかはぎ過ぎて深からば渡らでただに帰へるばかりぞ　(四二六)

かのえさる
かのえさる舟待てしばし事とはん沖の白波まだ立たぬ間に　(四二七)

「渡らでただに帰」った河を、「舟待てしばし」と舟で渡ろうとするかのような、一つの場面が読み取れる。この後には、「かのと」(四二八)、「ね、うし、とら、う、たつ、み」「むま、ひつじ、さる、とり、いぬ、ゐ」(四三〇)と、十干と十二支が続く、これらの物名題を配列することによって、おそらく時の流れを表現しようとしたのであろう。そして物名巻末におかれるのは「四十九日」を詠み込んだ歌である。

四十九日　　　　　　　　　　輔相
秋風の四方の山よりおのがじしふくに散りぬる紅葉かなしな　(四三一)

秋風に散る紅葉に、死後の霊魂が現世と来世の間を彷徨う「かなしさ」を象徴している。この巻末歌は、巻頭歌の「紅梅」と符合する内容と考えられないだろうか。

紅梅　　　　　　　　　　読人不知
鶯の巣作る枝を折りつればこうばいかでか生まむとすらん　(三五四)

紅梅に春告げ鳥の鶯を取り合わせ、さらに、歌の内容は鶯の巣作りと産卵を案じている。生命の誕生を案じる歌といえよう。物名巻は鶯の巣作りと産卵を案じるという生命の誕生を危ぶむ歌で始められ、死後の霊魂が彷徨う中陰の期間を題にして、散り行く紅葉を悲しむ歌で終わっている。そう解釈するならば、物名巻は、すべてが生成し消滅する無常の世の中、移り行く自然の現象、繰り返される日々の生活と卑近な雑事、それらを描くべく配列構成されていると考えられるのである。

五　『拾遺集』物名歌の表現

『拾遺集』の物名歌については、従来、物名題の通俗化、歌の内容の日常化という特徴が指摘されてきた。また、物名を詠み込む技巧的な側面に注目されることが多かった。しかし、『拾遺集』の物名歌には、集中の他の自然詠や恋歌、述懐歌に通じる詠風をも見出し得るのではないか。そのような観点から物名歌の表現を見ておきたいと思う。

次は「宇多院歌合」にも重出する一首で、『古今六帖』『伊勢集』にも所収されている歌である。

　かにひの花　　　　　　　　　　　　　　伊勢

わたつ海の沖なかに火のはなれ出でて燃ゆと見ゆるは海人の漁りか　（三五八）

歌合本文では十巻本、二十巻本ともに結句が「天つ星かも」(13)で作者は友則となっている。結句は、『古今六帖』では「あまの漁り火」、『伊勢集』では「あまの漁りか」と異同がある。(14)「宇多院歌合」は、貫之・忠岑等の古今撰者が出詠した物名歌合であるが、『古今集』物名巻には一首も採用されていない。このことから、『古今集』成立以後の歌合ではないかと考えられている。従って、作者は『古今集』成立を待たずに没した友則とすることは疑わしく、伊勢とする説が有力である。(15)

ところで、結句は、歌合や『拾遺抄』本文では「天つ星かも」（四八三）とあるのに対して、『拾遺集』は「海人の漁りか」との本文をとっている。(16)『拾遺集』の編纂意図が窺える本文といえよう。

遥かに広がる海を空に、また果てしない空を海に譬えることは多い。古来、両者は似通う風景として詠まれてきた。ここでも、夜の海上沖に点在する火を「天つ星かも」と見立てている本文は、そのような表現に連なるものである。しかし、『拾遺集』は、実際の景である「海人の漁りか」とする本文を採用している。見立ての面白さではなく、夜の海の遥か沖に燃える火を見ての驚きと、あれが漁り火なのかと知った、日常の小さな発見をそのまま表出した詠となっている。

次は、『拾遺集』初出歌人で、物名巻に最多入集している輔相の作である。

　あらふねのみやしろ　　輔相

茎も葉もみな緑なる深芹はあらふねのみや白く見ゆらん　（三八四）

『八雲御抄』巻第一に「藤六が多詠が中に、是は尤得レ体」[17]と賞賛された歌である。地中深く根ざした深芹の泥にまみれた長い根は、洗うと真っ白になる。葉と茎の緑に根の白さが映える。細い真っ白な芹の根は、汚れを祓い流した後のすがすがしい心の有り様、信心の象徴のようでもある。「みやしろ」を詠じた歌にふさわしい内容をも備えているといえよう。ありふれた小さな自然をも慈しむ、細やかな観察力が感じられる。

また、次の物名歌にも率直に人を恋う思いや素朴な日常感情があふれている。

　さはこのみゆ　　読人不知

あかずして別れし人の住む里はさはこの見ゆる山のあなたか　（三八七）

　まつたけ　　輔相

いとへどもつらき形見を見る時はまづたけからぬ音こそ泣かるれ　（三九七）

　とち、ところ、たちばな　　輔相

思ふどちところも変へず住みへなんたちはなれなば恋しかるべし　（四一六）

これらの詠には、物名という特別な詠法を用いつつも、『古今集』から変化展開しようとした『拾遺集』の歌風、ことに前節で考察した初出歌人の詠風に通うものが見出されるのである。

六　おわりに

『拾遺集』二十巻は、十巻の『拾遺抄』を基に増補されて成立したが、ただ、歌数が倍増されただけではない。両者の間には編集方針の修正や変更があり、『拾遺集』には、『拾遺抄』に見られない新機軸も打ち出されている。ことに『拾遺集』には『拾遺抄』にない巻名が見られる。その一つが物名巻である。『古今集』以降に盛行した、私家集や歌合における物名歌を拾遺するべく『拾遺集』は物名の部立を設けたと考えられよう。『拾遺抄』よりも、より広く多様な和歌の有り様を反映すべく編むという『拾遺集』の編纂方針が、物名巻には顕著に示されているのである。

また、『古今集』物名巻が整然と分類されていることに比べると、『拾遺集』の物名巻は混乱を呈しているかに見える。しかし、物名巻を詳細に見れば、物名が歌の内容とさまざまに関わり合い、各歌は「歌ことば」の連想によ り関連づけられており、人間を取り巻く自然や風物や日常生活の諸般様々な事柄を読み込む歌によって、人間世界の諸相を描き出していると考えられるのである。

さらに『拾遺集』の物名歌の表現については、『古今集』の物名歌よりも一層技巧的になっていることのみが強調されてきたが、平明な抒情という『拾遺集』歌風の特色をも併せもっていることを指摘した。多種多様な事物の名を如何に「歌ことば」の一部となし、和歌に詠み込むかにおいて、さまざまな試行錯誤を要する物名歌もまた「歌ことば」を重視する『拾遺集』の本質および表現の特色と無縁ではあり得ないのである。

注

（1）伊藤嘉夫「『物名』の生々流転」（『跡見学園大学紀要』第一号、昭和四三年三月）に詳しい。
（2）『新勅撰集』『続千載集』『新拾遺集』『新続古今集』にも物名の小部立がある。
（3）『日本歌学大系　別巻四』（風間書房、昭和五五年）所収本による。
（4）『俊頼髄脳』が初出例。「隠題」については、人見恭司「物名歌概念の変遷について―『隠題』という語を通して―」（『国文学研究』第九五号、昭和六三年六月号）に詳しい。
（5）「古今和歌集打聞」（『賀茂真淵全集　第九巻』続群書類従完成会、平成二年）所収による。
（6）深谷秀樹「『物名』の和歌―古今集・拾遺集を中心に―」（『日本文学文化』第二号、平成一四年六月）、深谷秀樹「拾遺集の物名歌と藤原輔相―食物を詠んだ歌をめぐって―」（『和歌文学研究』第八六号、平成一五年六月）に指摘されている。
（7）古谷範雄「『俳諧歌・物名歌』小考」（『和歌文学研究』第五七号、昭和六三年一二月）に詳しい。
（8）片桐洋一「拾遺抄から拾遺集へ」（片桐洋一編著『拾遺抄　校本と研究』〈大学堂書店、昭和五二年〉所収、後に片桐洋一著『古今和歌集以後』〈笠間書院、平成一二年〉所収）において『拾遺集』の配列の基本方針は「言葉による和歌の連続性」であると指摘されている。しかし、物名巻においては、この配列方法に反して「同じ作者の歌を一まとめにする方法」がとられたために、植物（一）動物虫（一）、植物（二）、地名、植物（三）動物（二）その他、と植物群を三分割するという結果になってしまったと分析されている。
（9）注（8）に指摘されている。
（10）『新潮日本古典文学集成　枕草子』（新潮社、昭和五二年）による。
（11）小町谷照彦校注『拾遺和歌集』（岩波書店、平成二年）の当該歌の脚注による。
（12）注（11）と同書による。
（13）萩谷朴著『平安朝歌合大成一　増補新訂』（同朋舎出版、平成七年）所収本文による。
（14）『私家集大成　中古Ⅰ』（明治書院、昭和四八年）所収「伊勢Ⅲ」（正保版歌仙歌集）による。

（15）注（13）所収の同歌合の解説による。
（16）定家本系の本文。ただし異本系統では「天つ星かも」の本文もある。
（17）『日本歌学大系　別巻三』（風間書房、昭和五二年）による。

第三章　『拾遺集』の影響と享受

『拾遺集』の後代和歌への影響については、未だ充分に研究されてはいない。『拾遺集』に続いて、白河天皇の下命により『後拾遺集』が編まれた。前代勅撰集を意識した題名である。ところが、古写本の題名及び序文中には『後拾遺和歌抄』とあることから、『拾遺集』ではなく、『拾遺抄』を意識した命名ではないかと言われてきた。さほど『拾遺集』よりも『拾遺抄』を重視する見方が大勢であったといえる。『後拾遺集』の仮名序を見ても、前代勅撰集として『拾遺集』に言及してはいるが、その何倍もの言辞・賞賛を公任の秀歌撰に費やしているのである。

本章では、『後拾遺集』が前代勅撰集として『拾遺集』を、あるいは『拾遺抄』を如何に意識していたかという問題を、『後拾遺集』仮名序の分析、両集に共通する歌人詠および四季歌の比較考察を通して考察する。さらに、和歌史上における『拾遺集』評価を逆転させた藤原定家の秀歌撰と実作を取り上げて、定家の『拾遺集』享受の具体相を明らかにしたい。

第一節　『後拾遺集』仮名序と『拾遺集』

一　はじめに

従来、『後拾遺集』と『拾遺集』との関連は、ほとんど論じられることがなかった。ただし、『拾遺抄』との関わりについては、名義をめぐる問題として取り上げられることが多かった。すなわち、古写本が『後拾遺和歌抄』と題していること、加えて仮名序に「名づけて後拾遺和歌抄といふ」と記されていることについて、藤原定家の『三代集之間事』に「通俊卿撰後拾遺之時雖立二十巻之部猶名後拾遺和歌抄　是猶庶幾抄名之故也(1)」という見解が提示されたことが発端となっている。『井蛙抄』にも「時の人集をさし置て、抄をもてなしけり。仍通俊卿後拾遺も集にはつかずして、抄につきて後拾遺抄と題せり(2)」と記されており、『古来風躰抄』や『東常縁聞書』等にも同様の説が受け継がれている。

後世には、代々の勅撰集の名義としては『後拾遺和歌集』が正しいと考えられ、北村季吟の『八代集抄』にも「後拾遺集の名目は只のちの拾遺集といふ事なるべし(3)」と記されているように、今度は『拾遺集』の後の撰集であることが、『後拾遺集』という命名の由来であるとされるようになる。

その後、上野理氏が『後拾遺集』の名義を考証(4)されて、次のような結論を提示された。すなわち、『後拾遺集』の本名が「後拾遺和歌抄」であること、さらに、「当時の人々には今度作られる撰集名は『後拾遺集』という暗黙の了解があった」との推論により、「『後拾遺』は三代集の伝統的な命名法を継承し、『抄』は『撰』や『集』を意味する当時の流行語を使用したにすぎな」いのであり、「『拾遺抄』を特別に意識した名称とする『三代集之間事』以来の考えは誤りであること、『拾遺集』『拾遺抄』もともに『拾遺抄』『拾遺集』と呼ばれた」と結論されている。「抄」に「特別深い意味があったとはおもわれない」とされ、「この名称に撰者の特別な意向をよみとろうとするのは危険だ」と提言されている。

ところが、定家の説は、その後も全く否定されたわけではない。犬養廉氏は「後続の勅撰集『金葉』『詞花』『千載』等の呼称に対し『拾遺抄』の後を襲うという本集の命名は三代集と分かち難く結びついた当代歌界の一般的風潮と撰者通俊の保守的立場を投影するものである(5)」とされ「『抄』の呼称は当時の『拾遺集』に対する『拾遺抄』の優位を暗示するものとして注目すべきである」と述べられ、また、近刊の冷泉家時雨亭叢書所収の『後拾遺集』影印本に付された後藤祥子氏の解説にも、「編纂の当初、直に先立つ勅撰集としては『拾遺集』二十巻よりも公任の『拾遺抄』十巻の方が権威があり(『古来風躰抄』)、巻数は『拾遺集』に拠りつつ標題を『拾遺抄』に倣ったものと考えられる(6)」と述べられているのである。

ところで、上野氏も指摘されるごとく、『拾遺抄』という呼称が、必ずしも十巻本の『拾遺抄』を呼ぶとは限らないという例が存在することが問題をさらに複雑にしている。

『紫式部日記』には、道長から彰子にいわゆる三代集が贈られたと記されているが、「古今・後撰集・拾遺抄、その部どもは五帖につくりつつ、侍従の中納言・延幹と、おのおの冊子ひとつに四巻をあてて書かせ給へり(7)」とあるように、明らかに二十巻本の『拾遺集』を『拾遺抄』と呼んでいるのである。

また、『後拾遺集』の仮名序には『拾遺集』と記される一方で、目録序には「和歌者我国習俗、世治則興、平城天子修万葉集、花山法皇撰拾遺抄(8)」と記されている。名称として、『拾遺抄』と『拾遺集』との区別は厳密ではなかったことの反映と考えるしかない例である。

このように『後拾遺集』と『拾遺抄』あるいは『拾遺集』との関わりについては、名義をめぐる考察に始まったといえる。しかし、『後拾遺集』は『拾遺抄』と『拾遺集』のいずれを継承するのかという問題をめぐって、『後拾遺集』の内容面からの検討が行われることはなかったのである。

そこで、本節では、『後拾遺集』と『拾遺集』との継承関係を考察する第一歩として、『後拾遺集』の仮名序を取り上げて、そこに記された『拾遺集』への言及を分析・考察する。

二　『後拾遺集』仮名序の記述

『後拾遺集』編者が『拾遺集』をどのように見ていたのかを考えるにあたって、まず、仮名序における『拾遺集』に関する記述を見ておこう。仮名序において『拾遺集』の名を記す箇所は次の三箇所である。

①しきしまのやまと歌あつめさせ給ふことあり、拾遺集に入らざるなかごろのをかしきことのは、もしほぐさかき集むべきよしをなむありける

②散り散りになることのは書き出づる中に、いそのかみふりにたることは拾遺集にのせて一つものこさず

③又、花山法王はさきのふたつの集に入らざる歌をとりひろひて拾遺集となづけ給へり

①は『後拾遺集』の仮名序中の、白河天皇の撰進の勅命として記された一文である。撰集に際しては、まず、前代の『拾遺集』が念頭にあったことがわかる。これは、後述する『古今集』が「万葉集の他の歌廿巻を撰びて」、また『後撰集』が「古今和歌集に入らざる歌二十巻を撰びいでて」とあるように、前代勅撰集の歌は除くという一般的な方針を示すものであった。ただし、「なかごろの」歌という撰歌範囲の時代の上限があわせて示されている

ことに注意したい。この時代については、後に「天暦のすゑ」以降と、さらに具体的に示されている。②では『拾遺集』には、ことに古き歌については余さず収められていることが強調されている。前引の「なかごろ」「天暦のすゑより」とあったことを考え合わすならば、『拾遺集』には、古き歌は丹念に収集されているが、天暦以降の歌については見落としも多いということになる。この点については、撰歌範囲の問題として後述する。[9]

③にあげたのは『万葉集』を含めて、四代の前代勅撰集について書かれている箇所である。『万葉集』については「かの集の心は、やすきことをかくしてかたきことをあらはせり、そのかみのこと今のよにかなはずしてまどへるものおほし」とすでに難解な集となっていることを記すが、『古今集』と『後撰集』についての記述を、『拾遺集』についての記述と比べてみよう。

《古今集》延喜の聖の帝は万葉集の他の歌二十巻を撰びて世に伝へ給へり、いはゆる今の古今和歌集これなり

《後撰集》村上のかしこき御代にはまた古今和歌集に入らざる歌二十巻を撰びいでて後撰集と名づく

《拾遺集》花山法王はさきのふたつの集に入らざる歌をとりひろひて拾遺集と名づけ給へり

まず、下命者について比べてみると「延喜の聖の帝」「村上のかしこき御世」「花山法王」と記されており、花山院だけは名のみで褒め言葉がない。また、巻数について『古今集』と『後撰集』はともに、二十巻であることが記されるが、『拾遺集』のみは巻数も明記されず、ただ「歌をとりひろひて」と記される。この箇所のみからすれば、十巻本の『拾遺抄』を『拾遺集』と呼んでいた可能性も残ることになる。とまれ『拾遺集』に関する記述は『古今集』と『後撰集』に比べてかなり疎であるといえよう。

次に、これらの勅撰集評に続けて、公任の秀歌撰の一々を取り上げて言及している条を見てみよう。

ⓐ みそぢあまり六つの歌人をぬきいでて、かれがたへなる歌ももちあまりいそぢを書きいだし

ⓑ 十あまり五つがひの歌を合はせて世に伝へたり

ⓒしかるのみにあらず、やまともろこしのをかしきこと二巻を撰びて、ものにつけことによそへて人の心をゆかさしむ

ⓓここのしなのやまと歌を撰びて人にさとし

ⓔわが心にかなへる歌ひとまきを集めて深き窓にかくす集といへり

ⓕ今もいにしへもすぐれたる中にすぐれたる歌を書き出して、こがね玉の集となむ名づけたる、そのことば名にあらはれて、その歌なさけ多し

いうまでもなくⓐは『三十六人撰』、ⓑは『十五番歌合』、ⓒは『和漢朗詠集』、ⓓは『九品和歌』、ⓔは『深窓秘抄』、ⓕは『金玉集』である。これらの公任の秀歌撰に関する記述については、「たへなる歌」、「人の心をゆかさしむ」、「人にさとし」、「心にかなへる歌」、「すぐれたる中にすぐれたる歌」、「そのことば名にあらはれて」、「その歌なさけ多し」等とあるように、すべての集について賞賛しているのであるが、さらに、これらの秀歌撰すべてに対して、「おほよそこのむくさの集は、かしこきもいやしきも、しれるもしらざるも、たまくしげあけくれの心をやるなかだちとせずといふことなし」と言葉を尽くして激賞しているのである。通俊の公任に対する尊崇のほどが窺える。

このような、通俊の公任に対する評価を見るならば、仮名序中の『拾遺集』を、花山院の命により公任が撰した十巻本『拾遺抄』を指していると考えることは、『拾遺集』に関する記述があまりにもそっけなさ過ぎることにより、不自然であるという他はない。

また、『後拾遺集』の撰歌範囲と『拾遺集』との関係についても触れておきたい。前述したように、従来は前代勅撰集の入集歌を除くというのが通常であったが、『後拾遺集』が撰歌範囲をさらに明確に絞ったことは斬新な編集方針といえよう。撰歌範囲を「拾遺集に入らざるなかごろのをかしきことのは」として、具体的には「天暦のす

ゐより今日にいたるまで、世は十つぎあまり一つぎ、年は百とせあまりみそぢ」の範囲に限り、さらに、「古今後撰二つの集に歌入りたるともがらの家の集をば……これに除きたり」と、『古今集』『後撰集』の歌人を除外し、『拾遺集』初出歌人を上限とするという方針を打ち出したのである。三代集を通じて最多入集を果たした歌聖貫之の歌も除外するという、思い切った方針といえよう。

ここで、注目すべきは、前代勅撰集の中で、『拾遺集』とのみは撰歌範囲も撰歌対象となる歌人も重なることである。仮名序によれば、通俊は『拾遺集』を「ふりにたること」は「ひとつものこさず」「とりひろひ」たる集であるが、天暦以降の歌については「とりひろひ」残していると考えていた。すなわち、「今」の歌を中心に、『拾遺集』の「とりひろひ」残した歌を「かき集む」ことが、『後拾遺集』の撰歌方針であったといえよう。とするならば、『拾遺集』との内容的な関わりは如何なるものであったのかの解明が必要となってくるのである。

三　『後拾遺集』に入集する『拾遺集』歌人

次に『後拾遺集』における『拾遺集』歌人の占める比重を見ておこう。〈表1〉は『後拾遺集』の歌人総数と『拾遺集』既出の歌人、『後拾遺集』初出歌人の数、および、両者の歌数を比較したものである。

〈表1〉

	総数	総歌数
後拾遺歌人	三二一名	一二一八首
拾遺既出歌人	三六名	三九八首
後拾遺初出歌人	二八八名	七六四首

〈表1〉によれば、『拾遺集』既出歌人の数は全体の約一割にすぎないが、所収歌数では既出歌人の歌数は総歌数の約三割となる。『拾遺集』既出歌人は一人あたりの歌数が多いことがわかる。この傾向は、『後拾遺集』の特色といえるかどうかを知るために〈表2〉を作成した。なお、『拾遺集』における前代歌集には『万葉集』を含めた。

〈表2〉

『拾遺集』

入集歌数	前代既出	拾遺初出
一〇首以上	八名	七名
九～五首	九名	八名
四～二首	一八名	二九名
一首	二〇名	九一名

『後撰集』

入集歌数	古今既出	後撰初出
一〇首以上	八名	三名
九～五首	一一名	八名
四～二首	一五名	四六名
一首	八名	一二一名

『後拾遺集』

入集歌数	拾遺既出	後拾遺初出
一〇首以上	一五名	一一名
九～五首	九名	二四名
四～二首	七名	九四名
一首	五名	一五九名

このように、他の勅撰集における前代歌人の比率と比べると、『後拾遺集』における『拾遺集』歌人の比重の大きさがわかる。しかも、前代勅撰集としては『拾遺集』の歌人だけである事からすれば、前代歌人の詠歌を重んじる傾向は『後拾遺集』が最も顕著であるといってよいだろう。この表からは、歌風形成においても『拾遺集』歌人の詠歌が大きな役割を果たしていたことが予測されるのである。

では、『後拾遺集』には、『拾遺集』歌人のどのような歌が撰ばれているであろうか。次に『後拾遺集』に撰ばれた『拾遺集』既出歌人三六名とその入集歌数および部立ごとの歌数を一覧してみることにする。

もちろん、『拾遺集』歌人といっても『拾遺集』成立後に、むしろ長い活躍時期を持つ歌人も少なくない。生没年不明の歌人もいるので厳密性を欠くが、およそ『拾遺集』の成立時に生存していたかどうか、あるいは『拾遺集』成立以後の時代にも活躍する等により二分してあげた。なお、（　）内には各部立ごとの歌数を示した。ただし春夏秋冬は「季」、雑春と雑秋は「雑季」として一括した。

〈表3〉

（A）『拾遺集』成立時に没している歌人

	『後拾遺集』入集歌数（部立毎歌数）	『拾遺集』入集歌数（部立毎歌数）
能宣	二六（季一九、恋四、雑二、旅一）	五六（季一七、雑季六、恋六、雑恋一、雑七、賀八、別四、神楽八、哀傷二）
元輔	二六（季一一、恋六、雑五、賀二）	四八（季九、雑季一〇、恋三、雑恋一、雑六、雑賀七、賀四、別一、物名一、神楽三、哀傷二）
兼盛	一七（季一〇、恋三、雑一、賀三）	三八（季一四、雑季三、恋四、雑一、賀四、別三、物名一、神楽六、哀傷三）
重之	一四（季三、恋二、雑六、賀一、旅一、哀傷一）	一三（季五、雑季二、恋二、別一、物名二、神楽一）
実方	一四（恋三、雑八、哀傷三）	七（季一、雑季一、恋四、哀傷一）
道信	一一（季一、恋七、雑一、別二）	二（哀傷二）
恵慶	一一（季五、恋一、雑三、別一、旅一）	一八（季一〇、雑季二、雑恋一、雑三、物名一、神楽一）
好忠	九（季七、恋一、雑一）	九（季二、雑季四、恋一、雑一、別一）
道綱母	七（恋二、雑五）	六（季一、恋一、雑一、雑賀二、哀傷一）
徽子	七（季二、雑五）	五（雑三、恋一、雑賀一）
義孝	七（恋一、雑二、哀傷四）	三（雑季一、雑賀二）
兼家	四（恋三、別一）	二（雑二）
順	三（雑一、賀一、哀傷一）	二七（季七、雑季二、恋五、雑恋一、雑二、賀一、別一、哀一）

安法	二（季一、雑一）	三（季一、雑季一、神楽一）
為頼	二（季一、雑一）	五（季一、雑二、別一、哀一）
朝光	二（雑一、哀一）	四（雑二、雑賀一、哀傷一）
貴子	二（恋一、雑一）	一（雑賀一）
望城	一（季一）	一（季一）
為基	一（雑一）	四（雑一、恋一、哀傷二）

（B）『拾遺集』成立後に生存した歌人

	『後拾遺集』入集歌数（部立毎歌数）	『拾遺集』入集歌数（部立毎歌数）
和泉式部	六八（季一七、恋二二、雑二三、旅一、哀傷五）	一（哀傷一）
赤染衛門	三二（季八、恋五、雑一三、賀二、別一、旅一、哀傷二）	一（別一）
道済	二二（季九、恋四、雑四、別三、旅二）	一（雑一）
長能	二〇（季九、恋五、雑五、別一）	七（季三、雑季三、雑恋一）
公任	一九（季八、恋一、雑八、賀一、別一、旅一）	一五（季三、雑季五、雑一、雑賀二、別一、哀傷三）
輔親	一三（季一、恋四、雑六、賀一、別二）	一（雑季一）
馬内侍	一二（季一、恋三、雑八）	四（雑季一、恋二、雑一）
嘉言	一〇（季四、恋一、雑二、別一、賀一、哀傷一）	三（雑季一、雑一、別一）
高遠	八（季三、恋一、雑二、旅一、哀傷一）	一（秋一）
選子	七（季一、雑四、別一、哀傷一）	一（哀傷一）
兼澄	七（季二、恋一、雑一、賀二、別一）	一（神楽一）

小大君	五（季一、雑三、賀一）	三（雑季一、恋一、雑賀一）
道長	五（季二、雑三）	二（雑季一、雑賀一）
具平	二（季一、雑一）	四（雑季三、雑一）
相方	一（雑一）	一（哀傷一）
頼光	一（恋一）	一（恋一）
為政	一（雑一）	一（雑季一）

このように『拾遺集』歌人の内、一首歌人は五名、他の歌人は複数以上の歌が撰ばれている。『後拾遺集』における『拾遺集』歌人の和歌を重視する傾向は明らかである。さらに、その部立を見ると、『後拾遺集』は、『拾遺集』歌人の四季歌を多く採歌している事がわかる。

『後拾遺集』に四季歌が撰ばれているのは二五名である。そのうち、三首以上撰ばれている歌人一三名について、さらに『後拾遺集』収載の四季歌数と、（　）内に『拾遺集』の四季歌数（+洋数字は雑四季歌の数）を示して列挙すると次の通りである。

（A）能宣　一九（一七+6）　元輔　一一（九+10）　兼盛　一〇（一四+3）　好忠　七（二+4）
恵慶　五（一〇+2）　重之　三（五+2）
（B）嘉言　四（〇+1）　和泉式部　一七（〇）　長能　九（三+3）　道済　九（〇）
公任　八（三+5）　赤染衛門　八（〇）　高遠　三（一）

和泉式部、赤染衛門、道済は、『拾遺集』には各一首しか入集していず、しかもいずれも四季歌ではないために比較不可能であるが、その他の歌人は、両集ともに四季歌がよく採歌されていることがわかる。それらの詠は、『後拾遺集』の四季歌の約三割を占めている。『後拾遺集』四季歌において『拾遺集』歌人の果たした役割は小さくないといえよう。さらに、四季部に入集しない歌人九名の『後拾遺集』所収歌の部立ごとの歌数を示すと次の通りである。

実方（恋3、雑8、哀傷3）、道綱母（恋2、雑5）、義孝（恋1、雑2、哀傷4）、兼家（恋3、別1）、順（賀1、雑1、哀傷1）、朝光（雑1、哀傷1）、相方（雑1）、頼光（恋1）、貴子（恋1、雑1）

このうち、義孝、兼家、朝光、相方、頼光、貴子の六名は『拾遺集』でも四季部には（雑四季部にも）入集しない。なお、道綱母に関しては、『後拾遺集』が『蜻蛉日記』の和歌、兼家関係の和歌のみに注目したためと考えられる。このように、歌人ごとに何らかの撰歌基準が存したことが推察されるのである。両集に共通歌人する歌人詠については、さらに比較・考察する必要があるが、本節では、『後拾遺集』の撰歌に際して、大枠では『拾遺集』と同じ傾向が認められることを指摘しておきたい。

四　おわりに

以上、仮名序の検討に端を発し、『後拾遺集』における『拾遺集』既出歌人の比重を見てきた。『後拾遺集』の四季歌に多く採歌されている歌人は、能宣、元輔、兼盛、恵慶、好忠、長能、公任、道済の八名であるが、そのうち能宣以下の六名は『拾遺集』においても四季歌が多く撰ばれている。公任と道済は『拾遺集』成立以後も活躍した歌人である。すなわち、和歌作品の出揃っていた歌人については、『拾遺集』と同じ方針で撰歌したことがわかる。この『拾遺集』歌人を重視し、同種の歌を撰歌するといった方針は、『後拾遺集』歌風にどのような影響をもたらしているのかが次に問題となる。

そこで、次節では、四季歌を中心に取り上げ、歌語や歌題を比較検討することによって、『後拾遺集』と『拾遺集』との継承関係についての考察を行いたい。

なお、『後拾遺集』の仮名序の記述だけからは、仮名序にいう『拾遺集』が、二十巻本『拾遺集』を指しているとする確証はない。次節以降において、両集の和歌を具体的に比較検討する過程で、この問題についても明らかにしてゆきたい。

注

（1）野口元大翻刻解説「三代集之間事」（小沢正夫編『三代集の研究』明治書院、昭和五六年）による。

（2）『日本歌学大系　第五巻』（風間書房、昭和五二年）による。

（3）『北村季吟古註集成31』（新典社、昭和五四年）による。

（4）「後拾遺集の本名とその意味」（『古典遺産』第一一号、昭和三七年一一月）。後に『後拾遺集前後』（笠間書院、昭和五一年）所収。

（5）犬養廉「後拾遺和歌集」（『平安朝文学史』〈明治書院、昭和四〇年〉）、後に『平安和歌と日記』（笠間書院、平成一六年）所収。

（6）後藤祥子『後拾遺和歌集』解題（冷泉家時雨亭叢書、朝日新聞社、平成一〇年）による。

（7）『新日本古典文学大系』（岩波書店）による。

（8）『後拾遺和歌集　日野本』（古典研究会叢書第二期、昭和四八年）による。

（9）ただし、諸本により異文がある箇所である。藤本一恵著『後拾遺和歌集とその研究　太山寺本』（桜楓社、昭和四六年）および犬養廉・平野由紀子・いさら会著『後拾遺和歌集新釈』（笠間書院、平成八年）によれば、八代集抄本、陽明文庫蔵乙本、二十一代集本には「古今後撰拾遺」、陽明文庫蔵伝為家卿筆本には「後撰古今拾遺」とあり、三代集の順に揺れがある。太山寺本、田中家旧蔵本歴史民俗博物館本にも「拾遺集」とあることから、『新編国歌大観』（底本は宮内庁書陵部本〈四〇五―八七〉）の本文に従った。

第二節　『後拾遺集』と『拾遺抄』および『拾遺集』
――四季歌の比較分析を中心に――

一　はじめに

前節で述べたごとく、『後拾遺集』の本来の書名は『後拾遺和歌抄』であり、その命名は『拾遺抄』を庶幾し倣ったものとする見方が長らく行われてきた(1)。近年、上野理氏が「集」と「抄」の相違には意味がないとの見解を提示されたが(2)、その後も『後拾遺集』の解説類には、なお従前の説が引用されることも少なくない(3)。

一方、三代集に対して『後拾遺集』の新しさを論ずる研究において、各事例の萌芽が『拾遺集』に見出されるという指摘がなされている。しかし、『後拾遺集』と『拾遺集』との関わりの検討や『後拾遺集』が『拾遺抄』を庶幾したかどうかの検証は未だ充分に行われていない。

例えば、『後拾遺集』の夏部においては「暑さ」を詠じた歌が出現し、「納涼」を主題とする歌が多く収められているが、その先例として『拾遺集』夏部に「ゆくすゑはまだとほけれど夏山の木の下かげぞたちうかりける」（一二九・躬恒）や「松影のいはゐの水をむすびあげて夏なきとしと思ひけるかな」（一三一・恵慶）等があることが指摘されている(4)。この二首は『拾遺抄』に既出の歌でもある。そして『拾遺集』は躬恒と同じ発想の貫之詠「夏山の影をしげみやたまぼこの道行く人も立ちとまるらん」（一三〇）を増補している。納涼詠は『拾遺抄』以来の歌題であるといえる。また、後述するように『拾遺抄』にはなく『拾遺集』になって増補された歌に、前代勅撰集にない新しい歌材や歌題が見出せる例もある。このように『拾遺抄』から『拾遺集』への増補の跡を辿ることにより、両集の相違点が明らかになる場合がある。

『後拾遺集』が清新な自然詠を多く含み、歌題が増加することについては夙に指摘されている。(5) また、前節において、『拾遺集』歌人の詠が『後拾遺集』の四季部に集中していることを指摘した。本節ではこの点に注目し、『後拾遺集』の四季歌において新たな歌材として詠まれたものを取り上げ、三代集および『拾遺抄』の歌材との比較検討を通して、『後拾遺集』が『拾遺抄』あるいは『拾遺集』のいずれと関わりが深いかについての考察を行いたい。

二　『後拾遺集』四季部の歌材

三代集を通して見るとき、『後拾遺集』において用例の増える歌語の先例が『拾遺集』に見出せる場合が少なくない。(6)

そこで、『拾遺集』との関わりを見るために、『後拾遺集』の四季部に詠まれている歌材の中で、『古今集』『後撰集』の四季部には詠まれていないものを抜き出すことにする。その一覧が〈表1〉である。（　）内には『後拾遺集』の歌番号を示した。

〈表1〉

植物	菖蒲（208・210・211・212・213）、浅茅（236・270・271・281・302・306）、葦（9・42・44・49・219・418）、桃（128・129・130）、楢（169・231）、岩つじ（150・151）、庭桜（122・148）、朝顔（317）、さいたづま（149）、白樫（363）、水草（75）、真菰（206）、蓬（273）、杣（273）

虫・動物	鈴虫（267・268・269・272）、千鳥（387・388・389）、鷹（267・393）、きぎす（17・47・394・395）、鶉（302・303）、水鶏（170）、鷗（420）、しなが鳥（408）、春駒（46）
その他	網代（385・386）、汀（9・419）、堰（176・377）、埋火（402）、泉（233）、庭たづみ（209）、卯杖（33）、炭釜（401）、扇（237）、狩（47）、網（41）

『後拾遺集』において歌群を成している菖蒲、桃（花）、鈴虫等の多数の歌材が、『古今集』『後撰集』の四季部には見出せないのである。

次に右の『後拾遺集』の歌材の中で、『拾遺集』の四季部には詠まれているものをあげると〈表2〉のようになる。（　）内に『拾遺集』の歌番号を示した。

〈表2〉

植物	菖蒲（108・109・110・111）、浅茅（62）、庭桜（61）、朝顔（155）、水草（108）、真菰（114）、葦（223）、白樫（252）
虫・動物	千鳥（186・224・238）、鈴虫（179）、きぎす（21）
その他	狩（163・164・165・166）、網代（216）

歌番号を一覧してわかるように、一例しかないものが多く、複数の詠歌例のある千鳥も歌群を成すには至っていない。その中で、『拾遺集』において菖蒲や狩を詠む歌は、三首乃至四首の歌群を成している。〈表1〉と〈表2〉からは『拾遺集』の四季部に新しく登場する歌材が、『後拾遺集』において四季部の主題となって歌群を構成している例の存することがわかるのである。

さらに、〈表1〉から〈表2〉にあげたものを除いた歌材の中で、三代集の四季部以外に用例のあるものを初出歌集ごとに三分類してあげてみよう。（ ）内に三代集とその歌番号を示した。

〈表3〉

ア	岩つつじ（古今495）、鶉（同972）、楢（古今997、後撰1182・1183）、春駒（古今1045、拾遺1185）
イ	炭釜（後撰1257）、鷹（後撰1171・1215、拾遺410・419・1101・1230）、汀（後撰1170、拾遺454・465・571・1172・1175）、扇（後撰1330、拾遺311・1088・1089・1187）
ウ	泉（拾遺291・444・1164）、桃（同288・1030）、網（同595・1060）、杣（同605）、蓬（同1203）、水鶏（同822）、しなが鳥（同586）、堰（同548）庭たづみ（同1254）

　アの『古今集』初出例が四例、イの『後撰集』初出が四例に対して、ウの『拾遺集』初出のものが九例である。イにあげた『後撰集』初出の例も、『拾遺集』において用例が増加する傾向のあることがわかる。なかでも、ウの桃（花）が、『後拾遺集』春下の冒頭に新しく設けられた歌群の主題になっていることは注目されてよいだろう（この点については後述する）。これらの例から、『後拾遺集』の四季部が『拾遺集』と関わりの深いことが窺えよう。それでは、『後拾遺集』と『拾遺抄』との関係はどうであろうか。

　いうまでもなく『拾遺集』は『拾遺抄』を基に増補して成立したものである。また、増補の際にも『拾遺抄』の方針に沿って行われていることが多々ある。そのために、後代への影響を考える際に、両集いずれの影響かを弁別し難いものが少なくない。例えば、歌材に注目すると三通りの場合に分類することができる。まず、『拾遺抄』の四季歌には用例があるが、『拾遺集』が増補した四季歌にはない場合、次に、『拾遺抄』の四季歌には用例がなく、『拾遺集』が増補した四季歌にある場合、そして、『拾遺抄』と『拾遺集』増補歌ともに四季歌に用例がある場合である。前の二つの場合は、『拾遺集』か『拾遺抄』か、どちらの影響かは明らかであるが、最後の場合は分明ではないといえる。最後にあげた場合が多いのだが、その中には、先にも述べたごとく、『拾遺抄』から『拾遺集』にかけて、どのような歌が増補されたのかを丹念に辿ると、すなわち、部立（季節）が異なる場合や四季部以外の歌をも勘案するならば、両集の相違が見出せる場合がある。そこで、次節以下、個々の具体例に即して考察したい。

三　『後拾遺集』と『拾遺抄』

まず、鈴虫と千鳥とを詠む歌を取り上げて考察したい。いずれも『古今集』『後撰集』の四季部には詠まれておらず、『拾遺集』において四季部の歌材となり、『後拾遺集』では歌群を成しているものである。『拾遺集』四季部のこれらの例は、『拾遺抄』既出歌にも用いられているから、『拾遺抄』と『後拾遺集』との関わりを考える好例となろう。

『後拾遺集』秋部の鈴虫詠四首を見てみよう。

　　鈴虫の声をききてよめる　　　　　　　　　　大江公資朝臣
とやかへりわがてならししはし鷹のくるときこゆる鈴虫の声　（二六七）
　　　　　　　　　　　　　　　　　　　　　　前大納言公任
としへぬる秋にもあかず鈴虫のふりゆくままに声のまされば　（二六八）
かへし　　　　　　　　　　　　　　　　　　　　四条中宮
たづねくる人もあらなん年をへてわがふるさとの鈴虫の声　（二六九）
　（題知らず）　　　　　　　　　　　　　　　大江匡衡朝臣

秋風に声よわりゆく鈴虫のつひにはいかがならんとすらん　（二七二）

この四首はいずれも虫歌群中に置かれているが、ことに二六七〜二六九番歌の三首については、鈴虫の声を詠むことに注目されて歌群にまとめられたとの指摘がなされている。(7) 鈴虫は『古今集』では四季部以外にも用例はないが、『後撰集』の雑四には、次にあげる一首がある。(8)

むかしを思ひいでて、むらのこの内侍につかはしける

左大臣

鈴虫におとらぬねこそなかれけれ昔の秋を思ひやりつつ　（一二八七）

詞書に「むかしを思ひいでて」とあるように、懐旧の思いで泣く自分の泣き声と比較されるものとして鈴虫の声は詠まれており、一首の主題として詠まれているのではない。鈴虫を四季の歌材とするのは、次の『拾遺集』秋部におかれた虫歌群中の一首、一七九番歌である。

廉義公家にて、草むらの夜の虫といふ題をよみ侍りける

藤原為頼

おぼつかないづこなるらん虫のねをたづねば草の露やみだれん　（一七八）

前栽に鈴虫をはなち侍りて

伊勢

いづこにも草の枕を鈴虫はここをたびとも思はざらなん　（一七九）

屏風に

貫之

秋くればはたおる虫のあるなへに唐錦にも見ゆる野辺かな　（一八〇）

題知らず

よみ人知らず

契りけん程や過ぎぬる秋の野に人松虫の声のたえせぬ　（一八一）

この四首のうち、一七九、一八〇番歌が『拾遺抄』に既出の歌であり、一七八、一八一番歌が『拾遺集』の増補歌である。鈴虫を秋の歌材として四季部に組み入れたのは『拾遺集』は鈴虫詠を増補してはいない。一七九番歌は鈴虫の声そのものは詠んでいないが、詞書によると、前栽に鈴虫を放ったのは、その音色を賞玩するためであり、鈴虫を擬人化して優しく呼びかけた歌である。

『古今集』『後撰集』には鈴虫の例はないものの、『古今集』以来、秋の虫は、秋部の重要な歌題であった。三代集および『後拾遺集』において虫を詠じた歌群を一覧しておこう。

『古今集』一〇例（一九六～二〇五）　松虫……四例、蟋蟀……二例、蜩……二例、虫……二例

『後撰集』一四例（二五一～二六三）　松虫……五例、蜩……四例、蟋蟀……二例、蛍・秋虫・虫……各一例

※二五五番歌は蜩と松虫の両方を詠む

『拾遺集』　四例（一七八～一八一）　虫・鈴虫・機織虫・松虫……各一例

『後拾遺集』八例（二六六～二七三）　鈴虫……四例、虫……二例、松虫・蟋蟀……各一例

『拾遺集』の虫歌群の歌数が四例と少ないのは、秋部が一巻しかないことによると考えられるが、前述したごとく、鈴虫と機織虫を詠む二首（一七九、一八〇）が『拾遺抄』既出歌であり、『拾遺集』は「虫のね」と「松虫の声」を詠じた二首（一七八、一八一）を増補している。

　そして、『後拾遺集』秋部には、八首の虫歌群が置かれており、そのうちの半数の四首が鈴虫を詠む歌で、うち三首が連続し、これで一つの歌群を構成しているのである。『後拾遺集』は『拾遺抄』の鈴虫詠に注目し、それを歌群にまで拡げた例といえよう。

　次に、『拾遺集』以降四季歌の歌材となった千鳥の例を取り上げる。千鳥は『拾遺抄』既出歌と『拾遺集』増補歌のいずれの四季歌にも詠まれている。同じ景物を詠み込んだ歌を増補するにあたって、『拾遺集』独自の方針は

あったのかどうか、また『拾遺抄』との方針との相違があるとすれば、いずれが『後拾遺集』との関わりが深いか、について考察する。『後拾遺集』冬部に置かれている勅撰集初の千鳥歌群から見てゆこう。

俊綱朝臣讃岐にて綾河の千鳥をよみ侍りけるによめる　藤原孝善

霧はれぬあやの川辺になく千鳥声にやとものゆくかたをしる　（三八七）

永承四年内裏歌合に千鳥をよみ侍ける　堀川右大臣

さほがはの霧のあなたになく千鳥声はへだてぬものにぞありける　（三八八）

相模

なにはがたあさみつしほにたつ千鳥うらづたひする声きこゆなり　（三八九）

三首ともに千鳥の声を詠む歌が集められ作られた歌群で、通俊が工夫を凝らした歌群であることが指摘されている。(9)確かに前代の勅撰集においては千鳥は「鳴く」とは詠まれているが、「声」の語は詠まれていない。『古今集』に千鳥の例は賀部に次の二例が存するのみである。

（題知らず　よみ人知らず）

しほの山さしでの磯にすむ千鳥きみがみ世をばやちよとぞなく　（三四五）

（内侍のかみの右大将藤原朝臣の四十賀しける時に、四季の絵かける後ろの屏風にかきたりける歌　素性法師）

秋

千鳥なくさほの河霧たちぬらし山のこのはも色まさりゆく　（三六一）

前者は千鳥の鳴き声と「八千代」とを掛けた賀歌である。後者は屏風の絵柄が秋の景であり、屏風歌も秋の景を詠んでいるが、詞書に記されているように四十賀の屛風の歌であるために、秋部の歌としてではなく、賀歌として所収されたのである。『後撰集』には千鳥の例はなく、浜千鳥が恋部に四例、雑部に一例あるが、恋人の声や姿、筆跡の比喩として詠まれており、いずれも季節とは結びついていない。『拾遺集』冬部には冬の夜や夕暮れに河原で鳴く千鳥を詠じる歌二首がある。いずれも『拾遺抄』既出歌である。

題知らず　　　　　　　　　　　　貫之
思ひかねいもがりゆけば冬の夜の河風さむみ千鳥なくなり　（二二四）

題知らず　　　　　　　　　　　　紀友則
ゆふさればさほの河原の河霧にともまどはせる千鳥なくなり　（二三八）

二二四番歌の後には、一首おいて水鳥の歌群（二二六〜二三二）が配置されており、二二四番歌は水鳥歌群への展開の歌といえよう。後者の二三八番歌は、前後の歌が高砂の鶴（二三七）と末の松山の雪（二三九）であり、歌枕と冬の景物とを組み合わせた歌群中に置かれた一首である。この二首は配列位置も離れており、千鳥の歌群を成すには至っていないが、千鳥が『後拾遺集』において冬の歌材となる萌芽と捉えることができるであろう。ところが、『拾遺集』で増補された千鳥詠は次の一首で、冬部ではなく秋部に配列されている。

右大将定国家屛風に　　　　　　　忠岑
千鳥なくさほの河ぎり立ちぬらし山のこのはも色かはりゆく　（一八六）

この歌は、前引の『古今集』賀部の三六一番の素性法師歌と同一の歌である。『拾遺集』は『古今集』とは別資料によったものであろうか、『古今集』と違って「右大将定国家屛風に」という簡略な詞書を付し、作者名も素性法師から忠岑に変わり、部立も賀から秋に変更して採歌している。本文も「山のこのはも色かはりゆく」と木の葉の色の変化に季節感を込め、以後の紅葉歌群へ展開していく一首にふさわしい歌となっている。そして、『拾遺集』

では、千鳥を冬の歌材とする歌は増補されなかったのである。

『後拾遺集』は冬の川辺の水鳥を詠む『拾遺抄』の千鳥詠に注目して、冬部に千鳥を主題とする歌群を設けたと見てよいであろう。少なくとも『拾遺抄』の歌よりも『拾遺集』の増補歌の方が、『後拾遺集』の千鳥歌群に影響を与えたとは考え難い。千鳥の例は、鈴虫の例とともに、『後拾遺集』が『拾遺抄』の方の影響を受けていることになり、従来の『拾遺抄』尊宗説を補強する根拠となり得るものである。

四　『後拾遺集』と『拾遺集』増補歌

ところが、『拾遺抄』以降に四季歌の歌材として定着したと見られる例の中にも、むしろ『拾遺集』で増補された歌との影響関係があると考えられるものがある。浅茅と菖蒲の例である。

浅茅の例から見てみよう。『後拾遺集』において浅茅は歌群を構成してはいないが、用例も多く、『後拾遺集』の秋を特色づける重要な歌材といってよい。浅茅は「拾遺集以降、露や虫の音を組み合せられて秋歌に登場する」(10)ことが指摘されている。勅撰集における浅茅の用例は、四季部以外の例も含めると、『古今集』三例、『後撰集』二例、『拾遺集』四例で、『後拾遺集』では一三例と急増している。『後拾遺集』の一三例のうち、四季部に見える六例(六首)はすべて秋歌である。その中の四首をあげておく。

(秋立つ日よめる)　　　　恵慶法師

浅茅原たままくくずのうら風のうらがなしかる秋はきにけり　(二三六)

題知らず　　　　平兼盛

浅茅生の秋のゆふぐれなく虫はわがごとしたに物やかなしき　(二七一)

禅林寺に人人まかりて山家秋晩といふ心をよみ侍りける　源頼家朝臣

くれゆけば浅茅が原の虫のねもをのへの鹿も声たてつなり　（二八一）

題知らず　源時綱

きみなくてあれたる宿の浅茅生にうづらなくなり秋のゆふぐれ　（三〇二）

二七一、二八一、三〇二番歌のように、『後拾遺集』において浅茅は、虫や鶉の鳴き声の響く、物悲しい秋の夕暮れの情趣、あるいは荒れ果てた情景を表現する景物として詠まれている。ところが、三代集の秋部には浅茅を詠んだ歌はない。『古今集』の「浅茅」三例は、すべて恋部にある。

（題知らず　よみ人知らず）

浅茅生の小野のしの原しのぶとも人しるらめやいふ人なしに　（恋一・五〇五）

（題知らず　よみ人知らず）

おもふよりいかにせよとか秋風になびく浅茅の色ことになる　（恋四・七二五）

あひしれりける人のやうやくかれがたになりけるあひだに、やけたる茅の葉に文をさしてつかはせりける　小町が姉

時すぎてかれ行く小野の浅茅には今は思ひぞたえずもえける　（恋五・七九〇）

五〇五番歌では「小野のしの原」の景として浅茅が詠まれているが、「しのぶ」を導き出すための序詞中にあるために、その印象は薄く、季節感も希薄である。七二五番歌では心変わりした恋人の心情に結びついて詠まれ、七九〇番歌では男の寵愛を失った自分の比喩として詠まれている。七二五歌では秋風になびく浅茅が詠まれてはいるものの、「色ことになる」ものの喩えとして詠まれているのであり、秋の浅茅の景色を詠むことに主眼があるので

はない。『後撰集』の二例も恋部に収載されている。

人につかはしける　　源等朝臣

浅茅生の小野のしの原忍ぶれどあまりてなどか人のこひしき　（恋一・五七七）

大和守に侍りける時、かの国の介藤原清秀がむすめをむかへむとちぎりて、おほやけごとによりてあからさまに京にのぼりたりける程に、このむすめ真延法師にむかへられてまかりにければ、国に帰りてたづねてつかはしける　　忠房朝臣

いつしかのねになきかへりこしかども野辺の浅茅は色づきにけり　（恋四・八七三）

この二首は、五七七番歌が前引の『古今集』五〇五番歌を、八七三番歌が同じく七二五番歌を踏まえて詠まれている。五七七番歌では浅茅は序詞中に詠まれ、八七三番歌には、鹿の音が掛詞によって詠み込まれており、秋の景であることが前提になってはいるものの、「野辺の浅茅」は心変わりした女性の比喩となっている。いずれも『古今集』の歌と同工であるといってよい。しかし、『拾遺集』では浅茅を詠み込んだ歌は恋部には見られない。次にあげるように、春、雑下、雑秋、雑賀にそれぞれ一首が見られる。

あれはてて人も侍らざりける家に、桜のさきみだれて侍りけるを見て　　恵慶法師

浅茅原ぬしなき宿の桜花心やすくや風にちるらん　（春・六二）

題知らず　　人麿

山高みゆふ日かくれぬあさぢ原後見むためにしめゆはましを　（雑下・五四六）

題知らず　　人麿

秋風のさむくふくなるわが宿の浅茅がもとにひぐらしもなく　（雑秋・一一一三）

東三条にまかりいでて、雨のふりける日　　承香殿女御

雨ならでもる人もなきわが宿を浅茅が原と見るぞかなしき　（雑賀・一二〇四）

六二、一二〇四番歌は『拾遺抄』既出歌である。五四六、一一一三番歌は人麿作となっており、『拾遺集』において大幅に増補された人麿歌のうちの二首である。この四首のうち、四季部に入集しているのは六二番歌の『拾遺抄』既出歌のみである。浅茅が四季部の歌材となるのは『拾遺抄』以降であり、一見、『後拾遺集』は『拾遺抄』に拠ったともいえそうである。

ところが、『拾遺抄』に既出の六二番歌は春部に置かれ、浅茅は荒れ果てた「ぬしなき宿の」景物として詠まれている。先に引用したごとく、『後拾遺集』の浅茅は「浅茅生の秋のゆふぐれ」（二七二）、「浅茅が原の虫のね」（二八二）、「浅茅生にうづらなくなり秋のゆふぐれ」（三〇二）と詠まれており、秋の景として定着しているという点で、『拾遺抄』とは相違がある。そして、『拾遺集』増補歌の一一一三番歌は雑秋に収められているが、秋風や蜩の鳴き声と取り合わせて浅茅が秋の光景として歌われており、四季の秋部に入れてもよい一首である。詳細に見れば、秋の歌に景物として浅茅を詠むのは『拾遺集』の増補歌（一一一三）からである。従って『後拾遺集』秋部における浅茅詠の増加と秋の景物としての固定化は、『拾遺集』の増補部分からの展開として捉えられるのである。

『拾遺集』の雑四季部（雑春・雑秋）については、『拾遺抄』の雑部を細分化して成立した部立であることが指摘されており、[11] 純粋な四季歌とは区別されて考えられることが多い。[12] しかし、この浅茅詠のごとく四季部にあっても違和感のない歌も少なくない。また『拾遺抄』に対する『拾遺集』の独自性を窺い得る巻でもある。その意味で、浅茅の例が示すように、『後拾遺集』の清新な四季歌が、『拾遺抄』の四季部よりも『拾遺集』が増補した雑四季部の延長上に位置づけられる例があることは注目すべきであろう。

もう一例、あやめ草の場合を見てみよう。あやめ草は『古今集』では恋部冒頭の有名な一首「ほととぎす鳴くや五月のあやめ草あやめも知らぬ恋もするかな」（四六九・読人知らず）があるのみである。序詞中に詠み込まれているあやめ草は、時鳥とともに夏を代表する景物として詠み込まれてはいるが、「あやめも知らぬ」を導き出すために用いられているに過ぎない。続く『後撰集』には用例はない。『拾遺集』になると夏部に四例が見出せ、次のようにあやめ草歌群を構成している。＊印は『拾遺抄』既出歌である。

延喜御時歌合に　　　よみ人知らず
五月雨はちかくなるらし淀河のあやめの草もみくさおひにけり　（一〇八）
屏風に　　　大中臣能宣
＊昨日までよそに思ひしあやめ草けふわが宿のつまと見るかな　（一〇九）
題知らず　　　よみ人知らず
けふ見れば玉のうてなもなかりけりあやめの草のいほりのみして　（一一〇）
延喜御製
＊葦引の山ほととぎす今日とてやあやめの草のねにたてて なく　（一一一）

あやめ草は『拾遺集』以来、夏の歌題となったのであるが、この歌群について、『拾遺抄』から『拾遺集』への増補状況を見てみよう。前引の『拾遺集』四首のうち『拾遺抄』既出歌は二首であったが、両首の『拾遺抄』における配列位置を見るため、その前後の四首を次にあげる。

北の宮の裳着の時の屏風に　　　公忠朝臣
行きやらで山ぢくらしつほととぎすいまひと声のきかまほしさに　（六九）
屏風に　　　大中臣能宣

＊昨日までよそにおもひしあやめ草けふ我が宿のつまと見るかな　（七〇）
題知らず　延喜御製
＊あしひきの山ほととぎす今日とてやあやめの草のねにたてて鳴く　（七一）
よみ人知らず
たが袖におもひよそへてほととぎす花橘の枝に鳴くらむ　（七二）

『拾遺抄』の夏部の大半は、時鳥詠（六一～六九、七二～七五、七八～八〇）が占めており、七〇番歌の前には九首、七一番歌のあとには四首の時鳥詠が連続して置かれている。その中に位置する七一番歌は時鳥の歌ともいえよう、さらに、七〇番歌は六九番歌と同じく屏風歌であり、屏風の絵柄の取り合わせから、同じ季節の景物として時鳥歌群の間に置かれたと見ることができる。

このような『拾遺抄』に見られるあやめ草詠に対し、『拾遺集』では、『拾遺抄』既出の二首に加えて、あやめ草（あやめの草のいほり）を主題に詠んだ一〇八、一一〇番歌を増補し、あやめ草歌群を設けている。そして、『後拾遺集』では先の〈表1〉に示したように、二〇八～二一三番歌まで五首のあやめ草歌群が形成されているのである。

このように、あやめ草は『拾遺抄』以来、夏の景物として詠まれているが、『拾遺集』で増補されることにより、夏部の主要な歌題となったのである。『拾遺抄』から『拾遺集』への増補が、『後拾遺集』への展開の相として捉えられることを物語る例である。

五　『後拾遺集』各巻頭歌と『拾遺集』増補歌

『後拾遺集』四季部の巻頭歌の歌題は、おおよそ三代集の四季部の巻頭歌を踏襲しているといえよう。例えば、

『後拾遺集』春上巻の巻頭歌「いかにねておくるあしたにいふことぞ昨日をこぞと今日を今年と」（一・小大君）は、前代勅撰集とは異なる点として、暦日的展開が重視された配列による立春を主題としない元旦詠であることが指摘されている[13]。とはいえ、『古今集』の春上巻の巻頭歌「年の内に春はきにけりひととせをこぞとやいはむ今年とやいはむ」（一・元方）を意識して巻頭に置かれたことは明らかである。『後撰集』の春上巻の巻頭歌も詞書に「正月一日」とあるように元旦詠である点では『後拾遺集』の先例といえる。

また、『後拾遺集』夏部の巻頭歌「桜色にそめし衣をぬぎかへて山ほととぎす今日よりぞまつ」（一六五・和泉式部）は、『古今集』の夏部の巻頭歌「我が宿の池の藤波咲きにけり山ほととぎすいつかきなかむ」（一三五・読人知らず）の歌題の時鳥と、『後撰集』夏部巻頭歌（一六五・和泉式部）および『拾遺集』夏部の巻頭歌（七九・能宣）の歌題、更衣を組み合わせたものといえる。『後拾遺集』秋上巻の巻頭歌（二三五・読人知らず）の歌題の秋風、冬部冒頭歌（三七七・公任）の歌題の紅葉は、ともに三代集すべての秋・冬部巻頭歌の主題である。このように、『後拾遺集』の春上・夏・秋上・冬各巻の巻頭歌を歌材と歌題から見れば、古今以来の四季部の各巻頭歌を踏襲しているといってよい。ところが、『後拾遺集』の春下巻と秋下巻の巻頭歌はそうではない。そして、そのいずれもが、『拾遺集』の増補歌と関わりがあるのである。

まず、『後拾遺集』春下巻の冒頭の桃花歌群の例から見てゆきたい。

三月三日桃の花をご覧じて　花山院御製
みちよへてなりけるものをなどてかは桃としもはたなづけそめけん　（一二八）
天暦御時御屏風に桃の花ある所をよめる　清原元輔
あかざらば千代までかざせ桃の花花もかはらじ春もたえねば　（一二九）
世尊寺の桃の花をよみはべりける　出羽弁

ふるさとの花のものいふよなりせばいかに昔のことをとはまし　（一三〇）

『後拾遺集』の春部は、上巻に一、二月、下巻に三月の歌を配置するという構成をとることが指摘されているが[14]、三月三日という暦日と結びついた桃花は、『後拾遺集』の春部を上下巻に分かつ重要な歌題であった。しかも、桃花は前代勅撰集においては春部の歌題とはならなかった花である。しかし、〈表3〉に示したように、『古今集』『後撰集』には四季部以外の用例がないが、『拾遺集』には次にあげる例がある

亭子院歌合に　　躬恒

みちとせになるてふ桃の今年より花さく春にあひにけるかな　（賀・二八八）

題知らず　　よみ人知らず

咲きし時猶こそ見しか桃の花散ればをしくぞ思ひなりぬる　（雑春・一〇三〇）

前者は『拾遺集』賀部に置かれており、『拾遺抄』の賀部にも既出する歌である。漢の武帝が西王母からもらったという三千年にひとたび実る不老長寿の桃の実の故事を踏まえて、長寿を予祝した歌である。この一首の「亭子院歌合」における歌題は「二月」、作者は是則となっているが（十巻本）、この歌に番わされた「きつつのみなくぐひすのふるさとは散りにし梅の花にざりける」は、鶯と梅花を詠んでおり、桃花は詠み込まれていない。因みに歌合では二八八番歌は負となっている。『拾遺抄』および『拾遺集』は、この歌の「みちとせ」という歌語に主眼を置いて、賀部に配置したのであろう。

後者は雑春部の歌で、『拾遺集』増補歌である。二八八番とは異なり、桃の花の美しさを詠じて花の散ることを惜しむ歌である。雑春部に置かれてはいるが、四季部にあっても違和感を抱かせない歌といってよい。該歌は、延長八年（九三〇）以前の開催といわれる「近江御息所歌合」の歌で、歌合の題も「桃花」である。この歌合が桃花を題とした最初の歌合であることからすれば、『後拾遺集』の撰者が春部に桃花を歌題とする歌を収載しようとし

たときに、採歌資料として着目した歌合であったろう。

この四季歌と見てもおかしくない一〇三〇歌が、『拾遺集』に増補されたことは注目してよいと思われる。『後拾遺集』が春部に桃花歌群を新しく設ける際に、『拾遺集』増補歌から示唆を与えられたと考えられるからである。この例は、『後拾遺集』が『拾遺抄』のみならず『拾遺集』をも継承していると考えられる根拠の一つになるであろう。

さらに、『後拾遺集』秋部下の冒頭に置かれている擣衣歌群について見ると、『拾遺集』と『後拾遺集』との関係が明らかになる。この擣衣歌群は勅撰集では『後拾遺集』が初出である。次にあげるように、『後拾遺集』の擣衣詠は三首とも同じ歌合から採歌している。

永承四年内裏歌合に擣衣をよみ侍りける　　中納言資綱

から衣ながき夜すがらうつ声にわれさへねでもあかしつるかな　（三三五）

伊勢大輔

さ夜ふけて衣しでうつ声きけばいそがぬ人もねられざりけり　（三三六）

藤原兼房朝臣

うたた寝に夜やふけぬらんから衣うつ声たかくなりまさるなり　（三三七）

いうまでもなく擣衣は漢詩に由来する語であり、擣衣の音を「うつ声」とするのも、『和漢朗詠集』の擣衣の題で所収された有名な白居易の句「千声万声無了時」や李白の詩に由来する表現であるが、古今時代から擣衣は和歌にも詠じられており、『貫之集』にも次の歌がある。

延喜十三年十月内侍屏風の歌、内のおほせにて奉る

月夜に衣うつ所

から衣うつ声きけば月清みまだねぬ人を空にしるかな　（二二五）

『古今和歌六帖』では「衣うつ」の項目が立てられており、貫之や素性等の五首（三三〇一〜三三〇五）が収められている。『源順集』にも「月夜に衣うつ処」を詠んだ屛風歌（一八〇）が収められている。また、『故侍中左金吾（頼実）家集』には、長久三年（一〇四二）閏九月に行われた臨時の歌会で詠んだ擣衣題の歌（八一）が収められている。『後拾遺集』の採歌資料となった永承四年（一〇四九）「内裏歌合」では、歌合としては初めて擣衣が題となったが、その後、天喜六年（一〇五八）に「丹後守公基朝臣歌合」においても擣衣は題となっている。

十番　擣衣　左持

よとともに衣うつなるおとにこそ人まつ宿はしるくきこゆれ

右

秋風のふきしまさればから衣うつ声あまたきこゆなるかな

これらの擣衣歌と比べてみると、『後拾遺集』の三首は、いずれも「うつ声」によって「寝」られぬことを詠じている点で[15]、前引の貫之歌の発想を踏まえたものであることがわかる。『後拾遺集』時代には、擣衣はすでに貫之以来の和歌の世界の歌題としても定着していたが、擣衣詠の先例として貫之歌が尊重されたものと考えられる。そして、勅撰集における擣衣の初出例[16]は、次にあげる『拾遺集』秋部に増補された貫之の一首（一八七）である。

延喜御時の御屛風に　　貫之

風さむみわがから衣うつ時ぞ萩の下葉も色まさりける　（一八七）

この歌は、『貫之集』の詞書によれば、「延喜六年、月次の屛風八帖が料の歌四十五首、宣旨にてこれをたてまつる廿首」の中の一首で、「衣うつ」とあって擣衣を詠んでいるが、『拾遺集』においては、下句に詠じられた萩の下葉の紅葉によって、前後の歌と連関を持つ紅葉歌群中の一首となっている[17]。擣衣を主題とする歌としては扱われていないのであるが、勅撰集における擣衣の初出例であることに変わりはない。

そして、この歌が『拾遺抄』既出歌ではなく、『拾遺集』が増補した歌であることは注目すべきであろう。『古今集』『後撰集』、そして『拾遺抄』にも撰ばれることのなかった貫之の擣衣詠を撰歌し、増補した『拾遺集』の方針を、『後拾遺集』が受け継ぎ、擣衣歌群にまで展開したものと考えられるのである。

六　おわりに

以上、四季歌を中心に取り上げて、『後拾遺集』と三代集および『拾遺抄』とを比較検討することを通して、『後拾遺集』と『拾遺集』とに共通する歌材・歌題を中心に考察してきた。その結果、『古今集』以来に用例はあるが、『拾遺集』において初めて心情の比喩としてよりも、四季の自然感情とより密接に結びついて用いられるようになった歌材が、『後拾遺集』では新たな歌群を構成する例が見られた。さらに、それらの『後拾遺集』四季部の新しい主題や新趣向の中心となった歌材の先例を、『拾遺抄』既出歌と『拾遺集』増補歌に分けて考察した結果、『後拾遺集』は『拾遺抄』よりも『拾遺集』を受け継いでいる諸例があることを明らかにし得た。

ことに、『後拾遺集』春下巻巻頭の桃花歌群、秋下巻巻頭の擣衣歌群のように、『後拾遺集』において新たに設けられた歌群の先例が、『拾遺集』増補歌に見出せることは、『後拾遺集』が、『拾遺集』を重んじたことを示すものと考えられる。そして、このことは、『後拾遺集』に影響したと見られる『拾遺抄』既出歌についても、『後拾遺集』撰者は『拾遺集』を通して見ていた可能性を示唆するものとも考えられるのである。

もちろん、『後拾遺集』仮名序において公任の鑑識眼を賞賛し、彼の秀歌撰を絶賛している通俊が『拾遺抄』を読まなかったとは考え難い。しかし、四季歌の歌材と歌題の比較検討によって見てきた限りでは、通俊が、『拾遺抄』を尊重して『拾遺集』を軽視したという古来の見解には従い難い。通俊は『拾遺抄』のみならず『拾遺集』をも『後拾遺集』編纂の資料として精読し、大いに参考にしていたと考えられるのである。

『後拾遺集』は、初めて撰歌範囲の上限を明確に規定した勅撰集である。仮名序には「拾遺にいらざるなかごろのをかしき」歌を撰べという勅命が記され、具体的には「天暦のすゑより今日にいたるまで」の「古今・後撰ふたつの集に歌入りたるともがらの家の集をば……これにのぞきたり」と記されている。すなわち、前代勅撰集の中で、『拾遺集』とのみ時代・歌人ともに重なるのである。『古今集』『後撰集』からの展開が、『拾遺集』と『後拾遺集』とに共通して見られたことも、両集が同じ歌人グループの和歌から撰歌したためであるといえよう。『後拾遺集』は三代集に対して和歌史の転換期に位置すると見られてきたが、むしろ『拾遺集』に近く位置すると考えられる。『後拾遺集』とすれば、『後拾遺集』と『拾遺集』との継承関係については、両集に共通する歌人の和歌が多く採録されていることとの関わりにおいて考察する必要がある。この問題については次節で論じたい。

注

（1）藤原定家の『三代集之間事』に「通俊卿撰後拾遺之時雖立二十巻之部猶名後拾遺和歌抄　是猶庶幾抄名之故也」（小沢正夫編『三代集の研究』〈明治書院、昭和五六年〉所収）とあり、『井蛙抄』にも「時の人集をさし置て、抄をもてなしけり。仍通俊卿後拾遺も集にはつかずして、抄につきて後拾遺抄と題せり」（『日本歌学大系　第五巻』〈風間書房、昭和五二年〉所収）とある。

（2）上野理「後拾遺集の本名とその意味」（『古典遺産』第一一号、昭和三七年一一月）。後に「後拾遺和歌集の名義」（『後拾遺集前後』〈笠間書院、昭和五一年〉所収）。

（3）『新日本古典文学大辞典』（岩波書店、昭和五九年）の「後拾遺集」の項には、「古写本では名称を『後拾遺抄』とするが、これは『拾遺抄』の影響か」とあり、同様の説について、久保田淳・平田喜信校注『新日本古典文学大系後拾遺和歌集』（岩波書店、平成六年）の解説にも「あるいはそのようなことであろうか」とある。

（4）川村晃生「歌人達の夏―暑気と涼気と―」（『藝文研究』第五五号、平成元年三月）、後に「歌人達の夏」（『摂関期和歌史の研究』〈三弥井書店、平成三年〉所収）。岩井宏子「納涼詠の生成をめぐって」（『古代中世和歌文学の研究』〈和泉書院、平成一五年〉所収）。

（5）風巻景次郎「八代集四季部の歌題に就いて」（佐々木博士還暦記念会編『日本文学論纂』〈明治書院、昭和七年〉所収）、後に「八代集四季部の題における一事実」（『風巻景次郎全集　第六巻』〈桜楓社、昭和四五年〉所収）に『後拾遺集』の四季部の歌題の著しい増加は「新古今集に匹敵する」と指摘されている。

（6）片桐洋一監修『八代集総索引　和歌自立語篇』（大学堂書店、昭和六一年）、『新編国歌大観（CD-ROM版）』によって検索したが、次の諸注釈書をも参考にした。犬養廉・平野由紀子・いさら会『後拾遺和歌集新釈』（笠間書院、平成八年）、久保田淳・平田喜信校注『新日本古典文学大系　後拾遺和歌集』（岩波書店、平成六年）、藤本一恵『後拾遺和歌集全釈』（風間書房、平成五年）、川村晃生校注『後拾遺和歌集』（和泉書院、平成三年）。

（7）鈴虫詠の「歌群れ」、「こゑ」との組み合わせについては武田早苗氏が「『後拾遺集』の撰歌意識と歌群構成の一方法」（『相模国文』第二七号、平成一二年三月号）において指摘・考察されている。

（8）「鈴虫」については、犬養廉・平野由紀子・いさら会『後拾遺和歌集新釈』（笠間書院、平成八年）の二六七番歌の「補説」に詳しい考察がある。

（9）「千鳥」と「声」との組み合わせ、私家集の用例についても、注（7）の論文に詳述されている。

（10）注（8）と同書に指摘されている。

（11）片桐洋一「『拾遺集』の組織と成立―『拾遺抄』から『拾遺集』へ―」（『和歌文学研究』第二二号、昭和四三年一月、後に『古今和歌集以後』〈笠間書院、平成一二年〉所収）。

（12）木越隆「表現から見た拾遺集雑四季歌の性格」（『文学・語学』第六二号、昭和四七年三月）。

（13）川村晃生「『後拾遺集』巻頭歌群をめぐって」（『和歌文学研究』第四二号、昭和五五年四月、後に『摂関期和歌史の研究』〈三弥井書店、平成三年〉所収）。

（14）武田早苗「後拾遺和歌集の四季部・恋部の構成について」（『横浜国大国語研究』第二号、昭和五九年三月）。
（15）『後拾遺集』の「擣衣」が「打つ声」とともに詠まれていることについては注（7）と同じ論文中に指摘されている。
（16）注（8）と同書に和漢の擣衣の用例についても指摘されている。
（17）小町谷照彦校注『拾遺和歌集』（岩波書店、平成二年）脚注による。

第三節　『後拾遺集』と『拾遺集』の編纂方法

――共通する歌人詠の比較を中心に――

一　はじめに

『後拾遺集』は、仮名序に「古今後撰二つの集に歌入りたるともがらの家の集をば……これに除きたり」と記すように、『古今集』『後撰集』に入集した歌人の家集は採歌源としないが、『拾遺集』歌人の家集からは採歌するという方針を打ち出している。撰者通俊は、『拾遺集』初出歌人の家集を前に、『拾遺集』の歌を除きつつ撰歌作業を進めたと考えられる。おそらく歌人ごとに、『拾遺集』入集歌と『後拾遺集』撰出歌とを見比べたに違いない。両集に共通する歌人の和歌を中心に比較することで、『後拾遺集』が『拾遺集』を如何に意識していたかを明らかにすることができるのではなかろうか。

前節では、四季歌の歌材・歌題の比較・分析を通して、『後拾遺集』が『拾遺集』を継承する側面を考察した。例えば、浅茅は『古今集』『後撰集』では恋歌の比喩として用いられていたが、『拾遺集』になると四季歌の歌材となり、『後拾遺集』の四季部においては秋の代表的な景物の一つとなったのである。このことを浅茅という歌材のみならず、歌人に注目すると、『拾遺集』の四季歌に浅茅を詠み込んだ唯一の例が恵慶の歌であり、『後拾遺集』秋部にも恵慶の浅茅詠が撰ばれていることがわかる。また、家集によれば、恵慶は何度も浅茅を詠んでいる。しかも、恵慶の例は、浅茅を四季の歌に詠む早い例である。『拾遺集』はそのような恵慶の浅茅詠に注目して四季部に採録した。そして『後拾遺集』も、また、恵慶の浅茅の歌を撰んで秋部に配し、さらに他の歌人達の浅茅詠をも採録し、浅茅を秋の重要な景物として位置づけたのである。

この例が示唆するように、両集に共通する歌人の詠歌に注目し、比較することによって、『後拾遺集』撰者が『拾遺集』を継承している一端を明らかにすることができると思われる。そのような観点から、本節では両集に共通する歌人の詠歌を取り上げて、『後拾遺集』と『拾遺集』との関わりを考察する。

二　共通歌人の類似表現

さて、『拾遺集』と『後拾遺集』に共通する歌人の歌を比較してみると、同じ発想や歌材（傍線部）、類似の歌句（点線部）が用いられた歌が撰ばれていることに気づく。

a　もみぢ葉をけふは猶見むくれぬともをぐらの山の名にはさはらじ　（拾遺集・秋・一九五・能宣）
もみぢせばあかくなりなむをぐら山秋まつほどの名にこそありけれ　（後拾遺集・夏・二三二・能宣）

b　女郎花にほふあたりにむつるればあやなくつゆや心おくらむ　（拾遺集・秋・一五九・能宣）
梅の花にほふあたりのゆふぐれはあやなく人にあやまたれつつ　（後拾遺集・春上・五一・能宣）

c　わがやどの梅のたちえや見えつらん思ひのほかに君がきませる　（拾遺集・春・一五・兼盛）
梅がかをたよりの風やふきつらん春めづらしく君がきませる　（後拾遺集・春上・五〇・兼盛）

d　山里は雪ふりつみて道もなしけふ来む人をあはれとは見む　（拾遺集・冬・二五一・兼盛）
雪ふりて道ふみまどふ山里にいかにしてかは春の来つらん　（後拾遺集・春上・七・兼盛）

e　春きてぞ人も訪ひける山里は花こそやどのあるじなりけれ　（拾遺集・雑春・一〇一五・公任）

山里の紅葉見にとや思ふらん散りはててこそ訪ふべかりけれ　（後拾遺集・秋下・三五九・公任）

f　ごふつくすみたらし河の亀なればのりの浮き木にあはぬなりけり　（拾遺集・哀傷・一三三七・選子）

のりのため摘みける花を数々に今はこの世のかたみとぞ思ふ　（後拾遺集・哀傷・五七九・選子）

g　にほ鳥の氷の関にとぢられて玉もの宿をかれやしぬらん　（拾遺集・冬・一一四五・好忠）

岩間には氷の楔うちてけり玉ゐし水も今はもりこず　（後拾遺集・冬・四二一・好忠）

もちろん同一歌人の歌であるから、同じ発想や類似の歌語・表現が用いられているのは当然ともいえよう。しかし、これらの例は、『後拾遺集』の撰者が、『拾遺集』を如何に意識していたかを窺い得る例といえる。詠み込まれた歌ことばを詳細に見ると、中には『後拾遺集』の先例としては、『拾遺集』以外にあまり例を見ない表現、すなわち、その歌人がいち早く好んで用いた表現があるからである。

能宣の歌から見てゆこう。能宣の家集は円融、花山の御代に二度にわって召されており[1]、『紫式部日記』にも、道長から彰子への贈り物の冊子として、三代集と「能宣、元輔やうのいにしへいまの歌よみどもの家々の集[2]」があったと記されている。能宣が重代の歌人として高い評価を得ていたことが窺われよう。『拾遺集』には能宣の歌が五九首入集しており、初出歌人中では最多である。『後拾遺集』仮名序には、能宣はじめ『後撰集』撰者をまとめて「むかし梨壺の五つの人といひて歌にたくみなるもの」と評価しているが、五人の入集歌数にはかなりの隔たりがあり、能宣と元輔の二人を重視していることがわかる。因みに能宣と元輔は二六首、順は三首、時文二首、望城は一首である。本章第一節でも述べたが、能宣の和歌は『拾遺集』『後拾遺集』ともに、四季部に多く撰ばれている。この点にも、両集の撰歌態度が似通っていることが窺えるのである。

さて、能宣のb歌に詠み込まれた「にほふあたり」という表現は、能宣以前には例が見出せない。かろうじて、次の類似例が見つかるのみである。

咲きにほふ花のあたりのつねよりもさやけかりけり秋の夜の月　（内裏前栽合・五）

千種ににほふ花のあたりにはもぎ木のやうにてまじりにくく侍れども……　（女四宮歌合・歌合日記）

前者は康保三年（九六六）に開催された村上天皇の「内裏前栽合」において、藤原朝成が詠んだ一首である。「咲きにほふ花」と秋の「月」とを組み合わせており、月を観賞しながらの前栽合にふさわしい歌となっている。同じ折りの歌に「月かげのさやかならずは秋ふかみ千種ににほふ花を見ましや」（一七）もある。この「にほふ」は視覚的な意味であろう。後者は、散文ではあるが、天禄三年（九七二）八月に行われた「女四宮歌合」の歌合日記中の一文である。秋の野に咲き乱れる花々という視覚的なイメージを伴う意味で用いられている。

「にほふあたり」は能宣詠が初出例であり、しかも、能宣の和歌には何度も詠まれている。

（屏風に…）同じところに人人のいへあり、前栽のもとに人

人などゐてはべるに

女郎花にほふあたりにむつるればあやなくつゆやこころおくらん　（能宣集・二三二）

人のもとにまかりてものなどいひて、女郎花ををりて簾の内

にさし入るとて

女郎花にほふあたりの野をしめて秋のよなよな旅寝をぞする　（同・二三七）

（ある人の歌合によみ侍りし）むめ

梅の花にほふあたりのゆふぐれはあやなく人にあやまたれつつ　（同・二六三）

能宣はよほどこの表現が気に入っていたのであろう、屏風歌や歌合歌としてのみならず、実生活での贈答歌でも詠じている。一首目が『拾遺集』に、三首目が『後拾遺集』に撰ばれたのである。この二首を見ると、まず「女郎花」と「梅の花」との相違がある。小町谷氏は一首目の拾遺集歌を「女郎花が色美しく咲いている辺り(3)」と視覚的

な意味に取っておられる。確かに、女郎花は色美しく咲く様子が詠まれることが多い。

女郎花にほふさかりを見る時ぞ我が老いらくはくやしかりける　（後撰集・秋中・三四七・読人不知）

ここにしも何にほふらん女郎花人の物言ひさがにくきよに　（拾遺集・雑秋・一〇九八・遍昭）

また、後の例ではあるが、『源氏物語』匂兵部卿の巻には、香の有無によって、梅の花と女郎花を対比的に記した条がある。すなわち、生まれつき芳香を身にまとう薫への対抗心から、薫物の調合に熱心な匂宮は、「御前の前裁にも、春は梅の花園をながめたまひ、秋は、世の人のめづる女郎花、小牡鹿の妻にすめる萩の露にも、をさをさ御心うつしたまはず(4)」とある箇所である。梅の花を好み、女郎花には見向きもしないというのであるから、女郎花は香りのない花というのである。また、『万葉集』や貫之の歌には、次のような歌がある。

手にとれば袖さへにほふ女郎花この白露に散らまくをしも　（万葉集・巻十・二一一五）

女郎花ふき過ぎてくる秋風は目には見えねど香こそしるけれ　（古今集・秋上・二三四・躬恒）

女郎花にほひを袖にうつしてばあやなく我を人やとがめむ　（貫之集・二八九）

最初の万葉歌は、諸注釈では女郎花の色が袖を染めると解釈されているが、この歌を踏まえている三首目の貫之歌では、香りが袖に移ると詠まれている。古今集歌にも女郎花の香が詠まれていることからも、貫之が万葉歌を袖に香が移ると解していた事が考えられる。そして、この貫之歌を踏まえたのが、前述の『拾遺集』所収の能宣の女郎花詠である。貫之詠とは「あやなく」という語も共通している。とすれば、能宣は、貫之詠をふまえて、女郎花の香を詠んだと考えられよう。

一方、梅の花はもちろん芳香で有名な花である。能宣以前には有名な次の歌がある。

宿近く梅の花植ゑじあぢきなく待つ人の香にあやまたれけり　（古今集・春上・三四・読人不知）

春の夜の闇はあやなし梅の花色こそ見えね香やはかくるる　（同・四一・躬恒）

『後拾遺集』の能宣の詠む梅の花の「にほふあたり」はまぎれもなく、古来、芳香で名高い梅の香に満ちた空間である。春の夕暮れの柔らかい光の中に馥郁とした香りが漂っているのであろう。「ゆふぐれ」は『後拾遺集』の四季歌に用例が急増する歌語である。『後拾遺集』の仮名序に記された撰歌基準「すがた秋の月のほがらかに、ことば春の花のにほひあるをば」に適う詠といえよう。

「にほふあたり」という歌句を、通俊は好んだのであろうか、『後拾遺集』の夏部にも次の歌が撰ばれている。

　またぬ夜もまつ夜もききつほととぎす花橘のにほふあたりは　（夏・二〇二・大弐三位）

また、『後拾遺集』には、桜の花の「にほふなごり」を詠んだ能宣詠も採録している。

　桜花にほふなごりにおほかたの春さへをしくおもほゆるかな　（春上・九六・能宣）

このように、集中に類似の表現を用いた歌が複数撰ばれていることからも、それらは『後拾遺集』撰者が好む表現であったと思われる。そして、その表現は既に『拾遺集』に存し、しかも、同一の歌人の和歌に詠み込まれているのである。『後拾遺集』撰者が如何に『拾遺集』を丹念に読んでいたかを物語る例である。

また、dとeは『後拾遺集』に急増した山里の詠である。『後拾遺集』に詠まれる山里観が『古今集』の山里のイメージとは異なっていることが注目されているが、山里のイメージが変化し始めるのは『拾遺集』からといわれている。すなわち、『古今集』の山里詠では、「春たてど花もにほはぬ山里はものうかるねに鶯ぞなく」（一五・棟梁）、「山里は冬ぞさびしさまさりける人めも草もかれぬと思へば」（三一五・宗于）、「白雪のふりてつもれる山ざとはすむ人さへや思ひきゆらむ」（三二八・忠岑）と詠まれるごとく、「隔絶された」「孤独な世界」「厳しい自然」という山里観が歌われている。『拾遺集』における変化については、小町谷照彦氏[5]や阪口和子氏[6]、笹川博司氏[7]が詳しく論じておられる。ここでは、『拾遺集』初出歌人の山里詠をあげておこう。

　とふ人もあらじと思ひし山里に花のたよりに人め見るかな　（春・五一・元輔）

山里は雪ふりつみて道もなしけふ来む人をあはれとは見む　（秋・二五一・兼盛）

山里の家ゐは霞こめたれどかきねの柳すゑはとに見ゆ　（雑春・一〇三一・嘉言）

一、二首目は、古今集的な山里の寂しさが前提となっているが、人が来る事の期待感が詠み込まれている点は、古今的な山里観からの展開といわれている。また、三首目の歌は『古今集』の山里観を脱した、叙景的な要素の強い歌といえる。『拾遺集』歌人ではあるが、後拾遺時代に活躍した道済の「ゆきとのみあやまたれつつ卯の花に冬こもれりとみゆる山里」（後拾遺・夏・一七七）に通う詠風といえよう。嘉言の歌は雑春に収められており、『拾遺集』増補歌である点は注意されるのであるが、『拾遺集』増補歌と『後拾遺集』との関係については、後述する。

さて、eの公任の山里詠を比べると、『拾遺集』と『後拾遺集』との撰歌態度が似通っていることがわかる。公任の歌二首に詠まれた山里は、いずれも花や紅葉の美しい場所、自然を観賞しに訪れる場所として詠まれている。『拾遺集』の「春きてぞ人も訪ひける山里は花こそやどのあるじなりけれ」（雑春・一〇一五）は、『古今集』の歌に詠まれた山里のイメージとは異なっている。そして、『後拾遺集』の歌「山里の紅葉見にとや思ふらん散りはててこそ訪ふべかりけれ」（秋下・三五九）も、また花や紅葉の美しい場所として山里を詠んでいる。この山里観が、『後拾遺集』初出歌人詠に受け継がれてゆくのである。

eの二首はいずれも、そのような山里に住む住人と花や紅葉等の自然とを対比して、都人は山の住人よりも美しい自然を尋ねることを優先するものだという発想によった歌である。そして、『拾遺集』の歌が宿の主の立場から「花こそ宿の主なりけれ」と来客を揶揄する歌であるのに対して、『後拾遺集』では客の立場から「紅葉見にとや思ふらん」と宿の主の心中を慮る歌である。対照的な歌といえよう。

ところで、公任が「山里」という語を好み、多く詠んだことはよく知られている。その中には次のように山里の美的な自然を詠じた歌も数多い。

山里の梅を思ふに雨降ればただにも散らで色やまさらん　（公任集・四）
卯の花の散らぬ限りは山里の木の下闇もあらじとぞ思ふ　（同・六八）
いづこにも秋はきぬれど山里の松ふくかぜはことにぞありける　（同・八一）

中古中世の私家集の中でも、『公任集』に山里の用例が極めて多いことが指摘されている。[8]『後拾遺集』撰者が、公任の歌を採歌する際に、家集以外を資料とした可能性も指摘されており、「山里の紅葉見にとや」の歌は『栄花物語』や『今昔物語』にも見える歌ではあるが、『後拾遺集』の公任の歌を現存の『公任集』はすべて所収するので、主に家集を資料にしたであろうことが認められている。[9]従って『公任集』に収められている数多の山里詠を撰者は見ていたと推測される。にもかかわらず、山里にすむ人との交流と自然美の観賞を対比して詠じたという『拾遺集』の歌と同想の歌を撰んだのである。『後拾遺集』の撰歌態度と、『拾遺集』の撰歌態度とは極めて近いものであったことを物語る例といえよう。

cの「君がきませる」という表現も兼盛が好み詠んでいるが、[10]他の歌人の詠には、ほとんど例を見ない表現である。兼盛以前の例としては、次にあげた類似の表現が見当たる程度である。

紐鏡のとかの山のたがゆゑか君きませるに紐とかずねむ　（万葉集・巻十一・二四二四）
うつつにか妹がきませる夢にかも吾かまとへる恋のしげきに　（同・巻十二・二九一七）
としがあひにまれにきませる君をおきてまたなはただじ恋はしぬとも　（躬恒集・二五〇）

そして、後世には有房の「梅」の歌や覚性法親王の「雪朝客来」を詠じた歌が見当たるが、いずれもおそらく兼盛詠を意識していると考えられる。

わが宿の梅はたちえもなきものを香をたづねてや君がきませる　（有房集・一五）
初雪の朝に君がきませるはあるじをとしも問ひこざるらん　（出観集・五八三）

また、fの大斎院選子内親王の和歌に用いられた「のり」という語は、勅撰集では『拾遺集』に初出で、『後拾遺集』には四例と増加する語である。『拾遺集』『後拾遺集』ともに、『発心和歌集』という最古の釈教歌集を編んだ選子内親王の歌と語に注目して撰歌したと考えられる。

gの「氷の関」と「氷の楔」は、好忠の歌にしか見出せない語であり、おそらく漢詩由来の好忠の造語であろうといわれている(11)。この好忠の二首については後述するが、各歌人の特徴的な語に注目するという『拾遺集』の撰歌態度を、『後拾遺集』もまた踏襲している例といえよう。

これらの例から、『後拾遺集』が『拾遺集』を如何に熟読していたかが窺えるのである。

三　『後拾遺集』の撰歌と『拾遺集』の増補

前述した例の中には、『後拾遺集』の撰者が『拾遺集』の増補歌についても注目していた例が見出せた。そこで、次に、『後拾遺集』と『拾遺集』増補歌との撰歌態度とを比較したい。とくに、独自の歌境を切り開いた歌人といわれる好忠の場合を取り上げて、『後拾遺集』と『拾遺集』増補歌との関わりを見ておこう。

好忠の歌は『拾遺抄』には三首採歌されていたが、『拾遺集』になると九首と大幅に増補されている。『後拾遺集』には九首撰ばれている。第一節において、表にして一覧したが、『拾遺集』の九首の部立を見ると、四季歌二首と雑季四首との合計六首が、いわば四季歌で、その他に別、雑下、恋三に各一首がある。その内、『拾遺抄』に既出する歌は、別、雑下、恋三の三首である。『拾遺抄』には好忠の四季歌は撰ばれていない。好忠の四季歌に注目したのは、『拾遺集』の新たな撰歌方針によるものである。因みに、『拾遺集』を親撰した花山院主催の歌合にも(12)好忠は出詠しており、花山院は好忠の歌を高く評価していたことがわかる。そのため、花山院は『拾遺抄』とは異なる撰歌方針で、好忠の歌を増補しているのである。

一方『後拾遺集』の好忠の歌九首の内訳は、四季歌七首、恋四と雑一に各一首である。四季歌に注目して多くを撰んでいる点は『拾遺集』増補の方針と同じである。撰歌された好忠歌を見ても、『後拾遺集』は、『拾遺抄』よりも『拾遺集』に近い詠風の歌を撰んでいる。

『拾遺抄』が撰んだ好忠詠三首から見てゆこう。

雁が音のかへるをきけばわかれぢは雲居はるかに思ふばかりぞ　（拾遺抄・別・一九七）

我がせこが来まさぬよひの秋風は来ぬ人よりもうらめしきかな　（同・恋上・二八二）

わがことはえもいはしろの結び松ちとせをふともたれかとくべき　（同・雑下・五一三）

いずれも伝統的な発想と歌詞を組み合わせたものである。一首目に詠まれた「雁が音」を聞き「雲居はるか」を「思ふ」と詠む先行歌は少なくない。躬恒の帰雁の鳴く声を聞いて旅立った人を思う歌「雁が音を雲居はるかにきくときは旅のそらなる人をしぞ思ふ」（躬恒集・三〇〇）があり、中務にも、おそらく屛風歌であろうが、詞書に「旅行く人あり、雁なく」と記す「ゆくをただ思ひやらなん雁が音のかへるこゑだにきかぬ雲居を」（一〇八）の例がある。

二首目の「秋風」と「来ぬ人」は、額田王の歌「君まつとあが恋ひをればわがやどのすだれうごかし秋の風ふく」（万葉集・巻四・四八八）以来、恋歌の常套的な組み合わせとなったものであり、『古今集』にも有名な同想の恋歌「こぬ人をまつゆふぐれの秋風はいかにふけばかわびしかるらむ」（恋五・七七七・読人不知）がある。

三首目は、有名な有間皇子の自傷歌「いはしろの浜松がえをひき結びまさきくあらばまたかへりみむ」（万葉集・巻二・一四一）と、この歌による長忌寸意吉麿の歌「いはしろの野中にたてる結び松こころもとけずいにしへおもほゆ」（万葉集・巻二・一四四）をふまえている。好忠はこれらの歌に詠み込まれた「結び松」を用いて、謎合に提出するなぞが、解け難いことを念じた歌（詞書には「謎々ものがたりし侍りける所に」とある）に転じている。いずれも、有名な先行歌をふまえて折にふさわしい歌に仕立てられたものである。

三首ともすべて伝統的な発想と歌詞とを組み合わせたものである。とくに二首目は、独創的な表現を用いた歌を多く含んでいる「三百六十首和歌」の一首であるが、『拾遺抄』が撰んだ一首は、「我がせこ」という万葉的な一語を用いている以外は、独創性の薄い歌といえよう。

次に『拾遺集』に増補された歌五首を見てみよう。すべて四季の歌であるが、部立をみると秋部二首、雑秋部に三首増補されている。

①　神なびのみむろの山をけふみればした草かけて色づきにけり　（秋・一八八）

②　まねくとて立ちもとまらぬ秋ゆゑにあはれかたよる花すすきかな　（同・二一三）

①の「神なびのみむろの山」の紅葉は『古今集』にも「神なびのみむろの山を秋ゆけば錦たちきる心地こそすれ」（秋下・二九六・忠岑）と詠まれている。ただし、木々の錦だけではなく「した草かけて色づきにけり」と下草の紅葉にまで着眼して詠じている点に、しかも、夏の景物として詠まれることが多い下草を、秋の歌に詠んでいる点に新味がある。

②も類歌は多く、「秋の野の草のたもとか花すすきほにいでてまねく袖と見ゆらむ」（古今集・秋上・二四三・棟梁）や「さとめてぞ《ママ》見るべかりける花薄まねくかたにや秋はいぬらん」（貫之集・五一六）等の同発想の歌がある。薄に「あはれ」と同情する点にやや新味がある。

秋部に増補された歌は新味の少ない歌といえよう。ところが、次にあげた『拾遺集』雑秋部に増補された三首を見てみると、古来の伝統的な和歌には見られない新しい歌ことばや表現を用いた和歌が撰ばれていることに気づく。

③　秋風は吹きなやぶりそわが宿のあばらかくせるくものすがきを　（雑秋・一一一一）

④ み山木をあさなゆふなにこりつめてさむさをこふるをののすみやき（同・一一四四）

⑤ にほどりの氷の関にとぢられて玉もの宿をかれやしぬらん（同・一一四五）

③に詠まれている「あばら」は好忠が初出である。しかも好忠が好んだ言葉らしく、繰り返し詠まれている。

かこはねどよもぎのまがき夏くればあばらの宿をおもかくしつつ（好忠集・一五八）

秋風はまだきなふきそわが宿のあばらかくせるくものいがきを（同・二三九）

ふけるとて人にも見せむきえざらばあばらの宿にふれるしらたま（同・四〇六）

「あばら」は「あばら屋」のかたちで以後の和歌に多用され、『夫木抄』の項目ともなっている。また、④に詠まれている「をののすみやき」は白楽天の「売炭翁」を踏まえているが、和歌においては好忠が初出である。⑤の歌に詠み込まれている歌材、凍る池と水鳥の組み合わせを詠んだ例としては次の和歌が見当たる。

あさ氷とけにけらしな水の面にやどるにほ鳥ゆききなくなり（順集・二一二）

うちとけてねだになかれず人めもる関のいはみづはやこほりつつ（惟規集・一九）

このように「氷」も「関」もめづらしい語ではないが、しかし、「氷の関」を詠んだ和歌の先行例は見当たらない。「氷の関」は、後述する「氷の楔」とともに和歌においては初出の例で、白詩の影響による好忠の造語であるといわれている。

そして、『後拾遺集』の好忠詠もまた、古来の和歌に例を見ない歌語を用いた歌が多い。

三島江につのぐみわたるあしのねのひとよのほどに春めきにけり（後拾遺集・春上・四二）

「三島江」はすでに『万葉集』に「三島江の玉江のこもをしめしよりおのがとぞ思ふいまだからねど」（巻七・一三四八）や「三島江の入り江のこもをかりにこそ我をば君は思ひたりけれ」（巻十一・二七六六）等と詠まれている。その後、『古今集』『後撰集』には詠まれていない。ところが、『拾遺集』が前引の万葉歌（一三四八）を人麿歌として再録したのである。そして、次の『後拾遺集』に好忠の三島江の歌が採歌され、前例のない斬新な春の景色を詠んだ歌として後代和歌に影響を与えた。

また「つのぐむ」は和歌にはほとんど用いられない語で、『人丸集』の国名歌に「むつのくに」の歌に例があるが、他には例を見ない。木越隆氏によって漢詩の語から影響を与えられた語、すなわち、和漢朗詠集の小野篁の詩文「碧玉寒蘆錐脱嚢」等に見られる表現によるものであることが指摘されている。下句の「ひとよ」は七夕の歌に多く詠まれ、恋の歌に使用例が多いが、一夜のうちに季節が到来すると詠む発想の先例は見当たらない。

さらに、『拾遺集』増補歌との関係を示す例として注目されるのは次の一首であろう。

岩間には氷の楔うちてけり玉ゐし水も今はもりこず（後拾遺集・冬・四二一）

この歌に用いられている「氷の楔」については、木越隆氏が、前引した『拾遺集』の好忠歌に用いられていた「氷の関」とともに漢詩由来の造語であると指摘されている。すなわち、白楽天の詩には造語と見られる「氷声」や「氷轍」の語があることから、白詩の造語法にならって好忠が創造した語であるというのである。『拾遺集』の好忠詠を意識して『後拾遺集』が撰歌したといえよう。

このように、『後拾遺集』の撰歌態度は、『拾遺抄』よりも『拾遺集』において増補された歌の撰歌態度に近いと考えられるのである。

五　おわりに

以上、『拾遺集』と『後拾遺集』とに共通する歌人の表現には類似の表現が多く見られることを指摘し、それらを比較・考察してきた。その結果、同じ歌人の和歌を撰歌するにあたって、『後拾遺集』は『拾遺集』の撰歌を参考にしていたと考えられる例が見出せた。

その中には『拾遺集』が増補した歌をも『後拾遺集』撰者は丹念に読んでいたと考えられる例が少なからずあった。また、『後拾遺集』の撰歌態度が、『拾遺集』が『拾遺抄』の和歌を増補する際の撰歌態度に通じる例が見出せたことは注目すべきである。『後拾遺集』は『拾遺抄』のみならず、二十巻本の『拾遺集』をも継承したことが明らかであるといえよう。

『拾遺集』における増補編纂は、『古今集』から『後拾遺集』に至る和歌史的展開に関わる問題として捉える必要があろう。

注

(1)『能宣集』（西本願寺本）の序文に「円融太上法皇の在位のすゑに、勅ありて家集をめす、今上花山聖代、また勅ありておなじき集をめす」とある。

(2) 山本利達校注『紫式部日記』（新潮社、平成四年）による。

(3) 小町谷照彦校注『拾遺和歌集』（岩波書店、平成二年）による。

(4) 石田譲二・清水好子校注『源氏物語　第六巻』（新潮社、昭和六三年）による。

(5)『古今集和歌集と歌ことば表現』（岩波書店、平成四年）。

(6)「後拾遺集時代の歌枕」（和歌文学論集編集委員会編『平安後期の和歌』〈風間書院、平成六年〉所収）。

(7)「『山里』の自然美の形成」（『平安文学の想像力』勉誠社、平成一二年）。

(8) 注（7）と同じ論文に指摘されている。

(9) 上野理著『後拾遺集前後』（笠間書院、昭和五一年）に考察されている。

(10)『兼盛集』には他にも「七夕のあかぬ別の悲しきに今日しもなどか君がきませる」（一八五）の例がある。

(11) 木越隆「曾丹集の表現―集中歌の解釈をめぐって」（『国文学　言語と文芸』七八号、昭和四九年五月）以下、木越氏の説はすべて同論文による。

(12)　寛和二年六月一〇日開催の「殿上歌合」に三首出詠している。

第四節　藤原定家の『拾遺集』享受

一　はじめに

平安時代後期の歌学書において『拾遺集』は『拾遺抄』にくらべて軽視される傾向にあった。現在では、両集の詞書の比較分析や諸伝本の研究によって、『拾遺抄』を増補して成立したのが『拾遺集』であることは通説となっている。しかし、『拾遺抄』の歌はすべて『拾遺集』に重出していることから、古来、両者は混同され、のみならず数々の歌論や秀歌撰を編んだ公任の権威も相俟って、『拾遺抄』は『拾遺集』の秀歌を抄出したものとして尊崇されてきた。そのような『拾遺抄』一辺倒の中で、定家が『拾遺集』を愛好した事実は、広く知られている。とはいうものの、定家を含めて、『拾遺集』の享受の実態については、未だ十分に究明されているとはいえない。

和歌史上屈指の歌人であり、古典学者でもあった定家が高く評価した『拾遺集』の享受について考察することは和歌史研究の上で、有意義なことと思う。

そこで、本節では、まず定家以前の歌学書における『拾遺集』評価の実態を辿る。すなわち、『俊頼髄脳』『金葉集』『後六々撰』『和歌童蒙抄』『和歌初学抄』『袋草紙』『顕昭陳状』『顕注密勘』『古来風躰抄』『俊成三十六人集』等を通覧し(1)、引用本文、出典記載および秀歌例において、『拾遺抄』と『拾遺集』のいずれを用いているかを見ることによって、平安時代における『拾遺集』評価と、『拾遺抄』崇拝の有り様を探る。その上で、定家は『拾遺集』

のどのような歌々を独自に評価したのか、またそれらの歌は定家の歌風形成に如何に関わっているのかを具体的に考察したい。

二　定家以前の歌学書における『拾遺集』評価

（イ）『拾遺集』無視の立場―俊頼・範兼の場合―

『俊頼髄脳』において、俊頼は『拾遺集』を勅撰集として認めていない事が明らかである。歌集名として記す場合にはすべて『拾遺抄』と記し、『拾遺集』と記す例は見出せない。一例をあげれば、「ひと心うしみついまはたのまじよ夢にみゆとやねぞすぎにける」について「これは拾遺抄の連歌なり。これふたつはあひかなへり。古今には連歌なし」と記す。『拾遺集』ではなく、『拾遺抄』が出典名として示され、『古今集』と比較されている。すなわち『拾遺抄』を第三の勅撰集としているのである。『俊頼髄脳』には、『拾遺抄』既出歌も『拾遺集』増補歌も両方が引用されるのであるが、『拾遺集』の増補新出歌については一切出典は記されない。

両集の歌の扱いにも差がある。例えば、秀歌について論じ、歌の例をあげる箇所では、いずれの歌も出典は記されていないが、最もあるべき歌の例、すなわち「優なる心ことば」と「めでたきふし」をそなえた秀歌として次の歌が撰ばれている。いずれも『拾遺抄』に既出の歌である。

春たつといふばかりにやみよしのの山もかすみてけさは見ゆらん　（春・一・忠岑）

桜ちる木の下風はさむからで空にしられぬ雪ぞふりける　（同・四二・貫之）

たのめつつこぬ夜あまたになりぬればまたじと思ふぞまつにまされる　（恋上・二八四・人麿）

また「ひとへに優なる歌」としてあげられる歌「春立ちてあしたの原の雪見ればまだふる年のここちこそすれ」

も『拾遺抄』春部の三番歌である。

これらの秀歌の例とは打って変わり、「旋頭歌といふもの」の例にあげられたり、又「歌は仮名の物なればかかれざむこと、ことばのこはからむをばよむまじければど、古き歌にあまた聞こゆ」の例としてあげられている歌の中には、次の『拾遺集』に増補された歌がある。

霊山の釈迦のみ前にちぎりてし真如くちせずあひ見つるかな　（哀傷・一三四八）

かびらゑにともにちぎりしかひありて文殊のみかほあひ見つるかな　（同・一三四九）

これらの歌に出典名は記されていない。このように見ると、『拾遺抄』既出歌からは秀歌の例が、『拾遺集』増補歌からは珍しい歌語や歌体の例のみが引かれていることになる。前述の連歌「ひと心うしみつ」の例からしても、秀歌はすべて『拾遺抄』から撰ばれた可能性があると見るべきであろう。

また、俊頼は第五の勅撰集として『金葉集』を撰んでいるが、『拾遺抄』にならって十巻の体裁をとっていることにも『拾遺抄』崇拝が端的に現れているといえよう。また、『拾遺集』増補歌と少なからぬ重出歌を持っている点からも、『拾遺集』を勅撰集と見なさない姿勢が窺える。また、『金葉集』の巻頭歌には『拾遺集』増補歌である重之の詠が置かれている。多少の例外はあるにせよ、前代勅撰集の歌は除くのが通例であったことからすれば、ましてや巻頭歌を『拾遺集』春部の四首目から撰んでいることは異例ともいえる。この事例もまた、『拾遺集』を前代勅撰集とみなさない態度の表れと考えられよう。『俊頼髄脳』で『拾遺集』を無視し、『拾遺抄』を第三の勅撰集として扱おうとする態度がとられていることと符合するのである。

俊頼と同じ態度が、範兼の歌学書・秀歌撰にも見られる。範兼の『和歌童蒙抄』でも語注釈の中の証歌の出典名には『拾遺抄』のみが明記される。例えば、「拾遺第十にあり」と記される場合があるが、この「拾遺」は、『拾遺集』と『拾遺抄』のいずれとも解せそうである。しかし、その歌「つねよりもてりまさるかな山のはの紅葉をわけていづる月影」は『拾遺集』では巻八（雑上・四三九）、『拾遺抄』では巻十（雑下・五〇三）の歌であるから、「拾遺第十」が『拾遺抄』を指していることは明らかである。一方、『拾遺抄』になく『拾遺集』になって増補された和泉式部の歌「暗きより暗き道にぞ入りぬべき……」を引く場合は、「玄々集にあり」と記し、『拾遺集』とは記さないのである。他の歌学書と同じく、すべての歌に出典を付しているわけではないが、記された例を見る限りでは、『拾遺抄』の歌であることは記されるが、『拾遺集』の増補歌である場合は元の歌合名や後の私撰集名が出典として記されている。『拾遺集』を無視する姿勢が明らかである。

　また、範兼撰の『後六々撰』にも同様の姿勢が窺える。『後六々撰』と『拾遺集』とは二八首が重出する、しかも、『後六々撰』の撰歌対象である歌人の詠は『拾遺集』増補歌の方に多い。例えば、公任の歌は、『拾遺抄』には四首採られているのが、『拾遺集』では一五首に増加するごとくである。にもかかわらず、二八首中の二六首までが『拾遺抄』既出歌である。のこりの二首、すなわち『拾遺集』増補歌は、『玄々集』にも撰ばれている前述の和泉式部歌と、『玄々集』『金葉集』三奏本に重出する道済歌である。『和歌童蒙抄』全般の記述態度からすると、これらの二首も『拾遺集』から採歌したという意識は全くなかったと考えられる。さらに、作者名や和歌本文が『拾遺集』と『拾遺抄』で異なる場合を見ると、[2]『拾遺抄』によっていることがはっきりする。例えば、有名な公任の嵐山の紅葉詠は『拾遺抄』の本文「あさまだき嵐の山の寒ければ散る紅葉ばをきぬ人ぞなき」（秋・一三〇）を引用している。『拾遺集』では第四句「紅葉の錦」[3]であるから、『拾遺抄』を用いていることは明らかである。

（ロ）『拾遺抄』『拾遺集』併用の立場――清輔・顕昭の場合――

『拾遺抄』尊重、『拾遺集』無視の風潮は清輔・顕昭の頃になると少し変化してくる。例えば、『奥義抄』では隠題歌として『拾遺集』の増補歌（四二六）をあげ「拾遺集云」と出典を示し、後に「古今幷拾遺集に物名部と云ふはこれにや」と記している。『拾遺集』を『古今集』に続く勅撰集として認めているのである。『奥義抄』の「拾遺歌二一首」の注釈においても、歌の前には「拾遺抄」と記しているが、取りあげられた二一首中には一首のみ『拾遺集』増補歌が含まれている。それらの歌に『拾遺抄』と『拾遺集』の歌番号を付けて比較してみると、次のようになる。

《拾遺抄》―三〇〇、三一八、三一九、三二三……（中略）……四三八、五一三、五四二、五七二

《拾遺集》―八八九、九六七、七五二、八九七……（中略）……四七三、五二六、五三五、一三三九

このように比較してみると、歌番号の順序から見て『拾遺抄』に依拠して引用していることは疑いない。出典名には『拾遺集』と表記しつつも、注釈や秀歌を選ぶ際にはもっぱら『拾遺抄』を用いているのである。

ところが、清輔が晩年に著した『和歌初学抄』では、『拾遺集』に対する態度に変化が見られる。すなわち「古歌詞」としてあげる『拾遺集』の詞五五例中、『拾遺集』増補歌の詞が二三例取り上げられているのである。『和歌初学抄』の序文に「歌をよまむには……（中略）……古き詞のやさしからむを選びてなびやかにつづくべきなり」とあるごとく、古歌詞は歌によむべき優れた詞という意識で選ばれたものである。それらを撰ぶのに、『拾遺抄』既出歌と『拾遺集』増補歌をほぼ対等に扱っているのである。さらに、それらの語が用いられた和歌に、『拾遺集』と『拾遺抄』の歌番号を付すと、次のようになる。

《拾遺集》―四七〇、四七三、五四七、六九三、七二四、七三六、七四二、七六六、七六七……（中略）……一〇〇九、一〇二二

《拾遺抄》―五二八、四三八、五二二、二四二、二八五、ナシ、四六四、三一七、二七四……（中略）……三八四、三八三

このように、多少前後することはあるが、『拾遺集』の歌順に従って抽出されていることがわかるのである。ま

た、「おのづから秀句にてある」と付記された「なぞらへ歌」の例にも、『拾遺抄』既出歌九首に対して『拾遺集』増補歌も五首が撰ばれている。清輔は、『和歌初学抄』においては『拾遺集』を用いていると考えてもよさそうである。『袋草紙』でも、「拾遺集之後有抄、集中詞妙歟、是又勅撰也」と『拾遺抄』の成立を記し、両集ともに勅撰集として認める見解が示されている。出典表記を見ると『拾遺抄』既出歌には「拾遺抄歌」、『拾遺集』増補歌には「拾遺集歌」と書き分けられている。『拾遺集』を勅撰集と認めつつも、『拾遺抄』既出歌はあくまで『拾遺集』増補歌とは、厳然と区別されていたことは注目すべきである。『拾遺抄』も「又勅撰」との意識によるものといえよう。

顕昭は『拾遺抄』を対象にした注釈、『拾遺抄注』を著している。が、『拾遺集』を全く無視しているわけではない。『袖中抄』の出典表記を見てゆくと「拾遺抄にも入れり」「拾遺集人丸歌」「拾遺集云」と、『拾遺集』と『拾遺抄』の両集が用いられている。やはり、「拾遺抄歌」であることは区別して示されるのである。

ところが『顕昭陳状』の中で、「六百番歌合」の俊成の判に異論を唱え、自歌の正当性を主張する根拠に、拾遺集歌を用いている。そこでは『拾遺抄』既出歌と『拾遺集』増補歌の区別なく、いずれも「拾遺歌」「拾遺に」と記すようになる。『顕注密勘』においても、古今集歌「いにしへの野中の清水ぬるけれど」（八八七）の注に『拾遺集』増補歌を用い、「拾遺集にあり」と付記している。それぞれ、わずかな例であるが、次第に『拾遺集』が勅撰集として認識され引用されるようになってくるのである。

（八）『拾遺集』認用の立場―俊成の場合―

和歌史の構築を試みようとするとき、勅撰集として編まれた『拾遺集』を無視したり、あるいは『拾遺集』が包括する『拾遺抄』を並称し続けたりすることはできない。和歌の歴史に対して、客観的な記述に努めようとすればするほど、『拾遺集』を正当に位置づける必要が出てくる。

歌学書の中で最初のまとまった和歌史を試みた俊成の『古来風躰抄』がそうであった。『古来風躰抄』では秀歌例および証歌の出典名には、一貫して『拾遺集』を用いている。『拾遺抄』については、『拾遺集』との成立の違いを述べる場合や、『拾遺抄』を三代集とみなしていた事実を記す場合に限り言及している。

さらに「拾遺集秀歌例」の五二首中には、後掲する一一首の『拾遺集』増補歌を撰び入れているのである。しかも、秀歌中で『拾遺集』増補歌である一七八番歌に「これ優の躰ばかりなり」と注し、『拾遺抄』既出歌八四八と『拾遺集』増補歌六六一（いずれも人麿歌）を並べて、「この二首の歌、ただこのころの人の歌にてもいみじくをかし」と記している。『拾遺抄』既出歌をも、『拾遺集』の歌として扱い、また、『拾遺集』増補歌の中からも秀歌の例をあげているのである。定家の「窃雖握翫之於亡父之眼前未読之」[4]との言からは、俊成の『拾遺集』無視の態度が予測されるが、予測に反して俊成は第三の勅撰集として『拾遺集』を認めているのである。

従来、秀歌の例としては、ほとんど取り上げられることのなかった『拾遺集』増補歌から、俊成はどのような歌を評価したのであろうか。俊成が注目し評価した『拾遺集』増補歌一一首を次にあげておきたい。なお（　）内に『拾遺集』の部立・歌番号・作者および『万葉集』『古今集』『後撰集』との重出を示す。

昨日こそ年はくれしか春霞かすがの山にはやたちにけり　（春・三・赤人、万葉集・作者未詳）

吉野山峯の白雪いつきえてけさは霞の立ちかはるらん　（同・四・重之）

天の河遠き渡にあらねども君が船出は年にこそ待て　（秋・一四四・人麿、万葉集・作者未詳、後撰集・読人不知）

おぼつかないづこなるらん虫のねをたづねば草の露やみだれん　（同・一七八・為頼）

竜田河もみぢ葉ながる神なびのみむろの山に時雨ふるらし　（冬・二一九・人麿、古今集・読人不知）

奥山のいはかき沼のみごもりにこひや渡らんあふよしをなみ　（恋一・六六一・人麿、万葉集・作者未詳）

さざなみやしがのうら風いかばかり心の内の涼しかるらん　（哀傷・一三三六・公任）
暗きより暗き道にぞ入りぬべき遥かに照らせ山のはの月　（同・一三四二・和泉式部）
霊山の釈迦のみまへにちぎりてし真如くちせずあひ見つるかな　（同・一三四八・行基）
かびらゑにともにちぎりしかひありて文殊のみかほあひ見つるかな　（同・一三四九・婆羅門僧正）
しなてるやかたをか山にいひにうゑてふせる旅人あはれおやなし　（同・一三五〇・聖徳太子）
いかるがやとみのを河のたえばこそわがおほきみのみなを忘れめ　（同・一三五一・餓人）

この中で、四番歌のみは再撰本にはない。これらの歌を見ると、一三四八〜一三五一番歌は『古来風躰抄』上巻にも引かれ詳細に解説されている。俊成の興味を惹く歌々であったことがわかる。ここに再掲することについて、「かみのまきにしるすといへども、この集に入れるをもらさぬことといかがとて、かさねてしるせり」と断っている。これらの歌は古来、詠者および詠作事情が注目され、『袋草紙』や『俊頼髄脳』などにも記されている。しかし『拾遺集』の歌として扱われたことはなかった。また和泉式部の勅撰集初出歌「暗きより……」も、従来から歌自体に対する興味は持たれたが、『拾遺集』の歌として引用されることはなかった。

歌人では万葉歌人が目立つ。また、いずれも他集と重出する歌を『拾遺集』と記している点は注目される。例えば、『古今集』と『拾遺集』に重出する二一九番歌を、俊成は『古今集』のみならず、『拾遺集』の秀歌例としてもあげている。さらに、『古今集』の秀歌例では「読人知らず」とし、『拾遺集』の方では「柿本人麿」の歌とする。歌本文には異同がないので、『拾遺集』の作者名表記を尊重して再び拾遺集歌としてあげ、「これ古今のうたなり」と付記しているのである。

人麿、赤人等の万葉歌人の四首は、『万葉集』にいずれも作者未詳とある。一四四番歌は『後撰集』でも読人不知である。この四首も、また、『拾遺集』の作者表記を重視したため、拾遺集歌としてあげたのであろう。俊成は

『古今集』と対等に『拾遺集』を勅撰集として扱う態度を取っている事が明らかである。

また、歌の内容を見ると釈教歌六首、四季歌五首、恋歌は一首である。『拾遺集』が当時盛行し始めた釈教歌を含む点に注目した撰歌といえよう。四季歌では、藤原為頼の詠が当時の新しい歌として評価されている。平明な詞によるすくよかな歌で、細やかな優しい自然詠である。赤人、人麿の四季歌も平安朝の歌風に通じる歌であり、公任の秀歌撰にも撰ばれている歌である。『拾遺抄』に近い詠風が評価されたのである。恋部からは、人麿の忍ぶ恋の煩悶を詠んだ歌が選ばれている。上句の「奥山のいはかき沼のみごもり」というひそやかな景は、下句の逢う術もなく恋渡る熱情を心の奥底に深く秘めているという内容の比喩になっている。後述するように、定家はむしろこのような歌を評価したのであるが、俊成はわずか一首を採択したのみである。

以上見てきたところによると、『古来風躰抄』において、俊成は『拾遺集』を三代集の一として認め、その名において尊重していると考えられる。とりわけ、『拾遺抄』既出歌をも『拾遺集』の歌として扱う態度は、『拾遺集』を第三の勅撰集として認めた俊成の見識の表れとして注目すべきである。ただし、引用されている各歌について具体的に検討すると、やはり『拾遺抄』の歌とその歌風を、より重んじていたと考えられる。

『古来風躰抄』下巻の三代集の秀歌例のすべてを示すことはできないが、撰ばれた秀歌数のみを比較しておきたい。『古今集』から八二首、『後撰集』から三七首、『拾遺集』から五二首撰ばれており、そのうち、『拾遺抄』の歌は四一首である。『拾遺抄』約五七九首中から四一首が撰ばれているという割合は、『古今集』の一一一一首中八二首と並んでいる。『拾遺集』の新出歌七七二首中からは一一首と少ない。やはり、『拾遺抄』の歌風を重んじているのである。このことは、『俊成三十六人歌合』を見ると、一層明らかである。すなわち、『俊成三十六人歌合』にも拾遺集歌が二八首、見出せるが、そのうち二〇首までが『拾遺抄』既出歌である。さらに『古今集』との重出歌が三首、『万葉集』とは二首重出している。それらを除くと、『拾遺集』増補歌の中からは次の三首に注目しているのみである。

名をきけば昔ながらの山なれどしぐるる秋は色まさりけり（秋・一九八・順）

身にしみて思ふ心の年ふればつひに色にもいでぬべきかな（恋一・六三三・敦忠）

思ひしる人に見せばやよもすがらわがとこ夏におきゐたるつゆ（恋三・八三一・元輔）

時雨に紅葉した山や色に出る恋を詠み、涙にぬれた床を撫子の露に託す、これらの歌は、どれも古今以来の発想や技巧を用いた平明でなだらかな詠みぶりの歌である。公任が『拾遺抄』において重んじたすくよかな歌々といえよう。このように、俊成の撰んだ『拾遺集』増補歌を見ると、『拾遺抄』の延長上の歌風を持つものに注目し評価していたと考えられるのである。

定家以前の歌壇の主導者たちの『拾遺集』、ことに『拾遺集』増補歌に対する認識と評価は、以上のようなものであった。このように見てくると、次に述べる定家の『拾遺集』評価が如何に斬新なものであったかがわかる。

三　定家の秀歌撰における『拾遺集』評価

『拾遺抄』と『拾遺集』に関する定家の見解として、まず思い起こされるのは『三代集之間事』の記述(5)である。

門々戸々　称三代集　書写握翫之人……偏以十巻之抄用之　更不見本集　因茲此集還伝世已希　漸如魯壁之古文　殊集和歌之文書之人　博覧之余僅書之　猶不加三代集……（中略）……微臣幼少之昔　初提携古集古歌之日　被見此集　忽抽感懐　愚意独慕之　窃雖握翫之　於亡父之眼前未読之

定家はさらに、後鳥羽上皇の言として「尤捨抄用集者可為道之本意」と記す。自らの『拾遺集』への愛好を記すのみならず、上皇の言を借りて、第三の勅撰集としては、『拾遺抄』を捨て、『拾遺集』をこそ用いるべきだというきわめて積極的な主張がなされているのである。前述してきた定家以前の『拾遺抄』重視の風潮と比べてみるとき、「被見此集　惣抽感懐」と記された、若き日の定家が『拾遺集』を見た時の感慨と評価は、如何に先学の見解や当時の秀歌基準から自由であったかがわかる。「愚意独慕之」とは、自らの見識に対する自負が秘められていたのかもしれない。定家は『拾遺集』のどのような歌々にこれほどの感懐をもよおしたのであろうか。まず、定家の秀歌撰における『拾遺集』尊重の具体相について見てゆきたい。

周知のごとく、定家は多くの秀歌撰を編んでいる。その中に建保三年に編まれた『二四代集』(通称『定家八代抄』)がある。以後の秀歌撰の全歌あるいは大半は『二四代集』から抄出されており、また、定家の秀歌撰中で最も大部であるので、定家の歌に対する嗜好をあますところなく反映していると考えられる。よって、以下『定家八代抄』(6)を中心に見てゆくことにする。

『定家八代抄』には、拾遺集歌二一九首が採歌されている。それらを部立別に見ると次の通りである。( )内の数字は『拾遺集』増補歌の数である。

四季　四三(一八)　恋　一一二(五四)　賀　一二(〇)　別離　八(〇)　哀傷　一〇(一)
羈旅　六(三)　神祇　四(二)　雑　一六(六)　釈教　八(七)

一見して、恋部に拾遺集歌が多く撰ばれていることがわかる。ところが、定家以前の歌学書においては、『拾遺集』および『拾遺抄』の歌は、恋よりも四季の歌に秀歌が多いとされてきた、例えば、『玄々集』では四季部から一二首、恋部から五首を、『古来風躰抄』では四季部から二七首、恋部からは五首を選んでいるといった具合である。

因みに『定家八代抄』に撰ばれた拾遺集歌について、公任以降定家までの秀歌撰および主な歌学書との重出を調査してみると、次のとおりである。表は『定家八代抄』の四季と恋歌にとられた拾遺集歌のうち、定家以前の諸書

『新撰和歌』『金玉集』『深窓秘抄』『如意宝集』『和漢朗詠集』『前後十五番歌合』『新撰髄脳』『九品和歌』『三十人撰』『三十六人撰』や、『玄々集』『後六六撰』『新撰朗詠集』『俊成三十六人歌合』『時代不同歌合』及び、『俊頼髄脳』『和歌童蒙抄』『綺語抄』『奥義抄』『袋草紙』『袖中抄』『和歌初学抄』『和歌色葉』『古来風躰抄』等に引かれた歌を除いた。

《四季歌》—五三、五六、七六、一三〇、一八六、一九一、二五三、四八四、一一二八

《恋　歌》—六二五、六二六、六二七、六三七、六三九、六四〇、六四六、六六六、六七七、七〇〇、七〇二、七〇六、七一四、七三〇、七三一、七三三、七四六、七四九、七五〇、七五一、七五八、七七一、七七九、七八〇、七八一、七八三、七八四、七九五、七九六、七九七、八〇〇、八〇二、八〇七、八〇八、八一六、八一九、八二二、八二九、八三〇、八三七、八四五、八五七、八五九、八七〇、八七四、八七八、八九〇、八九三、九一〇、九三三、九二五、九三七、九四八、九五一、九五四、九五五、九六三、九六九、九七三、九八五、九九〇、九九二、九九六

定家が『定家八代抄』において新たに注目した四季歌はわずか九首（内二首は『古今集』と重複するが部立、作者名とも『拾遺集』に一致する）である。一方、恋歌は六二首もあり、定家が『拾遺集』の恋の歌に対して、独自に新たな評価を下していたことがわかる。

恋の歌の名手といわれた定家が『拾遺集』の恋の歌を高く評価したという一事のみをもってしても、定家の『拾遺集』享受は和歌史上重要な意味を持つといえよう。

そこで、次に、『定家八代抄』に選ばれた『拾遺集』の歌を、さらに恋歌に絞って定家の実作との関わりを見てゆきたい。

四　定家の歌作と『拾遺集』

『定家八代抄』に採歌された『拾遺集』の恋歌を概観すると、およそ、次の三に大別できる。

（イ）心情や行為の平明な表白
（ロ）比喩や序詞による心象の視覚的表現
（ハ）同音反復や重詞による音楽的表現

これらについて、以下、具体的に歌の例をあげて、それぞれの表現上の特色と、定家が如何にそれらの歌を実作に摂取したかを見てゆきたい。

（イ）心情や行為の平明な表白

まず、（イ）の歌の作者層を多い順にあげると、読人不知、『拾遺集』の初出歌人、前代勅撰集歌人、万葉歌人の順になる。ほとんどが『拾遺抄』既出歌であり、従来名歌とされている歌が少なくない。『拾遺集』増補歌は数首に満たない。

ここに分類した歌は比喩を用いず、心の有り様や物思う心に映る日常の光景を、そのまま平明な詞で詠む歌である。例えば、次の歌は殊に目立った技巧を用いずに、思い乱れる心の動きを見つめて表白した歌である。以下（　）内は『拾遺集』の歌番号である。なお、『拾遺集』増補歌には（　）内の歌番号の下に＊を付して示した。

うしと思ふものから人の恋しきはいづこをしのぶ心なるらん　（恋二・七三一・読人不知）

何せむに命をかけてちかひけんいかばやと思ふをりもありけり　（恋四・八七一・実方）

かくばかりこひしきものとしらませばよそに見るべくありけるものを　（同・八七四・人麿）

歎きつつ独りぬる夜のあくるまはいかにひさしき物とかはしる　（同・九一二・道綱母）

恋の悩みの中で矛盾し、相克する心の動きを見詰めて詠まれた歌である。「うし」と「恋し」等反対語を用いて、たゆたう心を表現している。そして恨みや、一途な心情を表白した歌が多い。このような平明な言葉に託された無技巧な心情表白の歌を実作に用いる時、定家は次の例のごとくもとの歌の情趣をそのままに摂取している。以下の『拾遺愚草』の歌には（　）内に歌番号、詠作の場と詠作時の定家の年齢を記した。

さやかにも見るべき月を我はただ涙にくもる折ぞおほかる　（恋三・七八八・中務）

うき雲のはるればくもる涙かな月見るままの物がなしさに　（三九・初学百首・二〇歳）

あひ見ての後の心にくらぶれば昔は物も思はざりけり　（恋二・七一〇・敦忠）

あひ見ての後の心をまづしればつれなしとだにえこそ恨みね　（五七三・重奉和早率百首・二八歳）

あしひきの山よりいづる月まつと人にはいひて君をこそまて　（恋三・七八二・人麿）

久かたの月ぞかはらでまたれける人にはいひし山のはの空　（一〇九〇・千五百番歌合・四〇歳）

たらちねの親のいさめしうたたねは物思ふ時のわざにぞありける　（恋四・八九七・読人不知）

ならふなと我もいさめしうたたねを猶物思ふ折は恋ひつつ　（二五六〇・三宮十五首・五二歳頃）

わすらるる身をばおもはず誓ひてし人の命のをしくもあるかな　（恋四・八七〇・右近）

身を捨てて人の命ををしむともありし誓ひのおぼえやはせん　（二〇七八・権大納言家三十首・六四歳）

拾遺集歌はいずれも素直な歌であるが、平明な詞に託された心は純化されていてひとすじに深い。そのため、恋する者の心に等しく共感を呼び、さまざまな思いを誘う。定家はこれらの歌を、何ら作為的な操作を加えずに、ほとんど一首そのまま自作に摂取している。「久かたの月ぞかはらで」の歌は、顕昭に「少しおろかなる心のゆかずや」と評され負けとなっている。『拾遺集』の歌にただ深く共鳴して詠まれた歌々といえよう。しかも、これらの歌を摂取した時期は、歌風の改革に苦心し技巧を重ねた定家の苦き日より晩年にいたるまで、ほぼ定家の生涯の各時代にわたっている。

（ロ）比喩や序詞による心象の視覚的表現

ここに分類される歌の作者は読人不知、万葉歌人が大半を占め、次いで前代勅撰集歌人、初出歌人の順に多い。『拾遺集』増補歌が『拾遺抄』既出歌をやや上回っている。ここに分類した歌には、序詞を用いた歌が多い(7)。恋人への思いの有り様を序詞や比喩表現によつて詠み込まれた景にオーバーラップさせる歌である。

みなそこにおふるたまものうちなびき心をよせてこふるこのごろ　（恋一・六四〇＊人麿）
たらちねのおやのかふこのまゆごもりいぶせくもあるかいもにあはずして　（恋四・八九五＊人麿）
あらちをのかるやのさきに立つしかもいと我ばかり物はおもはじ　（同・九五四＊人麿）
しかのあまのつりにともせるいさり火のほのかに人を見るよしもがな　（恋五・九六八・坂上郎女）

いずれの序詞も下に続く一語を導き出すためのみならず、各歌の詠者の心の有り様や物思う姿を視覚的なイメージによって表現している。すなわち、二首目の繭にこもっている蚕は、恋人に逢えず鬱々とした気分の中にこもっている詠者の心である。因みに同歌は『古来風躰抄』には万葉集歌として引かれているが、下句は「こもれるいもをみるよしもがな」とあり、蚕は恋人の比喩となる。拾遺集歌と比べてみると「いぶせく」と詠む歌における蚕の繭ごもりの様は心象を表す、より心理的な比喩となっている。一首目の水底深くに打なびいている玉藻は、人知れず心中に深く人を慕う恋心であり、目に見えぬ心の姿を現前させる表現である。また三首目の狩人の矢前に立つ鹿は、不安な恋の物思いをする自分の姿の比喩であり、夜の海上にともる漁火は遠く逢えぬ恋人を、そのようにでも見たいと詠むことで、暗い海上に仄かに輝く漁火に恋人の幻影を彷彿するのである。

さて、このような歌を実作に摂取する場合、定家は次にあげる「山鳥」と「はまゆふ」の歌のごとく、もとの歌の歌句を一首全体にちりばめて用いている。

葦引の山鳥の尾のしだり尾のながながし夜をひとりかもねむ　（恋三・七七八＊人麿）

うかりける山鳥の尾のひとりねよ秋ぞちぎりしながき夜にとも　（一三二八・左大将家五首・三四歳頃）

ふるさとは遠山鳥のをのへより霜おく鐘のながき夜の空　（二三五〇・建保内裏秋歌合・五三歳）

みくまのの浦のはまゆふももへなる心はおもへどただにあはぬかも　（恋一・六六八＊人麿）

さしながら人の心をみくまののうらのはまゆふいくへなるらん　（恋四・八九〇・兼盛）

我もおもふ浦のはまゆふいくへかはかさねて人をかつたのめども　（七三七・十題百首・三〇歳）

雌雄別寝の習性をもつ山鳥の長い尾は一人寝の長夜をかこつのにふさわしく、幾重にも重なった葉の中に咲く白い浜木綿の花は、恋人へのさまざまな物思いを積み重ねていく心の有り様そのものである。これらの拾遺集歌を定家は何度も自作に取り入れているが、なかでも注目すべきは、次のごとく極めて絵画的な情景に再構築していることである。

ひとりぬる山鳥の尾のしだり尾に霜おきまよふ床の月影　（一〇五一・千五百番歌合・四〇歳）

時のまの夜半の衣のはまゆふやなげきそふべきみ熊野の浦　（一二七七・建保内裏百首・五四歳）

浜木綿は衣を重ねる意味のみならず、恋に悩み、さまざまに嘆きの繁る心の比喩ともなっている。一人寝の山鳥の姿、浜辺の浜木綿の姿を中心にきわめて絵画的に心の風景を詠み上げている。心の思いを、視覚的なイメージに託す歌の中でも、印象の鮮明なものは『拾遺集』増補歌に多い。

そして次のごとく、喩える思いと喩えられるイメージとの融合度の高い歌々には『拾遺抄』既出歌が多い。

夢よりもはかなきものはかげろふのほのかに見えしかげにぞありける　（同・七三三・読人不知）

なく涙世はみな海となりななん同じなぎさに流れよるべ　（恋五・九二五・善祐母）

音なしのかはとぞつひに流れけるいはで物思ふ人の涙は　（恋二・七五〇・元輔）

一首目は「夢」と「かげろふ」「かげ」「はかなし」「ほのか」と朧々たるイメージを表現する語を重ねている。この歌は、次にあげる、『拾遺愚草』の一首の描く世界に近い。

はかなしな夢に夢見しかげろふのそれも絶えぬる中の契りは　（一四六八・関白左大臣家百首・七一歳）

そして、このような視覚的なイメージを重層してゆく歌は、次に述べる同音反復の手法に通うといえよう。(8)

（八）同音反復や重詞による音楽的表現

ここに分類する歌は大半が読人不知、万葉歌人の詠で、圧倒的に『拾遺集』増補歌が多く、また、定家以前は注目されなかった歌である。そして、同音反復を用いた表現は、当然のことであるが、同じ音の語を導く枕詞序詞を使用する歌に多い。

大井河くだすいかたのみなれざを見なれぬ人もこひしかりけり　（恋一・六三九＊読人不知）

こはた河こはたがいひし事のはぞなきなすすがむたきつせもなし　（恋二・七〇六＊読人不知）

住吉の岸にむかへるあはぢ嶋あはれと君をいはぬ日ぞなき　（恋五・九二六＊人麿）
荒磯の外ゆく浪の外心我はおもはじこひはしぬとも　（同・九五五＊人麿）

定家はこのような歌を特に好んだと見える。なかには次のごとく、序詞の中の語をさらにくり返したり、三度にわたって同音を重ねる歌もある。

葦引の山鳥の尾のしだり尾のながながし夜をひとりかもねむ　（恋三・七七八＊人麿）
あしひきの山の山すげやまずのみ見ねばこひしききみにもあるかな　（同・七八〇＊読人不知）
長月のありあけの月のありつつも君しきまさば我こひめやも　（同・七九五＊人麿）
夏草のしげみにおふるまろこすげまろがまろねよいくよへぬらん　（同・八二九＊読人不知）
いかほのやいかほの沼のいかにして恋しき人を今ひとめみむ　（恋四・八五九＊読人不知）
玉河にさらすてづくりさらさらに昔の人のこひしきやなぞ　（同・八六〇＊読人不知）

これらの歌を見ると、一首目は「の」音の多用が目立ち、三首目は「あり」の他に「月」がくり返されている。また、二首目の「やま」、四首目以下は「まろ」「いか」「さら」が三度にわたりくり返されている。「いかほのや」に至っては後述するごとく定家系の歌学書に「かさね詞」の歌として引かれてもいる。同じ詞が『古今集』の忠岑の長歌中にも用いられているが、「いかほのぬまのいかにして」（一〇〇三）とくり返しは二度までである。

さらに、枕詞でも序詞でもないが、同じ音の組み合わせを三度にわたり連ねている歌もある。

いかにしてしばしわすれんいのちだにあらばあふよのありもこそすれ　（恋一・六四六＊読人不知）
わがせこをわが恋ひをればわがやどの草さへ思ひうらがれにけり　（恋三・八四五＊人麿）

これらの歌の同音の反復が生むリズムは、単に音の響きの面白さのみでなく、内容と深く関わっている。前者はまだ逢わぬ恋の歌である。初句二句は、かなわぬ片恋を嘆くつぶやきのごとき発言で切れ、自分への慰めを詠む三句以下の明るいア音のくり返しは片恋の苦悶の中で期待をつなぐ日々を送っている心情を切々と伝える効果的表現であると思われる。後者もうちしおれて夫を恋つつながめると、庭の草までもうらがれて見えるというのである。「我が」という詞を重ねることによって、ただ一人夫を待つ思いの繁さをたたみかけるように訴える表現である。重詞は恋に悩む心情を綿々と表現するのに適していたといえる。

そして、定家の実作にこれらの歌は多く摂取されている。いずれも同音のくり返しの歌句を取っている。

こはた川こはたがための唐衣ころもさびしきつちの音かな　（二四〇三・右大臣家歌合・五六歳）

前引の拾遺集歌「こはた河こはたがいひし」（七〇六）の二句をそのまま取り、さらに「唐衣ころも」という音のくり返しを加えている。また『拾遺集』六四六番歌の「あらばあふよの」という句を、次の通り、何度も次作に摂取している。

おのづからあればある世にながらへてをしむと人に見えぬべきかな　（一七二二・二見浦百首・二五歳）

命だにあらばあふ瀬をまつら川かへらぬ浪もよどめとぞ思ふ　（一一七三・内大臣家百首・五四歳）

やどりこしたもとは夢かとばかりにあらばあふ夜のよその月影　（二五五七・粟田宮歌合・四九歳）

こひしなぬ身のおこたりぞ年へぬるあらば逢ふ夜の心づよさに　（二五六一・庚申五首・五六歳）

一首目は本歌の世界の延長上で詠まれているが、二首目は松浦仙女の万葉歌をもふまえ、「よどむ浪」のイメージを重ね合わせる。三首目は月のイメージを中心にして、「夜のよその」と新たなる音の反復を加えている。四首目は本歌の世界を、あたかも自らの昔の心情のごとくに取り入れて詠んでいる。

しかし、定家の実作とこれらの歌は、単に個々の歌と歌との、いわゆる本歌、参考歌として関わり合うことにとどまらない。次のように、定家詠の中に手法的に一致する歌を多く見出し得るのである。例えば拾遺集歌「わがせこをわが恋ひをればわがやどの草さへ思ひうらがれにけり」（八四五）を次の歌と比べてみると、

わすれぬやさはわすれけりわが心夢になせとぞいひてわかれし　（二六八・皇后大輔百首・二六歳）

「わ」音の反復という同じ手法が用いられている。また、前引の拾遺集歌「山の山すげ」（七八〇）や「ありあけの月のありつつも」（七九五）のくり返しは、次の歌の「月の月かげ」、「山の山もり」、「山の山風」等と、同音の語をつなげてゆくという同一の手法といえよう。

秋の夜のありあけの月の月かげはこの世ならでも猶やしのばん　（六八〇・花月百首・二九歳）

霞たつ山の山もりことづてよいくかすぎての花のさかりぞ　（一一一一・内大臣家百首・五四歳）

かささぎの羽がひの山の山風のはらひもあへぬ霜の上の月　（一三五九・春日同詠百首・五五歳）

なお、前引の定家の「わすれぬや」の歌については『正徹物語』中に「か様に、定家の歌はしみ入りて、其の身に成り帰りて読み侍りし也。定家に誰も及ぶまじきは恋の歌也」とまで激賞される、有名な定家評が記されているのである。また、『詠歌一体』では同音反復を「かさね詞の事」として「これらはあしからねども、すずろにこのすぢをこのみよむことあるべからず」と戒めている。『三五記』にも「詮もなからむかさね句もさらにさらにあるべからず」とあり、いずれも前掲の『拾遺集』の「いかほのやいかほの沼のいかにして」（八五九）の歌を例にあげている。すなわち、同音の反復重詞は、定家の詠法の特徴として認識され、評価されてはいたが、容易にまねて成功し難い詠法であるとの反省がこれらの条を生んだのであろう。

このように見てくると、拾遺集歌は、単に定家の詠作の材料となったのみならず、定家の詠法においても極めて深い関わりを持っていたと考えられるのである。

五　おわりに

本節では、定家の秀歌撰と実作における『拾遺集』享受について考察してきた。その結果、定家において初めて『拾遺集』は『拾遺抄』を包括する第三の勅撰集として名実ともに正当に享受された事を再確認した。定家は、従来軽視されてきた『拾遺集』の恋歌、特に『拾遺集』が増補した読人不知および人麿等の万葉歌人の恋歌に注目し評価していた。そこで、定家の嗜好を最も反映していると思われる『定家八代抄』に採られている『拾遺集』の恋歌に注目し、三分類して考察し、定家の実作と比較した。定家は、『古今集』以来展開してきた『拾遺抄』に代表される新風のみならず、『拾遺集』増補歌が吸収した広く人々に愛唱されていた人麿等の歌のいずれをも採っているが、とりわけ、それまで見出されることのなかった『拾遺集』増補歌を大量に撰んでいるのである。しかもそれらの歌の実作への摂取の仕方を分析すると、歌詞の材料としてのみならず、定家の和歌の表現詠法に深く関わっていることが明らかになった。

このような定家の『拾遺集』評価は、定家の交友圏の歌人達にも影響をおよぼしたと思われる。慈円、良経、家隆といった定家周辺の歌人達の詠にも『拾遺集』の少なからぬ影響を見出し得るからである。また、『三代集之間事』に記された、後鳥羽上皇の『拾遺集』増補歌に対する「甚深妖艶之風情」との評の意味も具体的に追究する必要があろう。

以上、平安後期における『拾遺集』の享受の有り様を考察してきた。その結果、『拾遺集』は、『古今集』から『新古今集』にかけての和歌史の中間点に位置し、新古今歌風を準備する役割をも果たしていたと考えられる。従来、三代集と一括して捉えられてきた『拾遺集』であるが、中世和歌への階梯としての側面こそ、定家を起点としてさらに広い視野から多角的に解明されなければならない。

注

（1）歌学書の引用はすべて『日本歌学大系』（風間書院）所収の本文による。
（2）作者名の異同の例としては、『拾遺集』九四一の能宣歌が『拾遺抄』では輔親歌となっている。この場合も範兼は『拾遺抄』に従い、輔親の歌としている。
（3）『拾遺集』の同歌の本文は「あさまだき嵐の山のさむければ紅葉の錦きぬ人ぞなき」（秋・二一〇）である。この本文は花山院の改変によるものであり、公任はこれに不満を抱き反対したという説話が『古今著聞集』『十訓抄』他に記し留められている。
（4）野口元大翻刻解説「三代集之間事」（小沢正夫編『三代集の研究』〈明治書院、昭和五六年〉所収）。
（5）注（4）と同書による。
（6）以下、『新編国歌大観』（角川書店）の用いる通称による。底本の題名は『二四代集』。
（7）阪口和子「定家の『拾遺集』享受について—『二四代集』恋部を中心に—」（『国語国文学論集　谷山茂教授退職記念』〈塙書房、昭和四七年〉所収、後に阪口和子著『貫之から公任へ—三代集の表現—』〈和泉書院、平成一三年〉所収）に、定家は『二四代集』恋部において拾遺集の人麿歌、序詞使用歌を重視していたことが指摘されている。
（8）定家の詠法の特徴として同音反復による音楽的表現については、石田吉貞著『藤原定家の研究』（文雅堂書店、昭和三二年）「第二編和歌」において論じられている。

終章　『拾遺集』研究史と課題

最後に、『拾遺集』研究史上の諸問題を整理しつつ今後の課題について述べておきたい。本文中に取り上げた諸論文の初出については発行年月のみを記し、掲載誌は省略した。

〈注釈研究〉

平安後期歌学書に『拾遺集』に関する記述が散見するが、第三章四節でも述べたように『拾遺抄』の引用である事が多く、『奥義抄』でも『拾遺抄』の和歌の語釈を行っている。定家の三代集の注釈『僻案抄』が、きわめて簡略な語注ながら『拾遺集』に注釈を付している。『拾遺集』の古注については、福井久蔵『大日本歌書綜覧』（大正一五年～昭和三年。昭和四九年復刻、国書刊行会）や松田武夫『勅撰和歌集の研究』（日本電報通信社出版部、昭和一九年）に解説・考証されている。松田武夫『王朝和歌集の研究』（白帝社、昭和四一年再版）、平田喜信「拾遺集言霊鏡」（『大妻国文』第四～五号、昭和四八年三月～昭和四九年三月）、佐藤高明『中世文学未刊資料の研究』（ひたく書房、昭和五七年）山崎正伸『拾遺和歌集増抄の本文と研究』（二松学舎大学東洋研究所、平成一三年）、堤和博「阿波国文庫旧蔵・徳島県立図書館蔵『拾遺集私抄』翻刻」（『徳島大学総合科学部言語文化研究』第一九巻、平成二三年一二月）等があるが、まだ、全般的な古注研究はない。

『拾遺集』の全注釈は長らく北村季吟の『八代集抄』（山岸徳平編『八代集全註』〈有精堂出版、昭和三五年〉、『北村季吟古註釈集成　二九・三〇』〈新典社、昭和五四年〉所収）と萩原宗固『拾遺和歌集増抄』（『未刊国文古註釈大系　五』清文堂、昭和四三年複刻）のみであったが、小町谷照彦『新日本古典文学大系　拾遺和歌集』（岩波書店、平成二年）が、定家自筆本を臨写した中院通茂本を底本にして、全歌に大意と脚注を付している。増田繁夫『和歌文学大系　拾遺和歌集』（明治書院、平成一五年）は、定家の天福元年書写本を底本にして脚注を付す。竹鼻績『拾遺抄注釈』（笠間書院、平成二六年）は宮内庁書陵本部を底本に用いた精細な全注釈である。『拾遺集』についても項を設けて堀河具世本の全文と定家本の校異を掲げてある。これらの研究成果を取り込んだ詳細な全注釈が待たれる。

〈本文研究〉

伝本研究は、松田武夫『勅撰和歌集の研究』（前掲）に始まった。松田氏の研究では、『拾遺集』の伝本を三系統に分類する。藤原定家の天福元年書写本として流布している天福本を、冷泉家本系と二条家本系の二系統に分け、さらに伝堀河具世本の一本を異本系統とするのである。昭和三〇年代には相次いで『拾遺集』の伝本が発見・紹介された。まず、島津忠夫「拾遺抄から拾遺集へ―異本拾遺集をめぐって―」（昭和三六年二月、『和歌文学の研究　和歌篇』角川書店、平成九年）が多久市立図書館本を堀河本と同系統の異本として紹介された。続いて片桐洋一氏が、「拾遺和歌集異本考」（『ビブリア』第二四号、昭和三八年三月）と「北野天満宮本拾遺和歌集について―拾遺和歌集異本考（二）―」（『女子大文学』第一四号、昭和三八年三月）を相次いで発表された。また、北野克「天福本にあらざる拾遺集伝本二種について」（日本大学『語文』第一六号、昭和三八年一二月）が紹介する北野家所蔵本は影印・釈文・研究とともに北野克『算合本拾遺集の研究』（勉誠出版、昭和五七年）として刊行された。これらの伝本研究の集大成が、片桐洋一『拾遺和歌集の研究　校本篇・伝本研究篇』（大学堂書店、昭和四五年）である。同書は定家本系を天福元年本系、貞応二年本系、その他の定家本に分け、さらに異本系を二分し、堀河具世筆本や天理図書館本、多久市立図書館本、伝為忠筆本を異本第一系統、北野天満宮本を異本第二系統とする。諸伝本に関する詳細な分析考察を行い、各系統の代表的本文を翻刻し、系統内の異同も示してある。戦後に始まった伝本研究の集大成といえる。近年、定家自筆本が出現し、久曾神昇編『拾遺和歌集　藤原定家筆』（汲古書院、平成二年）が刊行された。

今後は、定家本以前の本文の追究が課題である。そのためには古筆切研究が重要な手がかりになる。小林強「後撰集・拾遺集・拾遺抄古筆切れ資料集成稿（第一稿）」（『自讃歌注釈研究会会誌』第九巻、平成一三年一〇月）や古筆切れによって知り得る異本系の本文を考察した池田和臣「新出伝二条為世筆異本拾遺集巻五（付巻七断簡）をめぐって」（『汲古』第三六巻、平成一一年一二月）がある。池田氏には同じ題で『中央大学文学部紀要（文学科）』第八五巻、平成一二年二月）にも論がある。また、徳植俊之「勅撰和歌集の古筆切―古今集・拾遺集（付拾遺抄）、新出断簡の紹介とその意義」（『平安文学の新研究』新典社、平成一八年）や、田中登「異本資料としての古筆切―三代集を例に―」（秋山虔編『平安文学史論考』武蔵野書院、平成二一年）によって、定家本以前の『拾遺集』本文が明らかにされつつある。

『拾遺抄』と『拾遺集』の本文が交錯していることが『拾遺集』の本文研究を一層困難にしているが、平安時代に読まれた『拾遺集』の本文追究が今後の課題である。

〈成立・撰者研究〉

古来の難問であった『拾遺集』と『拾遺集』との先後関係は、作者の官職によって『拾遺集』が『拾遺抄』を増補して成立したものであるとする塙保己一による説が諸先学によって補強されて通説となり、一応の決着を見た。現在の成立論の出発点となった研究は堀部正二『中古日本文学の研究』（教育図書、昭和一八年）である。堀部氏の論は、詠歌年次と官位表記によって『拾遺集』の成立を寛弘二年（一〇〇五）六月より同四年正月までの成立とする。

成立の問題を異本との関わりにおいて論じたのが、島津忠夫「拾遺抄から拾遺集へ―異本拾遺集をめぐって―」（前掲）で、『拾遺抄を『拾遺集』の異本が取り入れたものを『拾遺集』の流布本が改訂しているという成立過程を想定し、巻一五以前と巻一六以後に分けて成立したとする二期編纂説をとる。片桐洋一「拾遺集の組織と成立―拾遺抄から拾遺集へ―」（昭和四一年一月、『古今和歌集以後』笠間書院、平成一二年）は、『拾遺集』の部立構成の特異性は『拾遺抄』を基に増補したからに他ならないことを論証する。官位表記により成立年次を推定することから出発した成立論は、平田喜信「拾遺抄・拾遺集先後問題の再検討」（昭和四五年三月、『平安中期和歌考論』新典社、平成五年）による、作者の官位表記が完成時のものであるとは限らないとの批判を経て、増補改訂の方法や過程を考察する方向へと進みつつある。

撰者を花山院とする通説の検証も作品研究と深く関わりつつ進展を見せている。片桐洋一「『後撰集』『拾遺集』の詞書―論じて、その成立事情に及ぶ―」（昭和五六年四月、『古今和歌集以後』前掲）は、勅撰集の詞書としては例外的な助動詞・尊敬語の使用例を指摘し、それらに花山院の深い意向を汲み取り得ると分析し、花山院撰者説を論証する。また、今野厚子氏が『拾遺集』が増補した和歌の分析考察によって花山院単独撰者説を論証する一連の論考「『拾遺集』巻第五賀の再検討―賀歌に見る編纂意識―」（平成一〇年一二月）、「『拾遺集』と花山院―四季の歌材「なでしこ」を視座として―」（平成一〇年一一月）、「『拾遺集』僧侶考」（平成一二年一二月）、「『拾遺集』巻二十哀傷の釈教歌群への一視点―『摩訶止観』と配列構成―」（平成一二年一二月）、「『飛驒工』の歌考―『拾遺集』花山院撰者説研究の一環として―」（平成一五年三月）、「『拾遺集』の仏教的特質と花山院の宗教生活―花山院撰者説研究の一環として―」（平成一六年三月）を発表された。いずれの論も、今野厚子『天皇と和歌―三代集の時代の研究―』（新典社、平成一六年）にまとめられた。すなわち、歌語「なでしこ」「飛騨たくみ」の採用は、花山院の季節意識、好み、美意識、住環境等を色濃く反映していることを考察された。賀部に増補された和歌の詳細な検討によって、そこには花山院が自らの皇統の正当性を主張する意図を見出せる事を指摘された。また、哀傷部の構成が、天台宗の「止観」と密接な関係があり、さらに、入集する僧侶歌人の大半が比叡山系であることも、花山院の宗教活動と密接に結びつく事を論証された。これらの研究によって、『拾遺集』が花山院撰であるとの説はほぼ動かし難いものとなった。花山院の生涯については、諸文献を博捜された精緻な研究である今井源衛『花山院の生涯』（昭和四八年、『今井源衛著作集　第九巻』笠間書院、平成一九年）がある。『拾遺集』との関連については論じられなかったが、著作集の補記において花山院撰者説に賛意を表している。

花山院撰者説に関連して、近藤みゆき「『拾遺和歌集』の成立―勅撰和歌集における王権・政権と和歌の問題として―」（『平安文学史論考』前掲）の論がある。退位後の花山院の勅撰集編纂は、藤原道長の後援あってこそ可能になったとの興味深い新見である。

『拾遺集』の成立に関する記録が皆無の現在、成立の問題は作品内部の考察を通して、花山院が撰者であることの意味が解明される必要があろう。

〈作品・作者研究〉

作品研究は、昭和四十年代より盛んになり、和歌史上の位置づけ、部立・配列に見る編纂方法、和歌表現等に関する研究が相次いで発表された。

和歌史的観点から『拾遺集』を論じたものに次の各論がある。小町谷照彦「拾遺時代の和歌―受領層歌人を中心とする一視点の設定―」（『国語と国文学』第四一巻第七号、昭和三九年七月）は歌人の動静とその栄華の特色を探ることによって拾遺集時代の和歌の有様を和歌史上に位置付ける。同「拾遺集の本質―三代集の終結点―」（『国語と国文学』第四四巻第一〇号、昭和四二年一〇月）は拾遺集時代を和歌が日常化した時代と捉えた上で、部立、配列、歌人、構成、歌の性格から『拾遺集』の性格を論じ、「単に古今集に追随するものではなく三代集の集結点として独自な達成を遂げているものと評価」する。菊池靖彦「拾遺集―古今的世界の終結」（『古今的世界の研究』笠間書院、昭和五〇年）は、『拾遺集』における『古今集』的世界の継承面を強調し、その終結であることに『拾遺集』の意味を見出している。佐藤和喜氏も「大枠においては古今歌を超えることはできない。拾遺集が三代集として一括的に評価される所以である」（昭和五三年、『平安和歌文学表現論』有精堂、平成五年）とされる。これまで『古今集』との比較による継承面が中心に究明されてきたが、今後は後代への影響の考察を合わせ行うことで、和歌史上に『拾遺集』を位置づける試みが必要であろう。

部立・構成については、島田良二「八代集の雑歌について」（昭和三九年一月、『平安前期私家集の研究』桜楓社、昭和四三年）が、雑春、雑秋、雑恋、雑賀という『拾遺集』に独自の部立を分析し、後の勅撰集への影響を見出すべきであると指摘する。小池博明『拾遺集の構成』（新典社、平成八年）は、集全体の構成を概観した上で、特に四季部と恋部を取り上げて、構成原理を考察したものである。各巻の構成を図示することによって明快に解き明かしている。また、哀傷部の後半に勅撰集としては初めて釈教歌が置かれていることに着眼し考察した今野厚子「『拾遺集』巻第二十哀傷の釈教歌群への一視点―『摩訶止観』と配列構成―」（平成一一年一一月、『天皇と和歌―三代集の時代の研究―』前掲）がある。恋部の構造については、『拾遺抄』との比較を通して論じた山崎正伸氏の一連の論考がある。「拾遺和歌集の恋部の構造―拾遺抄と比較して―」（『二松学舎大学論集』第五一号、平成二〇年三月）、「拾遺和歌集の恋部の構造―拾遺抄と比較して（二）」（『二松学舎大学東アジア学術研究所集刊』第三八集、平成二〇年三月）である。また、集中の重複歌の分析によって構造を解明された「拾遺和歌集の構造―重複重載を通して―」（『二松学舎大学人文論叢』第七八輯、平成一九年三月）や、前代勅撰集との重複歌の考察により『拾遺集』の構造を明らかにした「拾遺和歌集の構造―古今和歌集・後撰和歌集の重出歌を通して―」の（一）から（三）が夫々『二松』第二一号、平成一九年三月、『二松学舎大学論集』第五〇号、平成一九年三月、『二松学舎大学東アジア学術総合研究所集刊』第三七集、平成一九年三月がある。いずれも、『拾遺抄』既出歌の再配置や、前代勅撰集との重複歌および集中の重載歌の分析から、『拾遺集』が、歌語の連鎖を重視した構造を持つことを明らかにされた。屏風との関連に注目して『拾遺集』の配列を論じた田島智子氏の論に「拾遺集の配列と屏風歌―配列に広がる屏風絵―」（『中古文学』第七八号、平成一八年一二月）、「拾遺集賀部・雑賀部の配列と屏風歌」（『日本古典文学研究の新展開』笠間書院、平成二三年三月）がある。

これらの論を見ても、『拾遺集』が如何に多様な方法を用いて各巻を構成しているかがわかる。小町谷氏が指摘された恋三における物語的文脈をもった配列も、さらに集全体にわたる検討が必要である。本書でも巻々を構成する方法を解明してきたが、これまで明らかにされて来た編纂方法を、さらに『拾遺集』全体の構造との関わりにおいて考察することが課題となろう。

表現研究としては小町谷照彦「拾遺集恋歌の表現構造」（『国語と国文学』第四七巻第四号、昭和四五年四月）が、恋歌を対象とした詳細な研究である。氏が具体例として示された恋の心情を表現する歌語は、さらに箇々に研究されるべき課題となり得る。雑季の和歌について、木越隆「表現から見た拾遺集雑四季歌の性格」（『文学・語学』第六二号、昭和四七年三月）がある。また、滝沢貞夫「拾遺集時代の枕詞」（昭和四八年一月、『王朝和歌と歌語』笠間書院、平成一二年）は枕詞の用法の特色を分析し、拾遺集時代を一つの転換期として捉える。佐藤和喜『平安和歌文学表現論』（前掲）には、「主体にとって叙心と叙景が等距離である」ことと「対自的傾向が強まった」ことが『拾遺集』の二大特色であると論じて、『後拾遺集』以降への展開を示すものとする「拾遺集四季部の此界性」（『宇都宮大学教育学部紀要』第四四号、平成六年三月）をはじめ、拾遺集歌の性格を「此界性」という観点から論じた一連の論考が所収されている。『拾遺集』の表現と漢詩文との関連性を考察したものに小西甚一「拾遺集時代と白詩の表現」（『国語国文』昭和二七年一月）がある。拾遺集時代を代表する歌人として好忠を挙げ、その「平淡」な詠風は白楽天の影響下にある当時の漢詩文の反映であるとする。佐藤和喜「拾遺集時代の過渡期性—テ連接文体を中心に—」（昭和五六年三月、『平安和歌文学表現論』前掲）は拾遺集歌の文体に漢文体の影響を指摘する。近藤みゆき「『見渡せば』と『眺望』詩—拾遺集時代の漢詩文受容に関する一問題として」（『和漢比較文学叢書　古今集と漢詩文』汲古書院、平成一四年）は拾遺集時代の私家集をも視野に入れた論。小町谷照彦「説話文学に見られる拾遺集の歌」（有吉保編『和歌文学の伝統』角川書店、平成九年）は『拾遺集』における仏教への傾斜を指摘する。

『拾遺集』に入集する作者の問題については、岸上慎二「後撰集から拾遺集へ」（『講座日本文学3　中古編1』三省堂、昭和四三年）に、三代集の作者と入集歌数、屏風歌、歌合等の制作等についての詳しい調査考察が示されている。また、私家集からの採歌状況と撰集態度を考察した論に、秋間康夫『拾遺集と私家集』（新典社、平成四年）がある。最多入集の貫之については、菊池靖彦『古今集以後における貫之』（桜楓社、昭和五五年）に詳しい。藤原公任については、阪口和子『貫之から公任へ—三代集の表現—』（和泉書院、平成一三年）が、『拾遺抄』の構成と内容、『金玉集』、『深窓秘抄』、『三十六人撰』等の秀歌撰に見る公任の和歌観および公任の歌風について精細に論じている。

『拾遺集』歌人の私家集についての注釈研究が進んでいる。貴重本刊行会の『私家集注釈叢刊』には、『実方集注釈』・『公任集注釈』（竹鼻績著、平成五年・一六年）、『恵慶集注釈』（川村晃生、松本真奈美著、平成一八年）、『能宣集注釈』（増田繁夫著、平成七年）、『元輔集注釈』（後藤祥子著、平成一二年）、『兼盛集注釈』（高橋正治著、平成五年）、『道信集注釈』（平田喜信・徳植俊之著、平成一三年）、『大弐高遠集注釈』（中川博夫著、平成二二年）等があり、風間書房の『私家集全釈叢書』には、『源道済集全釈』（桑原博史著、昭和六二年）、『公任集全釈』（伊井春樹・津本信博・新藤協三著、平成一八年）、『源兼澄集全釈』（春秋会、平成三年）、『為頼集全釈』（筑紫平安文学会、平成六年）、『惟成弁集全釈』（笹川博司著、平成一五年）、『御堂関白集全釈』（平野由紀子著、平成二四年）等がある。他にも『長能集注釈』（平安文学輪読会、塙書房、平成元年）、『曾禰好忠集全釋』（神作光一・島田良二著、笠間書院、昭和五〇年）、『曾禰好忠集注解』（川村晃生・金子英世著、三弥井書店、平成二三年）等がある。笹川博司「『公任集』の「かまくら」について」（『中古文学』第八二号、平成二〇年一二月）は出家後の花山院の御房の所在地を考証解明した。個々の私家集に散見する花山院の足跡の考証も今後の課題である。これらの研究を基に、花山院周辺の歌人たちの和歌活動を明らかにすることで見えてくる『拾遺集』成立の背景の考察も必要であろう。

人麿歌については、まず万葉集本文との比較が行われた。万葉集歌人の和歌本文を万葉集の諸本と比較された研究に、辻憲男「拾遺和歌集の万葉歌」（『親和女子大学研究論叢』第二四号、平成三年二月）がある。また採歌源が問題になり、阿蘇瑞枝「拾遺和歌集の人麿歌—人麿の伝承と享受（二）—」（『共立女子短期大学紀要』一七、昭和四八年一〇月）は、間接資料からの採歌とし、山崎節子「人麿家集の成立と拾遺集」（『中古文学』第二四号、昭和五四年一〇月）が人麿集からの採録であることを論証した。『拾遺集』に採歌された人麿歌の詳しい分析に、小町谷照彦「拾遺集の人麿歌」（樋口芳麻呂編『王朝和歌と史的展開』笠間書院、平成九年）がある。緒先学の指摘する如く『拾遺集』所収の人麿歌は、伝承歌がほとんどである。しかし、真作の人麻呂歌をも含んでいることは、注目されてもよいという視点から、本書の序章では多数入集の意味を考察し、花山院の人麿熱と『拾遺集』親撰の所以を論じた。さらに、第一章では人麿歌が『拾遺集』に如何に組み込まれているかを考察した。

今後は、万葉歌とはかけ離れた人麿歌の表現を、他の拾遺歌との関連において分析する必要があろう。人麿歌もまた、『拾遺集』の歌風を形成する拾遺歌として考察することも課題となろう。

〈影響・享受研究〉

『拾遺集』の影響・享受に関する研究はまだ少ない。本書の第三章で、『後拾遺集』における『拾遺集』の影響について考察した。これまで内容的な比較考察が行われないままに『拾遺抄』を継承すると考えられていたが、『後拾遺集』は、『拾遺集』を前代勅撰集として意識して、その撰歌方針や表現を継承していることが明らかになった。また、『拾遺集』が成立した時代は『源氏物語』はじめ散文作品の全盛期であった。当然、散文作品への影響が問題になる。田中隆昭「源氏物語における『拾遺集』の引き歌」（『源氏物語　引用の研究』勉誠出版、平成一一年）は、定家の奥入に指摘されている引き歌の中で、『拾遺集』（『拾遺抄』）所収歌について、本文異同を比較することによって、『拾遺集』か『拾遺抄』のいずれから引用したかを考察している。但し、両集の本文は交錯しており、諸伝本からどちらによったかを絞り込む事は極めて難しく、『拾遺集』から『源氏物語』への直接的な引用と言い切れないものも多いことから、『源氏物語』への『拾遺集』の引用については「確かめようがない」という結論を提示している。定家の奥入の引歌から、さらに範囲を広げての検討が必要であろう。『源氏物語』との関わりについては、初音巻の冒頭部分に『拾遺集』の春歌の引歌が多いという『完訳日本の古典　源氏物語　四』（小学館、昭和六〇年）の指摘を発展させて、詳細に考証した鈴木宏子「三代集と源氏物語—引歌を中心として—」（『王朝和歌の想像力　古今集と源氏物語』笠間書院、平成二四年）がある。初音巻の冒頭部分には、『拾遺集』春部の冒頭歌群や春歌や雑春歌に特徴的な歌ことばがちりばめられており、「一書としての『拾遺集』の影響が認められる」との指摘は説得力がある。『源氏物語』の初音巻の執筆時期が、『拾遺集』成立以後であるとの指摘は、『源氏物語』研究にとっても重要なものといえる。

定家における『拾遺集』評価を論じたものに阪口和子「定家の拾遺集享受について—『二四代集』恋歌を中心に

―」（昭和四七年一二月、『貫之から公任へ―三代集の表現―』前掲）がある。阪口氏の論を踏まえて、本書でも第三章で定家の秀歌撰および実作における『拾遺集』享受を論じた。考察の過程で、定家周辺の新古今歌人にも『拾遺集』の影響が認められた。さらに新古今歌人達の『拾遺集』享受の具体相を解明することを通して、『拾遺集』が新古今歌風とも無縁ではないという見通しの検証を行うことが、今後の課題である。

成立当初は花山院の私撰集的な性格の強かった『拾遺集』が、和歌史の中で次第に勅撰集としての位置を占めてゆくという享受の有り様を辿ることも必要であろう。

以上、研究史を概観しつつ今後の課題を述べてきたが、小町谷照彦氏に昭和五〇年代前半時点での詳細な研究史「拾遺集研究の現段階と展望」（『三代集の研究』明治書院、昭和五六年）があるので参照されたい。

あとがき

本書は、これまで書きためてきた『拾遺集』に関する論文をまとめたものである。もちろん、すべて初出のままではないが、各章の基となった論文の原題と初出を記しておく。

序　章　花山院と『拾遺和歌集』　（『國學院雑誌』第一一四巻第八号、平成二五年八月）

第一章

第一節　『拾遺集』における歌合歌の位相―詞書の分析を中心に―　（『文化研究』第一号、昭和六二年五月）

『拾遺抄』と『拾遺集』―歌合歌編集方法の比較―　（『文化研究』第二号、昭和六三年六月）

第二節　『拾遺集』恋部における贈答歌とその詞書　（『同志社国文学』第六一号、平成一六年一一月）

第三節　『拾遺集』における貫之歌―『拾遺抄』との比較を中心に―　（『樟蔭国文学』第四三号、平成一八年一月）

第四節　『拾遺抄』と『拾遺集』―恋部に共通する人麿歌をめぐって―　（『百舌鳥国文』第一六号、平成一七年三月）

第五節　『拾遺集』における人麿歌の増補と編纂　（『樟蔭国文学』第四四号、平成一九年三月）

第二章

第一節　歌合と勅撰集―天徳内裏歌合と拾遺集―　（『和歌文学論集　第五巻』風間書房、平成七年九月）

第二節　『拾遺集』における貫之歌風の継承　（『文藝論叢』第二二号、昭和五九年三月）

第三節　『拾遺集』初出歌人の詠風　（『大谷學報』第六四巻第四号、昭和六〇年二月）

第四節　『拾遺和歌集』における物名歌　（『樟蔭国文学』第四〇号、平成一五年三月）

第三章
第二節　『後拾遺和歌集』における『拾遺和歌集』の継承―共通歌人詠の比較を中心に―
（『大阪樟蔭女子大学研究紀要』第四巻、平成二六年一月）
第三節　『後拾遺集』四季部と『拾遺集』
（『百舌鳥国文』第一八号、平成一九年三月）
第四節　定家の拾遺集享受
（片桐洋一編『王朝の文学とその系譜』和泉書院、平成三年一〇月）
終　章　「拾遺和歌集」
（田中登・山本登朗編『平安文学研究ハンドブック』和泉書院、平成一六年五月）

これらのうち、『拾遺集』の歌風を論じた第二章の第二節と第三節は、大阪女子大学大学院で片桐洋一先生にご指導いただいた修士論文の改稿である。第三章の『後拾遺集』と『拾遺集』との関係を論じた第一節から第三節は、大阪府立大学大学院での竹下豊先生のご指導の賜物である。ご懇切なるご指導を賜った両先生には深く感謝している。その他、中古文学会や和歌文学会で口頭発表した内容をまとめた論文もある。発表の度に、多くの方々から貴重なご教示やお励ましをいただいた。また、ご著書やご論文を通じて、諸先生から数多の学恩を蒙った。その中には、すでに泉下の客となられた先生もおられる。拙著をお目にかけてご批判いただけないことが悔やまれる。

片桐先生、竹下先生をはじめ諸先生方から貴重な学恩を賜った御蔭で本書をまとめることができた。心から御礼申し上げたい。本書をまとめることを通して得た新たな課題や目標を今後の研究の進展に結びつけることで、学恩に応えてゆきたいと思う。

最後になったが、出版をご快諾くださった和泉書院社主の廣橋研三氏に厚く御礼申し上げる。なお、本書の出版に際しては、大阪樟蔭女子大学の平成二六年度学術研究出版助成金を受けたことを付記しておく。

平成二七年一月一一日

中　周子

■著者紹介

中　周子（なか　しゅうこ）

昭和五三年　大阪女子大学大学院修士課程修了
平成二〇年　大阪府立大学大学院博士課程後期課程修了
現　在　大阪樟蔭女子大学学芸学部国文学科教授

著書（共著）
『和歌文学大系　紫式部集　藤三位集』（明治書院、平成一二年）
『八雲御抄の研究　枝葉部・言語部』（和泉書院、平成四年）
『八雲御抄の研究　正義部・作法部』（和泉書院、平成一三年）
『八雲御抄の研究　名所部・用意部』（和泉書院、平成二五年）

研究叢書458

拾遺和歌集論攷

二〇一五年三月二〇日初版第一刷発行
（検印省略）

著者　中　周子
発行者　廣橋研三
印刷所　亜細亜印刷
製本所　渋谷文泉閣
発行所　有限会社　和泉書院

大阪市天王寺区上之宮町七-六
〒五四三-〇〇三七
電話　〇六-六七七一-一四六七
振替　〇〇九七〇-八-一五〇四三

ISBN978-4-7576-0743-9　C3395

研究叢書

研究叢書

番号	書名	著編者	価格
431	八雲御抄の研究 名所部 用意部 本文篇・研究篇・索引篇	片桐洋一 編	二〇〇〇〇円
432	源氏物語の享受 注釈・梗概・絵画・華道	岩坪健 著	一六〇〇〇円
433	古代日本神話の物語論的研究	植田麦 著	八五〇〇円
434	都市と周縁のことば 紀伊半島沿岸グロットグラム	岸江信介・太田有多子・中井精一・鳥谷善史 編著	九〇〇〇円
435	枕草子及び尾張国歌枕研究	榊原邦彦 著	一三〇〇〇円
436	近世中期歌舞伎の諸相	佐藤知乃 著	一三〇〇〇円
437	論集 文学と音楽史 詩歌管絃の世界	磯水絵 編	一五〇〇〇円
438	中世歌謡評釈 閑吟集開花	真鍋昌弘 著	一五〇〇〇円
439	鹿島家 鍋島家 鹿陽和歌集 翻刻と解題	島津忠夫 監修 松尾和義 編著	一三〇〇〇円
440	形式語研究論集	藤田保幸 編	一三〇〇〇円

（価格は税別）